KB190111

시
프
트

시프트

고통을 옮기는 자

조예은

볼*

이 소설은 제가 처음으로 완성한 장편이자 교보문고 스토리대상을 통해 출간하게 된 첫 번째 단행본입니다. 처음이라는 게 늘상 그렇듯이 여러모로 어설프고 부족한 작품입니다만, 작가로서의 첫걸음이 되어주었다는 점에서 무척 고마운 작품이기도 합니다.

이 이야기를 만들 때는 미래와 연관된 모든 선택지가 '먹고살 수 있느냐 없느냐'라는 고민으로 귀결되던 시기였습니다. 감히 글을 써서 돈을 벌 수 있으리라고는 생각지 않았던 터라, 사회초년생 연봉에 버금가는 공모전 상금은 저에게 그 자체로 새로운 가능성이었습니다.

'글을 써서 이천만 원을 벌 수 있다고? 정말 만약 그렇게 된다면, 일 년쯤은 더 해봐도 괜찮지 않겠어?'라고요.

수상을 바라며 부지런히 콘텐츠 시장의 트렌드를 분석하던 때가 까마득하게만 느껴집니다. 그렇게 일 년만, 일 년만 더…… 하며 끝내기를 미룬 일이 어느덧 지금까지 왔습니다. 당시를 떠올려보면 여러 우연이 그야말로 운명처럼 맞물렸다는 감상밖에 들지 않습니다. 도망쳐 온 분야에 너무 깊게 발을 들였다는 생각에 이유 없는 불안을 느끼기도 했습니다. 다만 요즘에는 불필요한 의심을 거두고 그 에너지를 꾸준함에 쓰려고 합니다. 성실이란 단어가 얼마나 단단한지를 생각합니다.

이번 재출간을 위해 오래도록 방치해둔 글을 살피며 부끄러움에 몸서리쳤습니다. 상대적으로 부족했던 시절의 작업물을 들여다보는 일은 상상 이상으로 괴롭다는 걸 실감하는 시간이었습니다. 그런데 신기하게도 그 고통의 감각에서 묘한 위로를 얻기도 했습니다. 신인 때 쓴 글이 부끄럽듯이, 지금 쓰는 글 또한 몇 년 후에 펼쳐본다면 부끄럽겠지요. 부끄러움이 클수록 제가 전보다 다채롭게 볼 수 있게 되었다는 뜻이니, 이미 세상에 내보낸 글들을 향한 지저분한 미련이 사라지는 기분이었습니다. 개작이 아닌 절판으로 방향을 틀고 싶은 마음이 페이지마다 솟구쳤으나, 끝까지 힘껏 마주할 수 있었던 이유입니다.

낯간지러운 부분이 많은 작품이지만 덕분에 지금의 저는 어찌 되었든 계속 좋아하는 이야기를 만지작거리며 살고 있습니다. 오래 고쳤음에도 전부를 보완할 수는 없었네요. 그럼에도 너그럽게 즐기며 읽어주시면 감사하겠습니다. 이 자리를 빌려 무지렁이나 마찬가지였던 저에게 소설 쓰기의 기초와 용기를 함께 불어 넣어 주신 해이수 작가님, 첫 작품을 외면하지 않고 찾아주신 독자님들, 그리고 여러 기회를 제공해 준 교보문고 스토리대상 담당팀에 다시 한번 감사의 마음을 전합니다.

앞으로도 계속, 언젠가 부끄러워질 글을 쓰겠습니다. 우리의 일상에 시시때때로 이야기가 깃들기를 바랍니다.

조예은

차례

- 시작 -

"밤바다는 불길해."

란은 중얼거리며 폐건물의 녹슨 철문을 밀었다. 정신이 번쩍 드는 차가운 공기와 비릿한 물 냄새가 코를 간질였다. 그제야 지금이 꿈이 아닌 현실임을 자각했다. 문 뒤에 펼쳐진 피바다와 자신이 안고 있는 피범벅의 아이. 온몸으로 느껴지는 아이의 무게와 온기는 현실이라는 확실한 증거였다.

란은 정신을 잃은 아이의 머리를 자신의 어깨에 기대게 한 후 꼭 감싸안았다. 그리고 정면을 바라보며 하나의 허연 덩어리처럼 보이는 모래사장 위를 헤치며 한 발짝씩 나아갔다. 이따금 수조의 깨진 유리 파편들이 밟히며 바스러졌다. 몇 시간 전 찍혔던 누군가의 발자국은 그새 바닷바람에 쓸려 흩어졌다. 지금은 아무런 흔적도 남아 있지 않았다. 자신의 발자국 역시 두어 시간 후면 모두 사라질 것이다. 이 유난히 검고 불길한 바다의 바람은 어느 해변보다 차갑고 거칠었다. 멀찌감치 글자가 떨어져 나간 횟집 간판이 모래에 반쯤 파묻혀 있었다.

란은 바다를 바라봤다. 시커먼 파도가 하얀 거품을 내뿜으며 쓰레기로 뒤덮인 해변을 넘실거렸다.

'넌 이제 돌이킬 수 없어.'

스산한 파도 소리가 이렇게 속살거리는 것 같았다. 그 소리는 점점 더 커지며 집어삼킬 듯 몰아쳤다.

란은 도망치듯 해변을 빠져나왔다. 쫓아오는 자가 있을 리 없건만 계속 고개를 돌려 등 뒤를 확인했다. 아이를 안은 팔에 힘이 들어갔다. 점점 빨라지던 발걸음은 이내 뜀박질로 바뀌었다. 한참을 달려도 파도 소리는 멀어지지 않고 끊임없이 란의 귀에 달려들었다. 그때 알 수 없는 굉음이 휘몰아쳤다. 이윽고 소름 끼칠 정도로 차가운 달빛이 란의 얼굴을 파리하게 비췄다.

해변과 이어진 소나무 숲을 빠져나오자 아스팔트 길이 펼쳐졌다. 란은 그제야 조금 진정이 되는 것 같았다. 도로에는 자동차 한 대도 지나가지 않았다. 란은 품의 아이가 떨어지지 않도록 꼭 끌어안고 외진 길을 걸었다. 손은 격한 흔들림에도 미동 없이 늘어진 아이를 조심스럽게 토닥이고 있었다. 중요한 것은 온기였다. 란은 그 미미하지만 강렬한 감각에 집중했다. 도로 옆 무성한 소나무들 너머로 동이 터올 때까지, 란은 걷고 또 걸었다.

　사흘 뒤, 인적 없는 해변의 폐건물에서 한 구의 변사체가 발견되었다. 신고자는 어른들 몰래 데이트를 하려던 고교생 커플이었다. 변사체는 피 웅덩이 한가운데 반쯤 잠겨 있었다. 얼굴 한쪽은 괴사되었고 전신에 크고 작은 타박상이 가득했다. 눈 뜨고 보기 힘들 만큼 참혹한 상태였다. 옆에는 날이 고르지 않은 식칼 한 자루가 놓여 있었다.

1

이창

1

　출근 시간을 훌쩍 넘겨 나타난 이창은 들어서자마자 형사과 구석 소파에 쓰러지듯 몸을 파묻었다. 꼴만 보면 음주로 난동을 피우다 잡혀 온 노숙자였다. 업무로 분주한 동료들이 그런 그를 힐긋거리며 지나다녔다.

　이창이 모습을 드러냈을 때부터 그를 눈으로 좇던 준혁은 크게 한숨을 내쉬며 자리에서 일어섰다. 준혁이 다가오는 걸 눈치챈 이창은 급히 근처에 있던 신문을 펼쳐 얼굴을 가렸다. 신문지를 걷어낸 준혁이 이창을 노려봤다. 이창은 소파에 널브러진 채 뻔뻔한 얼굴로 준혁을 올려다보며 말했다.

　"뭘 그렇게 깔아봐? 빨리 보고나 해."

　준혁의 입에서 다시 한번 깊은 한숨이 새어 나왔다.

"학교 째고 놀러 나온 고교생 커플이 신고했어요. 사망 추정 시각은 사흘 전 4월 3일 오후 9시경, 사인은 자상에 의한 과다 출혈. 전신에 폭행당한 흔적이 있고 흉기는 시신 옆에 놓인 가정용 식칼로 추정됩니다."

이창은 자세를 편하게 고쳐 누웠다. 여전히 자기 일이 아니라는 듯 핸드폰을 뒤적거리는 이창을 보며 준혁은 세 번째 한숨을 내쉬었다. 그제야 이창이 간신히 입을 열었다.

"전신에 폭행 흔적? 집단 구타 후에 칼로 쑤신 거겠지. 딱 깡패들 쌈박질이네. 그 구역에 알리바이 없는 놈 몇 조지면 답 나올 거 아냐."

"그렇다기엔 이상한 데가 많아요."

설렁설렁 보고받던 이창의 미간에 깊은 주름이 잡혔다. 푸석한 눈 밑은 거무튀튀하고 머리는 며칠이나 안 감았는지 떡이 져 있었다.

"씻을 시간도 없는데, 귀찮게 이건 또 뭐래."

이창이 낮게 중얼거리자 보고를 마친 준혁이 까칠하게 내뱉었다.

"거참, 이 형사님 하나도 안 바쁘잖아요!"

"바쁘거든."

"이 조용한 동네에 뭐가 있다고 요즘 그렇게 쏘다니십니까? 오랜만에 들어온 사건이니 집중 좀 하시죠."

"이젠 후배까지 대드네……. 아무튼 흉기랑 혈액 국과수에 올리고 피해자 신원, 원한 관계 조사해서 용의자 추려봐."

이창은 손목을 들어 시간을 확인했다. 오전 11시가 가까웠다. 준혁이 눈을 동그랗게 뜨고 물었다.

"저 혼자요? 형사님은 뭐 하게요?"

"난 따로 할 일이 있거든."

잔소리를 해대는 준혁을 뒤로 하고 이창은 소파에서 벌떡 일어났다. 그러고는 길쭉한 다리로 서를 빠져나와 낡고 지저분한 소나타에 올라탔다. 이창이 운전석에 앉자 오래된 차가 덜컹거렸다.

준혁의 말이 맞았다. 평소 이 동네는 사건이랄 게 거의 없었다. 그래도 오래된 항구도시여서 간혹 허세만 가득한 깡패들 사이에 알력 다툼이 벌어지곤 했다. 준혁은 어리바리해 보여도 일할 때는 똑 부러지는 스타일이었다. 이 정도 사건은 혼자서도 충분히 해결 가능할 것이다.

이창은 지금 깡패들 싸움질에 신경 쓸 상황이 아니었다. 훨씬 중요한 일이 있었다. 승진을 마다하고 서울에서 이 바닷가까지 자진해서 내려온 이유.

서둘러 출발하려는데 뒤따라온 준혁이 자동차 문을 열어젖혔다. 눈빛에는 이창과 마찬가지로 긴장이 서려 있었다.

"선배, 설마 채린이 때문이에요? 뭐 좀 찾았어요?"

"일단은, 가서 직접 물어봐야지."

"그럼 다녀오세요. 사건은 어떻게든 처리하고 있을게요."

준혁은 이창이 전근한 이유를 아는 유일한 동료였다. 그는 자세한 내막도 모르면서 이창을 따라 이곳 촌 동네까지 함께 내려왔다. 부임 첫날, 준혁은 원래부터 지방에서의 여유로운 싱글 라이프를 꿈꿔 왔다며 너스레를 떨었다. 이창은 내심 가슴이 먹먹할 정도로 큰 감동을 받았지만 잠깐의 감동이 끝난 뒤에는 준혁을 알차게 부려 먹었다. 인심 쓰듯 말하는 준혁을 보며 이창은 굳어 있던 어깨의 긴장이 슬쩍 풀어지는 것을 느꼈다.

어느새 소나타는 시내를 빠져나와 외곽으로 향했다. 이창의 눈에는 초조함이 서렸다.

'이번에는 찾을 수 있기를.'

2

이창은 메모지의 주소를 확인하고는 차에서 내려 단층 건물을 노려봤다. '하늘부흥회'라 적힌 싸구려 간판 아래 대문에는 조악한 부적이 덕지덕지 붙어 있었다. 얼핏 봐도 수상하기 짝이 없었다. 이창은 크게 심호흡한 후 속으로 기도문을 읊었다. 이다음은 속전속결로 진행해야 한다.

문은 쉽게 열렸다. 동시에 속옷만 입은 사람들이 한 방향으로 머리를 조아린 모습이 눈에 들어왔다. 아마도 단상 위의 대머리 노인에게 절을 올리는 중인 듯했다. 그는 부처의 손동작을 흉내 낸 채 가부좌를 틀고 앉아 있었다.

"비열한 상판은 여전하네."

이창이 작게 뇌까렸다.

불의의 인기척에 절을 하던 무리가 일제히 동작을 멈추고 엉거주춤한 자세로 불청객을 바라봤다. 어색한 침묵이 흘렀다. 곧 단상 앞에서 모금함을 들고 있던 여자가 이창을 향해 눈을 부라리며 외쳤다.

"신성한 예배 시간에 웬 놈이냐! 하늘신령님께서 노하시면 저주를 내리나니. 어서 썩 꺼지거라!"

여자는 촌스러운 색동저고리 차림에 억센 인상을 한층 강조하듯 짙푸른 아이라인을 그려 넣었다.

"하늘신령님 만세! 하늘신령님 만세!"

신도들이 벌떡 일어서더니 제자리를 빙빙 돌며 만세를 외치기 시작했다. 그들의 표정에 서린 건 공포였으나 일련의 행동은 우스꽝스럽기만 했다. 이창은 애써 표정을 가다듬었다.

"죄송합니다! 제가 바쁜 일이 있어서 오늘 의식에 늦었는데……. 헌금은 내야 할 것 같아서 이렇게 온 겁니다.”

이창은 안절부절못하는 태도로 겉옷 안주머니에서 꾸깃꾸깃한 봉투를 꺼냈다. 봉투를 본 여자의 눈빛이 순간 번뜩이더니 매서운 표정이 한결 누그러졌다.

“처음 보는 얼굴 같은데…….”

여자가 중얼거렸지만 이창이 ‘하늘신령님 만세’를 외치며 다가오자 이내 의심의 눈초리를 거두었다. 그러고는 짐짓 엄숙한 표정을 지으며 말했다.

“하늘신령님께서는 정성을 중요시하신다. 늦게라도 성의를 보이니 이번만 넘어가는 것이다. 다음부터는 저주가 있을 것이야. 어서 헌금을 내고 의식에 참여하거라!”

이창이 고개를 조아리며 봉투를 내밀자 여자가 빼앗듯 받아들었다. 두둑한 부피감에 여자의 입꼬리가 살짝 올라갔다. 그러나 봉투 속을 확인하자마자 안색이 가라앉았다. 근처 유흥업소의 전단지 뭉치가 들어 있던 것이다. 여자는 봉투를 바닥에 내팽개쳤다. 이창을 향해 치켜뜬 눈 위로 파란색 아이라인이 찌그러졌다.

“무엄하다! 하늘신령님을 모독하다니!”

여자가 말을 맺기도 전에 이창은 모금함을 발로 차버렸고, 곧장 여자 너머에 태평하게 앉아 있는 대머리 노인을 향해 돌진했다. 모금함이 날아가 벽에 부딪히자 파란 아이라인의 여자가 비명을 지르며 몸을 웅크렸다.

　우습고 허접하나 나름의 규칙 안에서 차분히 진행되던 의식이 중단되고 예배당은 쑥대밭이 되었다. 갑작스런 침입자가 불러들인 소동에 신도들은 우왕좌왕해댔다. 자기 옷을 찾아 입느라 서로 엉켜 뒹굴었고 속옷만 입고 뛰쳐나가는 이들도 있었다. 아비규환 속에서도 이창의 관심은 노인에게 집중되었다.

　다짜고짜 단상으로 날아든 이창이 노인의 얄팍한 멱살을 잡아 일으켰다. 그러자 노인은 경찰을 부르겠다며 버둥거렸다.

　"하늘신령님 좋아하시네."

　이창은 노인의 반질반질한 머리를 쥐고서 꼼짝달싹 못 하도록 단상에 처박은 다음 양 손목을 결박했다. 몸부림이 워낙 심해 붙들고 있는 게 쉽지 않았다.

　"전과 11범짜리 사기꾼이 어디서 경찰을 찾아? 아, 존댓말 써야지."

　이창이 경찰임을 밝히자 노인은 금세 태도를 바꿨다. 발버둥을 멈추고 비굴하리만치 불쌍한 표정으로 이창을 올려다보았다. 하늘신령인지 뭔지를 흉내 내겠다며 걸친 나풀나풀한 흰 천이 흘러내려 볼품없는 몸이 그대로 드러났다. 이창은 눈살을 찌푸렸다. 노인의 시선은 어느새 이창의 어깨 너머 널브러진 모금함으로 향했다.

"모금함! 저 돈 다 가져가고 한 번만 봐줘. 저거 꽤 된다고, 제발. 나 이번에 들어가면 언제 나올지 몰라!"

"전과 11범이면 수법 좀 바꾸세요. 참 일관적이야. 사이비 종교 만들어서 신령님인 척하는 게 그렇게 재밌나?"

노인은 두 손을 모아 빌며 다급하게 애원했다. 관자놀이에서 흘러내린 땀방울이 덕 밑으로 뚝 뚝 떨어졌다.

"형사님 한 번만! 다 먹고살자고 하는 짓이야. 하라는 거 다 할게. 이제 진짜로 착하게 살게."

바로 그 말을 기다렸다. 이창은 노인을 보며 씩 웃었다.

"묻는 말에 성심성의껏 대답하면 오늘은 안 잡아갈게요."

노인이 격하게 고개를 끄덕거렸다. 이창은 머리를 쓸어 넘기며 한숨을 쉬었다. 지금까지의 행동과는 달리 초조함이 묻어 나왔다.

"얌전하게 따라 나와. 아, 얌전히 따라 나오세요."

어느새 정신이 들었는지 파란색 아이라인의 여자가 모금함을 끌어안고 있었다. 이창에게서 풀려난 노인이 달아나려는 여자의 치맛자락을 붙잡으며 외쳤다.

"그건 내 거야! 이게 어딜?"

"이거 놔, 미친 노인네야!"

여자가 욕설을 날리며 모금함을 안은 채 굴렀고 엎치락뒤치락 짧은 몸싸움이 이어졌다. 이창은 혀를 차며 건물 밖으로 나갔다. 끝내 모금함을 빼앗아 품에 안은 노인이 구시렁거리며 이창의 뒤를 따랐다.

3

이창과 노인은 근처의 오래된 다방으로 들어갔다. 이창은 커피잔을 앞에 놓은 채 팔짱을 끼고 앉아 있었다. 맞은편에는 흰 천을 겨우 두른 노인이 눈치를 보며 다리를 떨고 있었다. 무엇부터 물어야 하나 망설이던 이창이 마침내 입을 열었다.

"간단하게 묻겠습니다."

노인은 고개를 끄덕이며 억지웃음을 지었다.

"천령교 알죠? 꽤 유명했잖아요."

"알기야 알지."

노인은 안 하느니만 못한 답변을 끝으로 입을 다물었다. 이창은 침착을 되찾기 위해 속으로 중얼거렸다.

'거의 다 왔다.'

그리고 노골적으로 시선을 피하는 노인의 턱을 붙잡아 눈을 맞췄다.

"잔머리 굴리지 말고 전부 말해요. 말년을 빵에서 썩고 싶지 않으면."

노인은 겁에 질린 얼굴로 고개를 끄덕였다. 반질반질한 민머리가 형광등 아래서 조명처럼 빛났다. 이창은 자세를 고쳐 앉고 입을 열었다.

"2002년에서 2005년까지 거기 신도였던 거 다 알고 왔어요. 꽤 높은 자리였던 걸로 기억하는데. 내가 알고 싶은 건 그 교주의 행방입니다. 도대체 어디서 뭘 하고 있었죠? 교주를 포함해 관련자들 행방에 대해서 아는 게 있습니까? 그리고 왜 천령교가 2005년에 갑자기 사라진 거죠?"

노인은 부지런히 머리를 굴렸다. 너무 오래전이라 기억이 희미했으나 어쨌든 풀려나려면 뭔가 대답을 해줘야 한다. 그 시절을 더듬던 중 뜻밖의 얼굴을 기억해 냈다. 탁했던 노인의 눈이 환해졌다.

"그 망한 사이비교를 왜 찾나 했더니, 자네 거기 신자였어. 맞지?"

이창이 계속해 보라는 듯 턱짓했다.

"기억이 나. 분명히 기억나고말고. 우리 같은 사람들은 기억력이 유일한 밑천이니까."

"그럼 우리 가족도 기억해?"

"당연하지. 네 아비를 끌고 온 게 나였거든. 아픈 딸 때문에 독실했지. 결국 네 누나는 '축복'도 받았잖아? 그 꼬맹이가 어느새 형사 나리가 되셨어. 그런데 이제 와서 거기 교주를 찾는 이유가 뭔가?"

한결 자세가 편해진 노인이 커피를 홀짝이고는 눈을 가늘게 뜨며 물었다. 순식간에 변한 태도에 이창은 미간을 찌푸렸다.

"그건 알 거 없고. 교주는 어디 있지?"

"난 말단 집사였어. 그냥 사람 모으고 성금이나 걷는 시다였다고. 내가 알 리가 있나?"

"그 나이에 교도소 들어가면 장례도 못 치를 텐데."

"아니, 정말로 잘 모른다니까. 난 그 일이 있고 나서 바로 나왔어!"

"그 일?"

"네 누나가 축복을 받은 날이었을 거야. 맞아, 그게 마지막 축복이었거든. 그날 어느 정신 나간 놈이 교주 아들을 찔렀어. 네 누나가 완치된 걸 보더니 자기도 축복을 받아야겠다고 그랬던가. 중간에 장로가 발견하긴 했는데 이미 늦은 뒤였지. 몰랐나?"

이창은 가만히 고개를 끄덕였다. 남은 커피를 한 번에 들이켠 노인이 말을 이었다.

"한참 시끄러웠지. 교주랑 장로 집도 불탔고 교주 아들은 그 미친놈 칼에 죽었을걸. 그 정신 나간 놈은 피 묻은 칼을 들고 동네를 배회하다 경찰에 붙잡혔어. 에이, 끔찍해라……."

노인이 빠르게 눈을 깜빡이며 몸을 떨었다. 어느새 테이블 너머로 몸을 기울인 이창이 말을 재촉했다.

"계속해."

"그러고 나서 일주일쯤 지났나? 집회랑 모금도 똑같이 진행하고, 교주는 자식 잃은 사람으로 보이지 않을 정도로 태연했지. 그러다가 갑자기 사라진 거야. 그냥 그렇게 감쪽같이. 덩그러니 남은 신자들 사이에서 별별 얘기가 다 돌았다고. 빚내서 헌금을 갖다 바치고도 축복을 받지 못한 사람들이 울부짖고, 교회를 때려 부수고 난리도 아니었어."

노인은 목이 타는 듯 직원에게 물을 달라고 하더니 벌컥벌컥 들이켰다. 물컵을 내려놓은 그가 이창을 힐긋거리며 목소리를 낮췄다.

"소름 끼치는 게 뭔 줄 아나?"

노인의 허연 수염에서 물인지 땀인지 모를 것이 뚝뚝 떨어졌다.

"교주 아들을 죽인 놈, 그놈이 잡힌 지 얼마 안 돼서 병으로 죽었어."

"병?"

"그래! 병 걸린 자식새끼 때문에 신자가 되긴 했어도 오장육부는 멀쩡한 사내였거든. 그런데 갑자기 병으로 죽었다대. 그것도 심근경색이나 뇌출혈 같은 급성질환이 아니라 주로 애들이 걸리는 희귀병이었어."

'방화 살인범이 갑자기 희귀병으로 죽었다고?'

이창은 그 시절의 일들이 상식에서 벗어난 것투성이라고 여겼다. 노인의 아랫입술이 파르르 떨렸다.

"갑자기 뒈졌으니 신자들이 무슨 생각을 했겠어? 당시의 광기를 떠올려봐. 교주가 저주를 내렸다고 여기는 걸 아주 어리석다고는 할 수 없지. 우리는 그때 직접 봤지 않나. 기적을 내리는 사람이 저주라고 못 내리겠어? 이후로 천령교 신자들 사이에서 교주 이름은 금기야. 자네 가족이야 딸내미 완치되고 코빼기도 안 비쳤으니 몰랐겠지만."

저주라니. 일반인이 들으면 코웃음 칠 소리였지만 이창은 노인의 말이 허무맹랑하게 들리지 않았다. 지금은 세상에 없는 그의 누나와 아버지, 그리고 자신이 증인이었다. 그런데 교주에게 아들이 있었던가? 아들에 관해 묻자 노인은 기가 막힌다는 듯 답했다.

"축복 의식 치를 때마다 교주 앞에서 선택된 신자들 손잡아주던 애 있었잖아. 나이는 나도 몰라. 어차피 죽은 애 나이는 알아서 뭣 하려고?"

아, 이창이 작게 신음했다. 그제야 집회 때마다 붉은 예복으로 전신을 감싸고 나와 의식을 돕던 왜소한 소년이 떠올랐다. 노인의 말대로 중요한 건 죽은 아이가 아니라 교주였다.

"정말 교주에 대해 아는 게 없어?"

"모른다니까! 근황은커녕 그 뒤로 본 사람이 아무도 없어."

"그게 말이 된다고 생각해?"

이창은 답답함을 이기지 못하고 주먹으로 테이블을 내리쳤다. 뒤이어 양 손바닥으로 얼굴을 쓸어내리는 그의 표정은 침울하기만 했다. 어깨를 움츠린 노인이 눈알을 굴리다 슬며시 입을 열었다.

"아니 그게……. 흠, 이걸 말해도 되나 싶은데 말이지……."

그때 테이블 위의 핸드폰이 진동했다. 액정에 준혁의 이름이 떴다. 무시하려 했으나 진동은 집요하게 이어졌다. 이창이 핸드폰을 귀에 가져다 대자 준혁의 날 선 고함이 들려왔다.

"전화를 왜 이렇게 늦게 받아요? 아침에 그거, 단순 폭력 사건이 아니라 대형 사건입니다. 도대체 지금 어디세요?"

이창은 신경질적으로 머리를 헝클이며 자리에서 일어났다. 준혁에게는 가겠다 답하고서 전화를 끊었다.

"전화하면 재깍 받으세요. 혹시 다른 거 기억나면 연락하시고."

노인이 고개를 주억거렸다.

다방을 나서기 직전, 이창은 노인에게 돌아가 그가 챙겨 온 모금함에 긴 팔을 집어넣고 휘저었다. 그러고는 성금 봉투를 한 움큼 집어 든 채 다방을 떠났다. 금액은 굳이 세지 않았다.

4

란은 아파트 지하상가에 있는 한 선술집으로 들어갔다. 문에 달린 종이 맑은 소리를 냈다. 익숙한 동작으로 빠르게 머리를 정리하고 직원용 티셔츠와 앞치마로 갈아입었다. 주방 안쪽에서 재료를 다듬던 사장 부부가 맞아주었고, 란은 가볍게 고개를 숙였다.

사장 부부와 란은 청소년 보호센터에서 만났다. 애매한 나이에 그곳에 들어가 적응하지 못하던 란을 챙겨준 것이 주기적으로 자원봉사를 오던 그들이었다. 비교적 빨리 우울에서 빠져나와 그럭저럭 일상을 영위할 수 있게 된 것도 그들 덕분이었다. 항상 고맙고 미안한 마음을 가지고 있었지만, 란은 그 마음을 어떻게 표현해야 할지를 몰랐다. 그냥 묵묵히 가게 일을 도왔다. 그렇게 일한 지가 벌써 수년이었다.

선술집은 낮에는 간단한 식사를, 저녁에는 술과 안주를 팔았다. 동네 주민들이 꾸준히 찾아 장사는 꽤 잘되는 편이었다. 5시, 아직은 여유로운 시간이다. 곧 저녁이 되면 눈코 뜰 새 없이 바빠질 것이다. 란은 자루걸레를 꺼내 홀의 마룻바닥을 닦았다. 벽 한구석에 걸린 텔레비전에서는 뉴스 속보가 흘러나오는 중이었다. 란은 걸레질을 멈추고 텔레비전으로 시선을 돌렸다.

변안읍 격산 해수욕장의 폐건물에서 변사체가 발견되었습니다. 사망자는 읍에서 개척 교회를 운영하던 목사 한 모 씨로, 사인은 복부의 자상으로 인한 과다 출혈로 추정됩니다. 경찰은 현재 여러 정황을 기반으로 원한에 의한 살인에 초점을 맞추고 있으며……

한때 아버지라고 불렀던 사람의 사망을 확인하면서도 란은 별달리 동요하지 않았다. 오히려 어딘가 몽롱하면서 동시에 상쾌한 느낌이 들었다. 그가 더는 이 세상 사람이 아니라는 사실이 어떤 후련함과 해방감을 주는 것이다. 란은 걸레질을 계속했다.

7시가 지나자 손님들이 하나둘 몰려들기 시작했다. 홀뿐만 아니라 사장 부부가 요리하는 주방도 정신없이 분주해졌다. 란은 주방에서 내놓은 육회를 쟁반 위에 올려놓았다. 생고기를 다지고 양념해 만든 육회는 본래 붉었던 고기에 붉은 양념이 더해져 더욱 선명한 적빛을 띠었다. 불쑥 속이 메슥거렸다.

"에휴, 저게 무슨 일이야."

육회를 서빙한 테이블의 손님이 텔레비전을 응시하며 중얼거렸다. 피하고 싶었으나 마주하고 만 화면은 어둡고 황폐한 어느 지하실의 몰골을 비추고 있었다.

속보입니다. 한 모 씨의 변사체가 발견된 건물의 지하에서 실종 아동의 납치 및 살해 흔적이 발견되었습니다. 현재 확인된 피해 아동은 지난……

귀에서 윙윙거리는 소리가 나고 현기증이 일었다. 더 이상아무 말도 들리지 않았고 한 발짝도 움직일 수 없었다. 얼마나 그렇게 멈춰 있었을까?

"주문 안 받아요?"

누군가 외치는 소리에 정신이 들었다. 여기저기서 란을 불러대고 있었다. 가까스로 시선을 옮기자 접시에 담긴 붉은고기 뭉치가 눈에 들어왔다. 간신히 가로막고 있었던 벽이 허

물어지듯 붉은 이미지들이 쏟아져 내렸다. 참을 수 없을 만큼 속이 메슥거렸다. 란은 크게 숨을 들이마신 후 속으로 되뇌었다.

'사로잡히면 안 돼.'

울렁거림은 쉽게 가시지 않았으나 란은 할 일을 계속했다. 분주히 움직이는 것이 기억에 매몰되지 않는 가장 좋은 방법임을 알기 때문이다. 자정이 넘자 손님은 빠르게 빠졌다. 사장 부부가 안색이 좋지 않다며 걱정했지만 란은 평소처럼 마감 정리를 마치고 새벽 두 시가 가까운 시간에야 가게를 나섰다.

어두운 거리에 발을 내딛자 심야의 서늘한 공기가 얼굴을 감쌌다. 이 도시의 공기에는 항상 바다의 기운이 스며 있다. 그 일상에 밴 비릿함이 좋기도 싫기도 했다. 란은 종종 생각했다. 아주 끈적하고 비린 것이 몸에 달라붙어 떨어지지 않을 때는 어떻게 해야 하나? 심지어 생생히 느껴지지만 손에 쥘 수 없는 종류의 것이라면? 아마 순응하는 수밖에 없을 테다. 이 밤의 축축함처럼.

란은 집에 도착하자마자 그대로 쓰러져 잠들었다. 눈을 떴을 땐 여전히 어둑한 새벽이었다. 간만에 꾼 악몽 때문에 식은땀을 흘려 전신이 끈적했다. 가만히 천장을 응시하자 어둠 속에서 무언가 꾸물거리는 것 같았다. 머리는 바늘로 찌

르는 듯 쑤셨다. 힘든 밤이었다. 다시 잠들고 싶었지만 그럴
수 없었다.

5

뒤늦게 이창이 현장에 도착했을 때, 해변은 북새통을 이
루고 있었다. 기자와 카메라맨들도 취재 경쟁에 정신이 없었
다. 이창은 폴리스 라인을 넘어 건물 내부로 들어갔다. 안쪽
에서 준혁이 손짓했다.

두 사람은 시신이 있던 공간 옆의 주방으로 향했다. 싱크
대와 냉장고 사이에 부자연스러워 보이는 철판이 세워져 있
었다. 본래 냉장고를 밀어 막아두었던 것인지 먼지도 없이 깨
끗했다. 철판을 치우자 낡은 나무 문짝이 나타났다. 준혁이
그것을 당겨 열었다. 문은 지하실로 통했다.

기분 나쁜 곰팡내와 비린내가 올라왔다. 이창과 준혁이
발을 디딜 때마다 녹슨 철제 계단이 덜컹거렸다. 지하는 볕
한 점 없이 컴컴했다. 불쾌하리만치 질척한 어둠이었다. 준혁
이 벽을 더듬어 스위치를 켰다. 음침한 주황색 전구가 깜박
거리다 지하실을 비추었다.

한쪽 벽면에는 용도를 알 수 없는 대형견용 철창이 몇 개 쌓여 있었다. 심한 악취를 참지 못한 이창이 자기도 모르게 팔을 들어 코를 막았다. 발에는 본래 색을 알아볼 수 없는 밧줄이 채였다. 지하실 중간에 놓인 철제 테이블은 붉게 녹이 슨 상태였다.

이창은 철창이 쌓여 있는 벽의 맞은편을 바라보았다. 무언가를 수없이 붙였다 떼어낸 것 같은 테이프 자국이 빼곡했다. 그 어수선한 흔적들 위로 한 장의 사진이 붙어 있었다. 채 열 살도 되지 않아 보이는 사진 속 소년은 해맑게 웃는 얼굴이었다. 사진을 본 이창의 표정이 굳었다.

6

"사망자 신원은 55세, 남, 한승목. 10년 전 교회 목사였고 홍콩, 마카오 등등을 전전하다가 얼마 전에 돌아왔어요. 가족 사항은 세 살 아래 남자 형제가 하나 있는데 현재 소재 파악이 안 된 상태입니다. 그 외에 다른 친인척 관계는 없네요. 그리고 현장 건물 명의는 그 동생으로 되어 있어요. 하지만 지하실을 포함한 이 건물의 출입 열쇠가 사망자의 바지 주머니에서 나왔어요. 내부에 찍힌 지문도 대부분 사망자 것이 맞습니다. 동생이 사건과 관련이 있는지는 좀 더 조사해 봐야 할 것 같아요. 그리고 이건⋯⋯.”

준혁이 A4용지 한 뭉치를 내밀었다. 그것을 받아 들고 한 장 한 장 넘기던 이창이 작게 신음했다.

“지하실에서 발견된 노트 복사본이에요. 한승목이 자필로 작성한 것으로 추정됩니다. 2003년에서 2005년까지 3년 동안 사라진 10세 안팎 아이들의 신원이 적혀 있어요. 생년월일 옆에 다른 날짜가 쓰여 있는데 데려온 일자 같습니다. 기록된 아동은 총 열 명이고, 전부 실종 신고된 아동들입니다.”

준혁이 조심스레 덧붙였다.

“그중 돌아온 아이는 없고요.”

“벽에 붙어 있던 사진 속 아이는 확인됐어? 그 사진은 그렇게 오래돼 보이지 않던데.”

“맞아요. 지난달 20일 실종 신고된 9세 아동이고, 노트 제일 뒤쪽에 적혀 있었습니다. 아직 돌아오지 않았고요.”

“유준서, 2006년 3월 20일생, 9세⋯⋯.”

이창은 노트의 기록을 읊조리며 입술을 깨물었다. 나이 옆에 의미를 알 수 없는 작은 별 모양의 표식이 있었다.

“흉기는?”

“그게 좀 찝찝해요. 근처에서 발견된 흉기에서 지문이 나왔는데 피해자 것뿐이에요. 물론 범인이 장갑을 끼고 피해자가 사용하던 칼로 찔렀다면 그럴 수 있죠. 그런데 흉기에 묻은 혈액이 피해자 것이 아니라면요? 감식 결과 전혀 다른 사람의 혈액이래요."

이창은 사건 현장을 처음 발견했을 당시의 모습을 떠올렸다. 피해자에게서 흘러나온 혈액은 웅덩이를 이루고 있었다. 그리고 시신으로부터 한참 떨어진 곳에 그보다 작은 핏빛 웅덩이가 하나 더 있었다. 두 웅덩이 모두 한 사람의 혈액일까?

"종합해 보면 현장에서 발견된 흉기는 사망자가 누군가를 해한 흉기이지, 피해자 살해에 사용된 건 아니라는 거죠. 진짜 흉기는 아직 발견되지 않았다는 말이고요. 어쩌면 사건 당일 피해자와 몸싸움을 벌인 누군가가 있을지도 몰라요."

이상했다. 아무리 같은 종류의 칼이어도 날이 선 정도에 따라 찔렀을 때 상처가 다르다. 현장의 흉기는 이가 한두 군데 빠져 있어 날이 들쑥날쑥했다. 피해자의 상처 역시 그처럼 깔끔하지 않은 모습으로 찢겨 있었다. 이창은 여러 경우의 수를 계산했다. 하나의 흉기로 두 사람을 찔렀나? 아니면 정말 진짜 흉기가 따로 있는 것일까? 칼에 묻은 혈액의 주인이 한승목을 죽인 범인일까? 또 다른 공범의 가능성은? 쏟아지는 질문에 이창은 지끈거리는 머리를 짚었다.

"다른 건 또 없어?"

"부엌은 피해자와 동생이 드나든 흔적밖에 없고, 현장인 홀에서는 마땅히 건진 게 없어요. 멀쩡한 지문은 최초 목격자들 것뿐인 데다 대부분 뭉개져서 정확한 판별이 어려워요. 아, 그런데 이상한 게 하나 더 있어요."

　이창이 계속 말해 보라는 듯 눈짓했다.

　"전신에 남은 폭행 흔적이요. 멍도 그렇고 단기간에 생긴 게 아니라 장기간에 걸쳐 꾸준히 이루어진 형태라고 하더군요. 그리고 피해자 얼굴을 뒤덮고 있던 건 종양이었어요. 악성 흑색종이라던데요. 척수로까지 전이되진 않았고, 피부 위로만 넓게 포진된 모습이라 특이하대요."

　"그게 왜?"

　준혁은 보고서 한 장을 빼 이창의 눈앞에 들이댔다.

　"한승목이 한 달 전 받은 건강검진 기록에는 혈압이 약간 높은 것 외엔 질병 사항이 없어요. 사망 이틀 전에 만난 동네 주민들이 본 얼굴도 반질반질하기만 했대요. 암이라는 게 그렇게 며칠 만에 급히 진행되는 병이 아니잖아요. 최근 사우나에서 마주친 사람 말로도 몸에 멍 같은 건 없었답니다. 말이 안 되지 않아요? 귀신이 곡할 노릇이죠."

　이창의 뇌리에 무언가가 스쳤다. 다방에서 노인에게 들은 이야기였다. 10년 전, 교주가 내린 저주 때문에 뜬금없이 희귀병을 얻어 죽었다는 신자. 그 신자와 이번 사건의 피해자 사이에 기묘한 연관성이 있었다. 해변에서 발견된 시신은 이창에게 뜻밖의 단서였다.

'곧 교주를 찾을 수 있을지도 몰라.'

이창의 손이 떨렸다.

"아, 맞다."

아직 보고서에서 눈을 떼지 않은 준혁이 무엇인가 갑자기 생각났다는 듯 고개를 번쩍 쳐들었다. 그는 이창의 눈을 바라보며 입을 열었다.

"피해자의 행적을 조사하다가 특이 사항을 하나 발견했어요. 평범한 개척 교회 목사인 줄 알았는데, 2002년에서 2005년 사이에 성행했던 사이비 종교 교주로 활동한 이력이 있어요. 천령교라고, 들어보셨죠?"

준혁의 보고에 이창은 낭패감을 감추지 못했다.

'한승목이 교주라고? 그가 죽었다고?'

7

또 봄비였다. 낡은 보닛 위로 흩날린 꽃잎들이 점점이 붙어 있었다. 이창은 시내 병원으로 차를 몰았다. 조카 채린을 봐야 했다. 이제 아홉 살인 아이는 누나가 남기고 간 마지막 흔적이었다. 가끔 아이를 보지 않고는 견딜 수 없는 날이 있는데, 오늘이 바로 그날이었다. 이창은 까마득하게 느껴지는 과거를 떠올렸다.

누나는 완치된 사례가 거의 없는 희귀한 유전병을 앓고 있었다. 병이란 것은 사람의 몸만 썩게 하지 않는다. 멀쩡한 정신을 좀먹고 지켜보는 주위 사람들까지도 피폐하게 만든다. 가망이 없는 병인 걸 알면서도 포기하지 못하고 몸부림칠수록, 그것은 더욱 악랄하게 파고든다.

아버지가 그랬다. 이른 나이에 아내를 잃고 딸까지 잃을 수 없었던 아버지는 결국 넘으면 안 되는 곳에까지 발을 들였다. 어쩌면 희망이 없다는 것을 알면서도 그것을 놓기 싫은 자들이 향하는 가장 당연한 목적지인지도 몰랐다. 지푸라기라도 잡으려는 심정으로 도달한 곳은 당시 이 도시에 성행하던 사이비 종교인 천령교였다.

천령교는 집요한 포교 활동으로 유명했다. 시내 대부분의 학교 앞에서 의안 같은 눈을 가진 이들이 매일 홍보용 팸플릿을 뿌리는 것은 기본, 지나가는 아무 학생을 붙잡고 신상 정보를 말해 줄 때까지 놔주지 않았다. 여러 명이 한 명을 쫓아가서 경찰이 출동하는 일도 잦았다. 교육청에서 주의를 요하는 공문이 내려올 정도였다. 조악한 전단 속 '기적'이라는 단어는 도망치는 아이들의 운동화에 뭉개지기 일쑤였다.

그들은 주말이면 우스꽝스러운 인형 옷을 입고 사람들이 모이는 공원으로 우르르 몰려가 자체적으로 만든 찬양가를 불렀다. 지나가던 사람이 욕설을 지껄여도, 소음으로 신고가 들어와도, 몇몇 짓궂고 용감한 초등학생들이 인형 옷의 지퍼를 내리고 쓰레기를 넣어도 꿋꿋이 노래했다. 단순한 멜로디의 찬양가는 광고 음악만큼이나 중독성이 강해서 사람들은 저도 모르게 따라 부르곤 했다. 아버지가 전단을 한 뭉치나 안아 든 채로 집에 돌아온 건 이창이 광적인 포교자들을 피해 집으로 도망쳐온 어느 날이었다. 그때 아버지의 눈은 꼭 의안 같았다.

사람의 뇌는 감당 가능한 기억만 저장한다고 하던가? 이창은 당시를 흐릿하게만 기억한다. 장면들은 꿈처럼 드문드문하고, 절대적인 사실만이 책에 적힌 타인의 삶처럼 선명했다. 예를 들면 아버지가 한 달에 한 번씩 열리는 교주의 '축복의식'에 간택당하기 위해 집안의 온 재산을 갖다 바쳤다는 것. 집안의 경제 사정이 빠르게 나빠졌다는 것. 자신이 다니는 대학 앞에서 인형 옷을 입고 찬양가를 부르는 아버지를 만난 일 따위 등이다.

"의식에 선택만 되면……."

그쯤의 아버지는 정상적인 소통이 불가했다. 이창이 아무리 붙들고 따지고 말려도 탁한 눈으로 같은 말만 중얼거렸다. 할 줄 아는 말이 그것밖에 없는 것처럼. 사기임이 분명한 그 조악한 쇼에 가지고 있던 모든 것을 걸었다.

이창이 현실에서 도망치다시피 들어간 군대에서 제대했을 때, 집안은 이미 풍비박산 나 있었다. 드라마에서나 보던 빨간딱지가 붙지 않은 가구가 없었다. 누나는 병세가 악화되어 죽음을 코앞에 둔 상황이었다. 기적을 바라는 것조차 과분하게 느껴지던, 모든 일이 어떤 식으로든 빨리 종결되기만을 바라던 시기였다.

어느 날 아버지는 처음 전단지를 안아 들고 왔던 날처럼 갑작스레 이창의 손을 잡고 눈물을 흘리며 전부 끝났다고 말했다.

이창은 그 말에서 죄책감과 희망을 동시에 얻었다. 두 감정의 무게가 비등했기에 어느 쪽으로 발을 내디뎌야 할지 알지 못했다. 축복 의식에 선택되었다며, 죽어가는 누나를 다짜고짜 집회장으로 데려가는 아버지를 막지 못한 건 그런 이유에서였다. 대신 이창은 아버지를 쫓아 집회장을 찾아갔다. 낯선 문을 앞에 두고서야 그는 자신이 아버지를 막지 못한 게 아니라 막지 않은 것일지도 모르겠다고 생각했다.

어쨌든 이창은 닫힌 문 앞에 서 있었고, 그것을 열었다. 그 안에서 보았다. 넓은 공간을 가득히 메운 광기, 간절함, 절박함이 이끌어낸 순수에 가까운 믿음을. 그리고 마치 신에게 구원받은 듯한 표정을 짓고 있던 아버지를. 교주라는 인간은 《성경》 구절을 대충 짜깁기하여 만든 어색한 주문을 외쳤고, 하얀 대리석 위에는 창백한 얼굴의 누나가 제물처럼 두 손을 모은 채 누워 있었다. 이창은 그토록 바라던 끝을 직감했고, 평생 아버지와 자신을 원망할 것이라 여겼다.

눈을 감았다 뜬 이창은 뒷걸음질 쳤다. 등에 닿은 문은 그를 내보내지 않겠다는 듯 꼼짝도 하지 않았다. 맹신과 흥분으로 소란하던 교회의 내부가 일순 고요해졌고, 이창은 신도들과 함께 같은 장면을 보았다.

누나가 어리둥절한 표정으로 일어나 두 발로 선 것이다.

누나는 가뿐해 보였다. 달콤한 낮잠을 자고 일어난 주말 오후가 떠오르는 모습이었다. 안색은 믿을 수 없게 싱그러웠다. 부축 없이는 바로 서 있기조차 힘들어하던 누나였다. 어안이 벙벙했다.

그녀는 두 발로 넓은 집회장을 가로질러 와 이창의 눈앞에 섰다. 신자들이 길을 터주었다. 누나를 바라보는 그들의 눈에는 부러움, 질투, 경이로움이 뒤섞여 있었다. 신자들의 시선은 누나를 지나 이창에게까지 도달했다.

"꿈인가? 나 졸려……."

누나는 그 말을 내뱉고는 이창의 앞에서 풀썩 쓰러졌다.

이후 아버지와 함께 향한 병원에서 각종 검사지와 촬영본을 들여다본 담당의는 믿을 수 없다는 얼굴로 기적이 일어났다고 말했다. 병이 호전됐다거나 나은 것이 아니었다. 애초에 병에 걸린 적도 없었던 듯이 누가 도려낸 것처럼 깨끗하게 사라진 것이다. 실감이 나지 않았다. 전국의 내로라하는 의사들이 포기하고, 갖은 약을 다 써도 소용없던 병이 몇 시간 만에 씻은 듯이 사라지자 이창은 교주의 축복을 믿을 수밖에 없었다. 그것은 연극이나 쇼가 아닌, 진짜 기적이었다.

기적, 이창이 지금 교주를 찾는 이유였다.

병이 완치된 후 사랑하는 사람을 만나 결혼한 누나는 허무하게도 교통사고로 세상을 떠났다. 이창은 장례를 치르며 각자에게 부여된 명줄에 대해 생각하지 않을 수 없었다.

누나가 매형과 함께 아버지를 모시고 강원도로 효도 여행을 가는 중에 벌어진 일이었다. 채린의 1박 2일 영어 캠프에 맞춘 일정으로, 본래는 이창도 함께여야 했으나 갑작스레 사건이 터져 홀로 남았다. 사고 원인은 앞서가던 차량 운전자의 졸음운전이었다. 대형 레미콘은 순식간에 누나의 차를 덮쳤다. 뒤에 오던 다른 차량의 블랙박스 영상을 보면서 이창은 어릴 적 죽이고 놀았던 개미를 떠올렸다. 손가락으로 짓눌러 으깨진 개미처럼 이창의 가족은 거대한 시멘트 반죽

아래로 폭삭 뭉개져 사라졌다.

허탈함과 공허함은 맹렬하게 굴러오는 바윗돌처럼 매일 밤 그를 괴롭혔다. 일상을 영위할 어떤 의욕도 남지 않아 스스로 끝을 맺기로 작정한 게 여러 번이었다. 그러나 혼자 남을 채린을 생각하면 그럴 수 없었다. 깊은 절망과 상실감에 허우적대던 이창이 가까스로 원래 생활을 되찾을 수 있었던 것은 순전히 아이 덕분이었다. 남은 가족은 조카인 채린이 전부였고, 그는 아이에게 모든 정성과 사랑을 쏟아부었다. 주위에서 뭐라고 하든 신경 쓰지 않았다. 시시때때로 고개를 드는 불안을 애써 무시하며 그럭저럭 소소한 행복에 비중을 두며 살아가고 있었다.

어느 날 학원에서 다급히 연락이 왔다. 채린이 구토 후 쓰러져서 병원에 있다고 했다. 그때 받은 검사에서 아이가 누나의 희귀병을 그대로 물려받았다는 사실을 알았다.

의사는 채린이가 성인이 되지 못할 거라고 말했다. 병원을 옮겼다. 같은 소리를 했다. 또다시 병원을 옮기고 여러 의사를 만났지만 돌아오는 말은 비슷했다. 이창은 누나가 아팠을 때 아버지가 하던 행동을 그대로 따라 했다. 당시에는 이해할 수 없었던 아버지의 행동들을 그제야 온전히 받아들일 수 있었다. 온갖 약을 써보고, 논문을 찾아보고, 직장과 일상을 내팽개친 채 저명한 의사들의 강의를 들으러 다녔다.

포교 활동을 하는 사이비 신도를 홀린 듯이 따라간 적도 있었다. 그 모든 노력에도 아이의 병세는 점점 더 심각해졌다.

휴직을 반복하느라 승진은 밀린 지 오래였다. 아버지와 매형이 남겨준 보험금이 있었으나 앞으로 얼마의 돈이 들지 모르니 직장을 아예 그만둘 수는 없었다. 하루가 어떻게 지나가는 줄도 모르게 바빴다. 일주일, 한 달, 일 년이 순식간에 흘러갔고 적응을 한 건지 아니면 빠르게 마모되고 있는 건지 가늠할 수 없는 시점이 찾아왔다. 폭행 사건 때문에 야근하던 어느 밤에 채린이가 발작을 일으킨 것이다. 이창은 자신을 버티게 하는 마지막 연료가 아이라는 사실을 다시금 실감했다. 그리고 중환자실에 누워 있는 아이를 보며 문득 누나에게 일어났던 기적을 떠올렸다.

다른 희망은 없다. 축복이 딱 한 번, 한 번 더 필요했다. 그 뒤로 이창은 천령교와 교주의 행방을 쫓았다. 연고 없는 이 소도시로 자진해서 내려온 것도 그런 까닭이었다. 천령교 부지는 폐허가 되어 있었다. 신자들과 함께 누나처럼 교주의 축복을 받아 병이 완치된 사람들을 수소문해 찾아갔지만 하룻밤 사이에 증발했다던 교주의 행방을 아는 이는 없었다.

신자들의 관리를 맡았던 집사 노인이 천령교를 흉내 내며 사기를 치고 있다는 사실을 알았을 때는 드디어 단서를 찾았다고 생각했다. 그런데 난데없이 해변에서 발견된 시신이 그토록 찾아 헤맨 교주라니. 이창은 눈앞이 깜깜해졌다.

계속해서 내리는 봄비가 달리는 차창을 때렸다. 꾸물거리며 흐르는 것이 마치 살아 있는 투명한 벌레 같았다. 저 멀리 아이가 자고 있을 병원의 불빛이 보이기 시작했다. 언뜻 바라본 룸 미러에 푹 꺼진 눈가가 비쳤다. 이창은 다시 납작하게 눌려 죽은 개미를 떠올렸다. 채린이 살아서 움직이는 것을 두 눈으로 확인하고 싶었다. 그래야만 잠들 수 있을 것 같았다.

8

"삼촌! 어쩐지 오늘은 삼촌이 올 거 같았어."

자정이 가까운 시간이었지만 아직 아이는 잠들지 않고 있었다. 늦게 자면 안 된다고 채린에게 잔소리를 하면서도 저절로 입가에 웃음이 맺혔다. 기껏 자고 있는 모습이나 보고 돌아갈 줄 알았는데 병실 문을 열기가 무섭게 튀어나와 안기는 아이를 보자 묵은 피로와 두통이 가셨다. 안아 올린 채린에게서는 베이비 로션 향이 났는데, 채린은 삼촌에게서 안좋은 냄새가 난다며 코를 틀어막았다.

"삼촌, 더 자주 오면 안 돼? 심심해. 그리고 애들이 나는 찾아오는 사람도 없다고 놀려."

"누가 그래? 삼촌한테 누군지 다 말해. 다음에 또 그러면 혼내줄게."

"혼내지는 말고. 다음에 친구들이랑 놀고 있을 때 와주라."

"그래, 삼촌이 과자랑 맛있는 거 잔뜩 사가지고 올게."

"약속했다?"

"당연하지."

채린이 말하는 친구들이란, 비슷비슷하게 완치되기 힘든 병을 앓아 사시사철 병원에 입원해 있는 아이들이었다. 채린이 외로움을 비칠 때마다 이창은 갈등에 빠졌다. 전부 포기할까. 지금껏 겨우 붙잡고 있는 것들을 놓아버리고 길지 않을 아이의 삶을 외롭지 않게 해주는 게 더 나은 선택이 아닐까 싶었다. 하지만 그런 고민은 항상 스스로를 질책하는 것으로 끝났다. 자신에게 남은 마지막 온기를 포기하기에는 아직 일렀다.

자기 싫다는 채린을 달래서 재우고 병원 밖으로 나오니 비가 그쳐 있었다. 내일은 날씨가 맑겠다. 이창은 조만간 선물 꾸러미와 함께 병원에 들러야겠다고 생각했다.

이창이 머무는 아파트는 병원에서 멀지 않았다. 씻고 침대에 누웠을 때는 새벽 두 시가 다 됐다. 불 꺼진 방 안은 농도

짙은 어둠으로 가득 찼다. 그 위로 낮에 마주한 사건 현장과 지하실이 겹쳐졌다. 이창은 준혁이 보여준 사진 속 얼굴을 떠올렸다. 사망자의 살아생전 모습은 이창이 기억하는 교주의 얼굴이 맞았다. 정말로 교주는 죽은 건가? 이틀 사이 교주의 얼굴 반을 뒤덮은 종양은 그가 정신 나간 신자에게 내렸다던 저주와 흡사했다. 그렇다면 교주에게 누군가가 저주를 내렸다는 말일까? 아니면 교주 스스로? 그럴 리가. 번잡하게 뻗어나가는 여러 상념의 틈에서 이창은 미약한 가능성을 발견해 냈다.

'교주는 죽었지만 그와 같은 능력을 가진 사람이 한 명 더 있다면?'

이창은 상체를 벌떡 일으켜 세웠다. 차분한 표정과는 다르게 심장이 터질 듯이 빠르게 뛰었다. 저주를 내릴 수 있는 자라면 축복도 내릴 수 있을 것이다. 그렇다면 교주에게 저주를 내린 자가 교주를 칼로 찌른 자일까? 이내 한 가지 의문이 따라왔다.

'저주를 내렸다면 어차피 교주는 죽을 텐데 왜 굳이 칼로 찌른 거지?'

이창은 곧 고개를 내저었다. 지금 필요한 건 잠과 휴식이다. 어차피 정보가 부족한 상태로 고심해 봤자 제대로 된 답을 도출하기는 힘들다. 의식을 놓기 전, 이창은 마지막으로 현재 유력한 용의자인 교주의 동생을 떠올렸다. 같은 핏줄이라면 가능성이 있을지도 모른다는 막연한 기대감이 일었다. 날이 밝자마자 동생에 대해 알아봐야겠다고 생각하며 눈을 감았다.

9

"여기 한승목 동생 사진이요. 그냥 깡패던데요. 이름 한승태, 나이는 52세."

준혁이 건넨 사진을 넘겨받은 이창이 눈썹을 찌푸렸다. 자신이 기억하는 인물이었다.

"한승목이 천령교 교주로 활동할 때 그 아래서 장로로 있었어요. 천령교가 사라진 뒤로는 신자들한테서 탈취한 돈을 가지고 해외 여기저기 돌아다니며 펑펑 써댄 거 같더라고요. 요즘 돈이 부족했는지 한승태와 한승목이 재산 때문에 말싸움하는 걸 봤다는 마을 사람들이 많아요. 몇 년간 마카오에 거주한 기록이 있는데 거기 카지노에서 재산을 탕진한 거 같아요. 한국에 입국한 지는 1년도 채 되지 않았어요."

사진 속의 한승태는 이창이 기억하는 모습 그대로였다. 그럭저럭 선하게 생겼던 교주와는 다르게 눈두덩과 광대뼈가 두꺼비처럼 툭 튀어나온 우락부락한 인상이었다.

"가장 최근 목격자는?"

"시내 유흥업소 마담이요. 한승태가 가게에 나타나기 시작한 건 6개월 전부터인데 돈도 없이 와서는 외상 달고 가버리는 일이 잦았답니다. 목격 당일에도 가게에 와서 종업원이 자기를 무시했다며 난리를 피웠는데, 그 뒤로는 봤다는 사람이 없어요. 그리고 업소에서 난동 부린 시간이 사건이 일어난 시간대와 겹쳐요. 사건 당일 저녁 7시부터 술을 마시다가 12시 넘어서 난동을 부렸고, 취해서 잠든 걸 상종하기 싫어서 그냥 놔뒀대요. 결국 해가 뜨고 가게를 나섰답니다. 한 목사 사망 시간이 그날 오후 9시경이니까, 한승태는 알리바이가 확실하단 거죠."

이창이 기억하는 한승태는 천령교 내의 요주의 인물이었다. 본인 혹은 가족의 병이 낫길 원하는 여신도들을 추행했고, 다음 축복 의식에서 선택받을 수 있게 힘을 써준다며 신도들에게서 거액의 돈을 뜯었다. 이창의 아버지도 그 피해자 중 하나였다. 지방에 꽤 많은 땅을 가지고 있어 지주 소리를 들었던 아버지는 그 때문에 헐값에 땅을 팔았다. 이후에도 축복 의식을 인질로 한 협박과 강요로 재산 대부분을 처분해야 했다. 그런 한승태의 행패는 교주를 철저히 신봉하던 신도들까지도 왜 저런 망나니 장로를 계속 내버려두는지 모르겠다며 원망의 소리를 낼 정도였다. 교주는 장로를 대놓고 싸고돌지는 않았지만 끝까지 침묵으로 일관했다.

'전혀 닮지 않아서 몰랐는데 형제였다니. 게다가 거의 유일한 용의자인 그에게 알리바이가 있다고?'

반갑지 않은 소식에 손끝이 떨렸다. 지금 중요한 것은 교주를 누가 죽였느냐보다 교주에게 저주를 내린 게 누구인가였다. 모든 신경이 그 누군가에게 집중되어 있었다. 전해 듣기만 하는 것보다는 직접 물어보는 게 확실할 것이다. 일단은 한승태를 찾아야 했다. 이창은 자리에서 일어나 겉옷을 챙겼다.

"어디 가시게요?"

"한승태를 찾을 거야."

"네? 한승태는 알리바이가 있다니까요."

"그래도 실종 상태잖아. 뭔가 켕기는 게 있어서 숨었든가, 아니면 나타날 상황이 아닌 걸 수도 있지. 자기 명의 건물 지하실에서 벌어진 일을 한승태가 정말 몰랐을까?"

"알겠습니다."

"아, 흉기에 묻은 혈액 주인은 누구인지 찾았어?"

"아직입니다. 소식 있으면 바로 연락드릴게요."

불쑥 노인의 이야기가 떠올랐다. 교주에게 아들이 있었다고 했다. 왜 그에 대한 이야기는 없지?

　처음 한승목의 친인척에 관한 보고를 들었을 때는 그가 천령교 교주인 줄 몰랐던 데다 시신의 상태에 신경이 쏠려 미처 생각치 못했다. 지금으로서는 이해가 가지 않았다. 이창은 들고 있던 서류들을 뒤적였다. 어디에도 자식에 대한 기록은 없었다. 노인이 잘못 알고 있던 건가? 이창은 핸드폰으로 메시지를 전송했다.

　[오늘 저녁 8시, 지난번 거기서 봐.]

　모처럼의 살인 사건으로 경찰서는 소란스러웠다. 그 와중에 한 통의 전화를 받은 직원이 다급한 목소리로 이창을 찾았다.

　"나곡서에서 온 연락입니다. 이번 사건 관련해서 말씀드릴게 있다는데요."

　"이리 바꿔줘."

　이창이 전화를 건네받았다. 수화기 너머로 들려온 정보는 시내로 가려던 그의 행선지를 바꾸기에 충분했다. 지하실 벽에 붙어 있던 사진 속 소년이 멀쩡하게 돌아왔다는 소식이었다.

10

나곡서의 문을 열고 들어가자 푸근한 인상의 경사가 이창을 맞이했다. 그와 통화했던 담당자였다. 이창은 경사가 안내한 손님용 소파에 궁둥이를 붙였다. 맞은편에 앉은 경사가 입을 열었다.

"말씀드린 대로 한 달 전 실종된 아이가 우리 서로 돌아왔습니다. 한승목이 살해당한 다음 날 새벽이었습니다. 아이가 어른 옷을 입고 있어서 들춰보니까 안에 입은 옷에 피가 묻어 있었어요. 깜짝 놀라서 일단 119를 부르고 아이 상태를 살폈는데, 다행히도 상처는 없었습니다."

"그럼 옷에 묻은 피는 주인을 모르는 겁니까?"

"답답하지만 그렇습니다."

"왜 아이가 돌아온 당일에 연락을 안 하신 겁니까?"

"몰랐으니까요! 아이가 말을 안 해서 알 수가 없었어요. 이름이건 나이건 통 말을 안 해서 보호자 찾는 데만도 엄청 애먹었어요. 절차대로 진행하는 데 시간이 걸려서 행정상 뒤늦게 연락이 닿았을 뿐입니다. 가까스로 연결된 보호자에게 원래 말을 못 하는 아이냐고 물어보니 그렇지 않답니다. 또랑또랑하게 말 잘하는 애였대요."

말을 마친 경사가 자리에서 일어나 이창을 모니터 앞으로 데려갔다. 화면 속 분류된 파일 몇 개를 클릭해 들어가자 동영상 하나가 재생되었다. 경찰서 근방의 CCTV 촬영본인 듯했다.

화면은 가까운 편의점부터 경찰서로 들어오는 골목을 비추었다. 한 청년이 아이의 손을 잡고 화면 안으로 들어왔다. 야구 모자에 마스크를 쓰고 있어 얼굴은 보이지 않았지만 검은색 바지에 회색 셔츠를 입은 평범한 인상착의였다. 청년은 건물에서 조금 떨어진 곳에서 아이에게 손가락으로 경찰서 문을 가리켰다. 아이가 머뭇거리자 청년은 경찰서 방향으로 아이의 등을 떠밀었다. 계속 뒤를 돌아보던 아이가 경찰서 안으로 들어가는 것을 본 후 청년은 왔던 길을 되돌아갔다. 길을 잃은 아이를 경찰서에 데려다주는 평범한 모습이었다.

한 가지 이상한 점이라면 청년이 함께 들어오지 않고 아이만 들여보냈다는 사실이다. 보통 미아 신고자들은 아이를 경찰에 인도하며 상황을 설명하거나, 바쁘지 않으면 보호자가 나타나는 것까지 확인하고 가는 게 일반적이다. 아이만 경찰서로 들여보낸 청년의 행동은 이상했다. 마치 경찰서를 꺼리는 것처럼.

게다가 아이는 피 묻은 옷을 입고 있었다. 그럴 경우에는 보통 경찰서로 데려가기보다 구급차를 먼저 부르지 않나? 영상 속 청년은 아이가 다치지 않았다는 사실뿐 아니라 실종 아동이라는 점까지 이미 알고 있는 듯 보였다. 저화질의 영상만으로는 청년의 신원을 찾기까지 시간이 걸릴 것이다. 현 상황에서 가장 큰 단서를 쥐고 있는 건 아이였다. 이창은 경사를 바라보며 물었다.

"아이는 어느 병원에 있습니까?"

"시내에 있는 제일평화병원입니다."

이창은 준혁을 호출해 아이가 입고 있던 옷을 회수한 뒤 그길로 병원으로 향했다. 아이가 치료를 받는 곳은 채린이 입원한 병원이었다.

11

아이는 말이 없었다. 이창은 조심스레 아이와 눈높이를 맞춰 마주 앉았다. 이창은 채린을 대하듯 평소와 다르게 사근사근한 목소리로 말을 건넸다.

"네가 준서니?"

아이는 대답하지 않았다. 옆에 있던 준서의 어머니가 슬쩍 다가와 앉았다. 할 말이 있다는 눈치였다. 두 사람은 복도로 나갔다.

"형사님, 우리 준서에게 무슨 일이 있었던 걸까요? 왜 말을 못 하는 거죠?"

이창이 답해줄 수 없는 질문이었다.

"성심껏 조사하겠습니다."

"얼마 전에 발견된 시체…… 10년 전 아동 연쇄 납치 사건의 범인이라면서요. 그 사건과 우리 아이가 관련 있는 거 맞죠? 그렇죠?"

"아직 확실한 건 아무것도 없습니다."

아이 어머니가 떨리는 목소리로 말을 이었다.

"우리 애가 등 쪽에 화상이 있어요. 지금보다 더 어렸을 때 제가 실수로 뜨거운 주전자를 바닥에 떨어뜨렸는데, 그때 끓는 물이 튀어서 생긴 거예요. 상처가 크거나 깊지는 않았는데, 그래도 병원에서 흉을 완전히 없애기는 힘들다고 그랬어요. 그나마 얼굴이 아니라 등 쪽이라 다행이라고 생각하고 치료했어요. 아이를 씻길 때마다 안타깝고 미안했던 기억이 많아요. 제 불찰이니까요. 그런데 제가 지금 좀 혼란스러워요. 분명히 우리 준서가 맞는데 저도 모르게 자꾸 의심하게 되는 이 상황이 무섭고요."

"의심이라뇨?"

"형사님, 우리 준서 등에 있던 화상이 사라졌어요. 그것뿐만이 아니에요. 뛰어놀면서 다친 자잘한 흉터들도 전부 없어졌어요. 꼭 새로 태어난 것처럼 깨끗해요. 이게 어떻게 된 일일까요?"

두 사람은 조용히 불안이 일렁이는 시선을 주고받았다. 이창은 언젠가 그녀의 물음에 답을 건넬 수 있기를 진심으로 바랐다. 죽은 교주와 실종된 아이, 피해자와 혈액이 일치하지 않는 흉기, 그리고 깨끗이 나은 아이의 몸, 또다시 출연한 축복……. 머릿속에서 여러 단어가 나타났다 사라지기를 반복했다. 이창은 준서 어머니가 떠난 병원 복도에 우두커니서 있었다. 만약 교주에게 정말 아들이 있었다면, 또 그가 살아있다면 CCTV 화면에서 본 청년의 나이쯤일 것이란 생각이 들었다.

병원 로비의 괘종시계를 바라봤다. 오후 5시가 조금 지났다. 노인과 만나려면 아직 시간이 남았다. 이창은 며칠 전 채린이와 했던 약속을 떠올렸다. 이창은 과자를 사기 위해 병원 1층에 있는 매점으로 걸음을 옮겼다.

12

다방의 낡은 문을 밀고 들어가자 창가 쪽에 자리를 잡고 앉아 있는 노인이 보였다. 뒤늦게 입구에 서 있는 이창을 발견한 노인이 자세를 고쳐 앉았다. 이창은 그에게 다가가 자리에 앉지도 않은 채 따졌다.

"교주에게는 자식이 없었어."

"그럴 리가! 분명히 그 꼬맹이가 교주보고 아버지라고 불렀다고!"

이창은 노인의 멱살을 틀어쥐었고 노인은 기겁하며 뒤로 몸을 뺐다. 멱살을 푼 이창이 맞은편 의자에 앉자, 노인은 크게 숨을 들이쉬고는 눈을 부릅뜨며 억울하다는 듯 다방이 떠나가라 외쳤다.

"진짜야! 사람이 말을 해줘도 못 믿네. 애 낳아놓고 호적에 안 올리는 일도 종종 있잖아?"

노인의 반응으로 보아 거짓은 아닌 것 같았다. 그가 굳이 거짓말을 할 이유 또한 없었다. 이창은 굳은 표정으로 노인을 뚫어지게 응시했다. 안절부절못하던 노인이 슬그머니 다시 말을 붙였다.

"그런데, 자네 교주를 찾는 이유가 혹시 축복 때문인가?"

"알 거 없습니다."

"아니, 그게 요즘 생각해도 참 신기하단 말이야. 어떻게 그렇게 신자들 병이 딱딱 낫느냐 말이지. 물론 자네 누나도 그렇게 새 삶을 얻었지만……. 건강하게 잘 살고 있지?"

이창은 굳게 입을 다물고 옅은 미소로 답을 대신했다. 티 나도록 눈치를 살피던 노인이 다시 입을 달싹였다. 그에게서 뜻밖의 말이 튀어나왔다.

　"혹시라도 교주를 찾는 게 축복 때문이라면 말이야, 찾아봤자 소용없어!"

　"무슨 뜻이지?"

　"말 그대로야. 내 친구 중에 야매 의사 짓하는 놈이 하나 있었어. 등짝에 그림 그려주기도 하고, 간단한 시술이나 응급처치를 해주면서 돈을 벌었지. 걔가 그 망나니 장로 놈을 좀 알더라고. 꽤 막역해서 교주네 집에 가끔 드나들었던 거 같은데, 그 친구가 왔다 갔다 하면서 본 것도 많고 들은 것도 많다는 거야."

　노인이 목소리를 내리깔고 몸을 테이블 밑으로 숙였다. 이창도 노인을 따라 움직였다. 노인의 더운 숨이 훅 끼쳤다.

　"장로 놈이 어느 날 술에 곯아떨어져서는 그랬다는군. 축복을 내리는 건 교주가 아니라 그 아들놈이라고."

　머릿속에 축복 의식의 순간이 느리게 재생되었다. 교주가 나와서 억지스러운 설교를 한다. 교리가 합당한지 따위는 그들에게 하나도 중요하지 않다는 걸 증명하는 설교다. 교주가 입을 다물면 장로는 그달의 '선택받은 자' 이름을 부른다. 집회장은 소란스러워진다. 집사들은 모금함을 들고 내부를 돌아다니며 노골적인 압박을 가한다. 그러는 사이 단상 위에서는 의식을 치를 준비를 한다. 호명받은 자는 몸을 깨끗이 한 후 흰옷을 입고 제단 같은 대리석 위에 눕는다. 붉은 예복을 입은 아이가 나오면 의식이 시작된다. 아이는 누워 있는 '선택받은 자'의 한 손을 잡고 무릎을 꿇는다. 교주는 드문드문 주문을 외우고, 술을 뿌리며 퍼포먼스를 이어간다. 예복을 입은 아이는 점점 몸을 둥글게 만다. 곧 사라져도 이상하지 않을 것처럼 작아진다. 어느 순간 의식은 끝난다. 거짓말처럼 환자가 낫는다. 버석한 안색에 분홍빛 혈색이 돌고 눈은 물에 씻은 유리알처럼 맑아진다.

이따금 휘청이던 작은 실루엣이 스쳐 지나갔다.

'축복을 내렸던 게 정말 교주가 아닌 그 아이였을까?'

너무 오래전의 일이라 자신의 기억이 정확한지 확신할 수 없었다. 교주도, 그 아들도 죽은 사람이지만 새로운 가능성의 발견만큼은 나쁘지 않았다. 갑작스레 다가온 단서가 꼭 희망적인 미래에서 보낸 선물 같았다. 이창은 머릿속에서 해야 할 일들을 빠르게 구체화했다. 한승태는 알리바이가 있다. 그렇다면 지금 상황에서 가장 유력한 용의자는 누구일까? CCTV 화면 속 야구 모자를 쓴 청년이 떠올랐다.

"그 아들이 어떻게 죽었는지 자세히 말해 봐."

　하루 종일 한승태와 교주의 아들로 추정되는 남자의 행방을 뒤졌지만 아무것도 알아내지 못했다. 노인을 추궁하고 회유도 해보고 협박도 했지만 더 이상 나오는 게 없었다. 교주가 살해당한 것도 얼마 전 뉴스를 보고 알았다며 손을 내저었다. 마지막 목격자 이후로는 추가 목격자도 없는 상태였다. 한승태와 친했다는 야매 의사의 연락처를 물었지만 작년에 교통사고로 죽었다는 대답만이 돌아왔다.

　이창의 초조함은 점차 심해졌다. 엎친 데 덮친 격으로 새벽에 병원에서 연락이 왔다. 채린이 가벼운 발작을 일으켰으며, 무사히 회복했으나 요즘 병세가 심상치 않다고 했다. 아이는 눈에 띄게 살이 빠지고, 체력도 줄었다. 같은 병을 앓던 누나도 여러 번 죽음의 문턱에 발을 디뎠었다. 공교롭게도 누나는 전혀 다른 방향에서 그 문을 넘고 말았지만. 이창은 낭떠러지를 앞에 두고 되돌아갈 길이 없는 처지에 놓인 기분이었다.

　곤히 잠든 채린을 하염없이 바라보던 이창은 이따금 열이 올라 붉어진 작은 볼에 손을 가져다 대보기도 했다. 시간이 얼마나 지났는지 창밖으로 해가 지고 있었다. 연한 보랏빛으로 물들어가는 하늘이 어둠을 예고했다. 그때 누군가가 병실

문을 두드렸다. 익숙한 목소리도 함께 들렸다.

"선배, 왜 전화를 안 받아요?"

준혁이었다. 채린이가 좋아하는 사과주스를 사 들고 왔다.

"채린이는 좀 괜찮아요?"

"응, 지금은."

"어째 지난번에 봤을 때보다 더 작아진 것 같네요."

"그러게. 계속 작아지다 사라질 것 같아."

선명한 보랏빛 어둠이 지기 시작한 병실에 어쩔 수 없는 침울함이 맴돌았다. 준혁은 괜스레 헛기침을 하며 용건을 말했다.

"밥 안 드셨죠? 저랑 밥이나 먹으러 가요. 그렇게 계속 보고 있으면 채린이도 부담스러워서 잘 못 자요."

준혁이 다짜고짜 손목을 잡아끌었다. 이창은 채린의 이불을 목까지 덮어준 뒤, 병실 불을 끄고 순순히 준혁을 따라나섰다.

준혁이 안내한 곳은 그가 사는 아파트 상가 지하에 있는 일본식 선술집이었다. 붉은 가림막을 젖히고 가게 안으로 들어가자 사장으로 보이는 남자가 주방에서 알은체하며 준혁을 맞아주었다. 테이블이 다섯 개 남짓한 아담한 가게였다. 주방과 붙은 1인용 바가 편안해 보이고 분위기가 아늑해서 혼자 한두 잔 마시기에 좋아 보였다. 희멀건 인상의 직원이 메뉴판과 물수건을 세팅했다.

"메뉴 정하시면 불러주세요."

순간 묘한 기시감이 들었다.

"선배, 먹고 싶은 거 있어요?"

"네가 단골이잖아. 알아서 시켜."

단순한 착각이겠지. 너무 신경이 곤두서 있는 탓일 테다. 직원은 평균적인 키에 평범한 인상이었다. 아마도 가게 밖에서 청년을 마주친다면 알아보지 못할 것이다. 하지만 찝찝한 기분은 쉬이 가시지 않았다. 준혁은 자연스럽게 메뉴를 주문했다. 직원이 다시 그들을 스쳐 지나갔다.

"모둠 꼬치랑 나가사키 짬뽕 하나, 소주 한 병 주세요."

"네, 주문받았습니다."

음식이 나오기까지 어색한 고요를 참지 못한 준혁이 먼저 말을 꺼냈다. 급한 성격답게 본론부터 내뱉었다.

"선배가 따로 쫓는 게 있다는 거 알아요. 그게 도대체 뭡니까? 제가 아는 건 채린이 때문에 여기까지 내려왔다는 것뿐인데, 여기 병원이 아무리 소아병동 위주라고 해도 희귀병 관리는 서울보다 못할 거 아니에요. 그렇다고 채린이 옆에 자주 있어 주는 것도 아니고. 맨날 어딜 그렇게 돌아다녀요. 제가 뭘 알아야 약간이라도 도울 것 아니에요. 선배가 근무 중에 딴짓을 해도 영문을 알아야 커버를 치죠."

"어차피 말해도 못 믿을걸."

"그렇게 말하니까 더 궁금한데요. 저 음모론이나 수수께끼 좋아해요."

아마도 빈속에 쏟아부은 술기운 때문일 것이다. 평소라면 그냥 웃으며 넘겨버렸을 질문인데, 이창은 지금의 답답한 마음을 누군가에게 털어놓고 싶었다. 그러지 않고서는 이 상황을 견딜 수 없을 것 같았다. 준혁이 믿지 않아도 상관없었다.

"넌 기적을 믿어?"

"깊이 생각해 본 적은 없어요. 저 무교입니다."

"난 사이비였어."

"오……, 안 믿깁니다."

이창은 맑은 액체가 담긴 잔을 가만히 바라보며 말을 이었다.

"내가 찾고 있는 건 사람이야. 그 사람은 기적을 일으킬 수 있거든. 착각이나 우연 같은 게 아니야. 우리 누나가 그 사람 손에 병이 나았으니까. 내가 두 눈으로 직접 목격했어. 네가 믿지 않아도, 나를 한심한 인간으로 봐도 어쩔 수 없어. 그건 진짜 기적이었어."

입안이 말라 술 대신 물을 마셨다. 취하고 싶은데 그러면 안 될 것 같은 기분이 들었다.

"너도 알다시피 채린이는 불치병을 앓고 있고, 나는 그 기적을 다시 바랄 수밖에 없는 상황이야.”

이창은 지금까지 있었던 일과 최근에 일어난 사건의 피해자인 한승목이 바로 자신이 쫓던 교주였다는 사실까지 모두 털어놓았다. 준혁은 모든 사실을 곧이곧대로 믿지는 않는 눈치였으나 묵묵히 이창의 말을 경청했다. 그사이 주문했던 안주들이 하나둘 서빙되었다. 앞치마를 입은 직원은 좁은 가게를 분주히 돌아다녔다. 준혁은 잠시 생각을 정리하는 듯하더니 입을 열었다.

“선배가 말한 모든 사건의 대전제인 기적의 유무에 대해서는 굳이 따지지 않을게요. 어차피 선배는 그것이 존재한다고 믿고 있고, 필요하니까. 어쨌든 최근의 단서를 종합해 보면 그토록 찾던 교주가 죽었다는 거잖아요. 그것도 무척 이상하게.”

“맞아. 지금부터는 내 추측이야. 피해자의 시신에서 급성 종양처럼 묘한 부분들이 발견되었지. 교주 아들을 죽인 남자도 비슷한 방식으로 갑작스럽게 사망했어. 그건 어쩌면 기적을 일으키는 능력자가 한 명 더 있다는 뜻이지 않을까? 누군가가 그에게 기적의 반대인 어떤 행위를 했다는 거잖아. 그리고 그 능력자가 바로 피해자를 죽인 범인이겠지. 아니, 칼로 찌른 범인이 따로 있다고 가정해도 최소한 그날 교주를 만난 마지막 목격자야. 터무니없게 느껴지겠지만 난 여기에 모두를 걸 수밖에 없어.”

“결국 사건 해결이 답이네요. 솔직히 선배가 하는 말을 다 믿을 순 없지만…… 제가 캐물었으니 도울 수 있는 데까진 도울게요.”

준혁이 복잡한 표정으로 이창의 잔에 소주를 따랐다. 이창은 넘칠 듯 말 듯 가득 찬 소주를 한입에 털어 넣었다. 오랜만에 느껴보는 후련함이었다. 그 맑은 액체를 닮은 감정에는 민망함과 후회가 얼핏 섞여 있었고, 준혁이 자신을 망상증 환자로 볼까 싶어 걱정스럽기도 했다. 그때 테이블 위 준혁의 핸드폰이 진동했다.

“아, 퇴근했는데 누구야. 저 전화 좀 받고 올게요.”

홀로 앉아 술을 따르던 이창은 문득 자신을 향한 시선에 고개를 돌렸다. 이창과 눈빛이 마주친 직원은 잠시 그를 바라보더니 먼저 시선을 피했다. 얼마 후 직원은 터질 것처럼 가득 찬 쓰레기봉투를 들고 가게 밖으로 나갔다. 이창은 묘한 기분이 들었다. 직원이 자신과 준혁이 하는 이야기를 전부 듣고 있던 것 같은.

자정이 지나자 손님들이 순식간에 빠져나갔다. 가게는 그럭저럭 여유로운 상황이었다. 이창은 빈 잔에 조명이 닿아 생긴 반짝임을 물끄러미 좇았다. 마음 한편이 꺼림칙했다. 대체 무엇 때문일까? 발의 굳은살 옆에 박힌 얇은 가시처럼 여러 가정을 거듭할 때마다 무언가가 찔러대며 따끔거리는 거북한 기분이었다.

소음을 피해 전화를 받으러 나갔던 준혁이 헐레벌떡 가게 안으로 뛰어 들어왔다.

"선배, 저번에 나곡서에서 회수한 실종 아동 옷 있잖아요. 거기 묻은 혈액이 현장에 있던 칼과 바닥에 흐른 혈액 전부와 일치한대요. 그리고……"

준혁이 잠시 말을 멈추더니 숨을 골랐다. 이어서 흘러나온 한마디는 지금까지 두 사람이 나눈 가설에 근거를 실어주었다.

"혈액 주인은 돌아온 아이예요."

준혁은 떨리는 목소리로 횡설수설했다.

"하지만 아이한테서는 어떤 외상도 발견되지 않았잖아요. 건강 상태도 양호했고요. 이게 어떻게 된 일인지."

이창은 침묵했다. 준혁이 가져온 새로운 소식을 접하는 동시에 보다 선명해지는 장면이 있었다. CCTV 화면에서 아이를 경찰서로 들여보내던 청년과 이곳 직원의 실루엣이 묘하게 겹쳐졌다. 앞치마에 가려져 있던 검은색 바지와 회색 셔츠. 특징이랄 것도 없는 평범한 차림이었으나 신장과 체격은 매우 유사했다. 문제는 일치하는 게 그뿐이라는 거지만.

좀 전에 쓰레기를 버리러 나간 직원은 아직 돌아오지 않았다. 초조함이 거세졌다. 이창은 주방 안의 사장 부부에게 직원은 어디에 갔느냐고 물었다.

"퇴근했어요. 몸이 좋지 않다고 해서."

이창은 자신이 쫓는 대상만큼이나 설명 불가한 직감이라는 것을 믿어보기로 했다. 곧장 자리에서 일어나 밖으로 뛰쳐나갔다.

14

쓰레기봉투를 들고 나온 란은 앞치마를 벗어던지고 벽에 기대어 숨을 크게 들이마셨다. 그러고는 자신이 나온 가게 뒷문을 빤히 바라보았다.

작은 가게에서 일하다 보면 본의 아니게 손님들이 나누는 대화 내용이 귀에 들어왔다. 란은 보통 사람들보다 예민한 감각을 지녔고, 늘 눈치를 봐야 했던 어린 시절의 영향으로 티 내지 않고 주변을 살피는 데 익숙했다. 그러다 보니 자연스레 자주 오는 손님들의 직장이나 가족관계, 연애사, 최근의 고민 같은 걸 알게 되었다.

바 테이블에 앉아 있던 두 남자 중 키가 작은 쪽은 단골까지는 아니어도 이전에 두어 번 온 적이 있는 손님이었다. 그가 경찰서에서 일한다는 건 알고 있었다. 태도를 보아하니 함께 온 사람은 아마도 직장 상사일 것이다. 계속 자신을 주시하던 날카로운 인상의 남자. 그는 분명 자신을 바라보고 있었다.

드문드문 닿는 그들의 대화에서 피해자, 시신, 교주 따위의 단어들이 들려왔다. 한승목의 죽음에 관한 내용일까? 이상할 건 없었다. 최근 이 도시를 뒤흔든 그 사건은 세 단어의 교집합에 부합했다.

'저들이 내가 한 짓을 알게 될지도 몰라. 아니, 어쩌면 이미 알고 있을지도 몰라.'

그때부터 손끝이 떨리기 시작했다.

대화를 더 자세히 듣고 싶었으나 애초에 그들의 목소리가 조심스러워 한계가 있었다. 란은 갈등했다. 좀 더 가까이서 귀를 기울이고 싶으면서도 한편으로는 당장 도망치고 싶었다. 신경이 곤두서서 답지 않은 실수가 이어지는 바람에 사장님께 한소리를 들었고, 요즘 들어 왜 그러냐는 추궁이 이어졌다. 란이 생각해도 최근 자신의 태도는 문제가 있었다. 하지만 사장 부부에게 납득할 만한 설명을 내놓는 건 불가능했기에, 결국 몸이 안 좋다거나 하는 진부한 변명만 반복할 뿐이었다.

그리고 소음과 재즈의 틈바구니에서 간신히 한 단어를 잡아챘을 때, 란은 도망을 결심했다. '기적'. 앞뒤가 뭉개진 긴 대화에서 끌어올린 단 하나의 파편. 침울한 얼굴의 남자는 분명 기적이라고 발음했다. 그 단어는 란이 도망쳐온 시절을 대표하는 것이었다. 타인의 입을 통해서는 다시 마주하고 싶지 않은 유일한 명사였다. 그 끔찍한 단어로부터 도망쳐야 했다. 판단이나 의지와 상관없이 심장이 터질 것처럼 뛰었다.

　가게 마감이 얼마 남지 않았다는 게 그나마 다행이었다. 쓰레기 정리를 마치고 인사와 함께 곧장 가게를 나섰다. 사장님의 한숨 소리가 맴돌았다. 어쩌면 이곳을 관둘 때가 된 걸지도 모르겠다고, 란은 생각했다.

　가만히 심호흡을 한 란은 어두운 골목으로 발을 내디뎠다. 멀쩡한 척하려고 했지만 걸음은 점점 빨라졌다. 영락없이 도망치는 사람이었다. 병원에 가지 않고 대충 처치한 종아리의 상처가 쑤셔왔다. 한승목과 다툴 때 생긴 상처였다. 고통과 불안이 란을 압박해 왔다. 그는 저도 모르게 혼잣말을 중얼거렸다.

　"아직은 괜찮아. 괜찮을 거야. 칼을 쥐었던 건 애초에 그 새끼밖에 없었는걸. 난 아무도 찌르지 않았어. 괜찮아. 찬아, 정말로 괜찮을까?"

　찬이 보고 싶었다. 그날 밤의 일들이 꿈처럼 느껴졌다. 무엇 하나 확실한 것이 없었다. 기억 속의 모든 이미지는 뭉개진 찰흙처럼 뭉뚱그려져 있었다. 초조한 마음이 가시지 않았다. 란은 입술을 잘근잘근 짓씹었다. 이제는 얼굴마저 까마득한 찬의 습관이었다.

얼핏 소리가 들렸다. 상가의 철문이 크게 열렸다 닫히는 마찰음. 이어서 누군가가 전속력으로 내달리는 규칙적인 발소리까지. 소리는 란을 추격하듯 빠르게 다가왔다. 란은 본능적으로 가게 안의 두 사람을 떠올렸다. 그들이 자신을 쫓는 게 분명했다. 하지만 왜? 근거와 이유를 추리할 여유는 없었다. 쫓는 사람이 있는 이상, 쫓기는 사람은 붙잡히지 않기 위해 모든 걸 걸어야 하는 법이다. 또한 자신은 아직 해야 할 일이 남아 있었다. 란은 힘껏 달리기 시작했다. 반쪽짜리 달 아래 한밤중의 추격전이 벌어졌다.

"거기 서!"

남자는 빠르게 따라붙었다. 란의 바로 뒤에서 목소리가 들려왔다. 발에 힘을 담아 내디딜 때마다 왼쪽 종아리에 날카로운 통증이 퍼졌다. 상처가 벌어진 것 같았다. 란은 눈을 질끈 감았다 떴다. 순간적으로 어떤 결심이 들었다. 지금 상황에서 벗어날 아주 편리하고도 간단한 방법이 있었다. 란은 뛰던 것을 멈추고 가만히 서서 숨을 골랐다.

허구한 날 달리는 것이 일인 이창이 절뚝거리는 직원을 따라잡는 것은 너무도 당연했다. 이창은 포기한 듯 멈춰 선 직원의 한쪽 어깨를 잡아챘다. 그런데 무언가 이상했다. 짧은 순간 스친 직원의 눈빛은 체념한 자의 것이 아니었다.

란은 빠르게 몸을 돌려 자신의 어깨를 잡고 있는 남자의 팔을 떼어내 붙잡았다. 그렇게 찰나에 두 사람의 손이 맞닿았다. 란은 이창을 올려다보았다. 익숙한 감각이 전신에 퍼졌다. 산 채로 탈수기에 들어가 온몸을 쥐어짜 내는 것만 같았다. 그 불쾌한 자극은 얼마 지나지 않아 종아리의 통증과 함께 사라졌다.

란은 자신의 몸에 더는 어떤 통증도 존재하지 않음을 인식하자마자 남자의 손을 뿌리쳤다. 그러고는 그를 밀어 넘어뜨린 후 전보다 힘차게 달려 나갔다. 등 뒤에서 당황한 남자의 신음이 들려왔으나 뒤돌아보지 않았다.

오로지 앞으로만 달렸다. 자신의 몸에 생긴 상처를 타인에게 옮긴 것은 거의 10년 만이었다. 그동안 홀로 금기시했던 규칙을 깬 것치고는 기분이 나쁘지 않았다. 홀가분했다. 그것이 물리적인 고통에서 벗어났다는 해방감인지, 오랜 규칙을 깼을 때 느끼는 일탈의 쾌감인지는 알 수 없었다. 그렇게 가뿐해진 다리로 한참을 뛰어 집 근처에 다다랐을 때는 아무도 쫓아오고 있지 않았다.

벗어났다. 도망치는 데 성공했다. 란은 크게 웃고 싶었으나 왜인지 입에서 나오는 건 울음에 가까운 침음이었다. 그는 집 문 앞에 주저앉아 무릎에 얼굴을 묻었다. 찬이 보고 싶었다. 13년 전을 떠올렸다.

'형을 데리고 이렇게 벗어날 수 있었다면 얼마나 좋았을까. 왜 우리는 그러지 못했을까.'

한순간 마주쳤던 남자의 눈은 목표물을 앞에 둔 날카로움보다는 왠지 모를 절박함에 가까웠다. 이상하게도 그 형형했던 눈빛이 뇌리에서 떠나지 않았다. 안 좋은 예감이 들었다. 그동안 꼭꼭 막아두고 쌓아 올린 벽들이 하나둘 무너지고 있었다. 하지만 이제 멈출 수 없었다.

15

이창은 눈앞에서 사라지는 직원의 뒷모습을 망연하게 응시했다. 그를 붙잡기 위해 몸을 일으켜 세웠으나 갑작스러운 왼쪽 다리의 통증에 고꾸라지고 말았다. 살이 찢어지는 듯한 작열감에 신음이 새어 나왔다.

직원을 놓친 건 통증보다 당혹스러움 때문이었다.

'다친 기억이 없는데 어떻게 된 거지?'

이창은 곧장 바지를 걷어 올려 다리를 확인했다. 왼쪽 종아리에 길게 난 상처가 보였다. 상처는 이제 막 생겼다기보다는 오래전에 찢어진 종아리를 제대로 관리하지 않아 곪고 덧난 듯했다. 검붉은 피와 함께 누런 진물이 흘렀다. 가장 이상한 건 바지가 찢어지지도 않았는데 옷 안에 상처가 났다는 사실이었다. 저도 모르는 사이 날카로운 물체에 찔리거나 베인 게 아니라는 뜻이다. 외부적인 요인이 아니라면 저절로 피부와 근육이 찢어졌다는 말밖에 되지 않았다.

이창은 부자연스러운 흐름으로 직원에게 붙잡힌 순간을 떠올렸다. 그때 둔중하고 야릇하며 불쾌한 기운이 그의 손을 통해 흘러들어오는 듯했다. 이후에 직원은 이전의 힘겨운 걸음걸이는 찾아볼 수 없을 만큼 빠르게 골목을 벗어났다.

이창은 불현듯 깨달았다. 직원과 자신의 상황이 접촉을 기점으로 뒤바뀌었다는 사실을.

'그런 게 정말 가능할 리가……'

쉽게 믿을 수는 없었다. 하지만 다리를 관통하는 낯선 통증은 이창의 머릿속에 내리꽂힌 추론이 바로 진실이라고 몰아붙이듯 선명했다. 그것은 자신이 오랜 시간 쫓던 기적의 원형이 될 수 있었다. 동시에 그가 바란 무한한 기적의 한계 역시 될 수 있었다. 이창의 머릿속에 추론을 이루는 두 가지 정의가 맴돌았다.

없애는 것과 옮기는 것. 없애는 게 아닌 옮기는 것.

기적과 교환.

거세게 뛰는 심장이 좀처럼 가라앉지 않음에도 뒷덜미는 얼음을 문지른 듯 서늘했다. 이창은 담벼락을 짚고 일어서서 자신을 어떤 결말로 데려다줄지 모를 상처를 가만히 응시했다.

"어, 선배! 언제 다쳤어요? 꽤 심한 것 같은데 병원으로 가요."

뒤늦게 쫓아온 준혁이 숨을 헉헉대며 놀라 물었다. 늘 필요할 때마다 한발씩 늦는 후배였다.

"됐어, 병원은 무슨."

이창은 손을 휘휘 내저으며 왔던 길을 돌아갔다. 다리는 힘을 주지 않고 걸을 때는 그럭저럭 버틸 만했다. 터진 상처에서 피가 흘렀지만, 그런 것은 아무래도 중요하지 않았다. 이 상처가 그렇게 찾아 헤맨 저주다. 그것은 저주인 동시에 달아난 남자가 채린에게 축복을 내릴 수 있다는 증거였다. 축복이 정말 축복인지는 확신이 없어졌지만.

이창은 어깨를 붙잡았을 때 스친 직원의 눈빛을 곱씹었다. 체념과는 거리가 먼, 멈추지 않고 내딛는 자의 눈이었다.

가게로 돌아간 이창은 사장으로부터 직원에 관한 간단한 정보 몇 가지를 알아냈다. 23세, 이름은 한란이며 사장 부부가 봉사활동을 했던 청소년 보호센터 출신이라는 것. 그가 사는 곳까지 알아냈지만 이창은 그곳에 갈 수 없었다. 병원에서 걸려 온 전화 때문이었다.

병원에 도착했을 때, 갑작스레 발작을 일으켰다는 채린은 고비는 넘겼으나 아직 의식이 없는 상태였다. 이창은 거의 뜬눈으로 밤을 새웠다. 준혁이 먹을거리를 가져다주었으나 도저히 넘어가지 않았다. 동이 틀 무렵에서야 채린은 중환자실에서 잠깐 의식을 되찾았다. 눈을 몇 번 깜빡이더니 다시 긴 잠에 빠졌다. 병원에서는 추후 경과를 지켜봐야 한다는 형식적인 말만 반복할 뿐이었다. 어린아이라 진행이 빠르다고도 했다. 시간이 지날수록 병세는 점점 나빠질 것이다. 더이상 지체할 수 없었다.

당분간 면회가 금지되었다. 어차피 채린을 볼 수 없다면 해야 할 일을 먼저 해야겠다고 생각했다. 이창은 병원을 나와 알아둔 란의 집으로 향했다. 수면 부족과 묵은 피로로 눈 주변이 퀭했다.

란의 집은 바다가 보이는 경사 높은 동네의 중턱에 있었다. 당장 안전 점검을 받아야 할 것 같은 낡은 빌라의 옥탑방이었다. 문은 어이없을 만큼 쉽게 열렸다. 집 안에는 아무도 없었다. 이창은 다시 가게 사장에게 연락해 보았으나 그 역시 연락이 되지 않는다는 대답만 들었다.

막막해진 이창은 방 안을 둘러보았다. 살아가는 데 필요한 최소한의 살림살이만 눈에 띄었다. 아예 짐을 싸서 다른 곳으로 떠나버린 것인지, 아니면 잠시 집을 비운 것인지조차 가늠되지 않을 정도로 황량한 공간이었다. 작은 단서라도 찾아낼 수 있을 줄 알았던 기대는 허망하게 흩어졌다. 란이 돌아오길 하염없이 기다리고 있을 수만도 없는 노릇이었다.

이창의 개인적인 사정과 별개로 수사를 향한 압박은 커지고 있었다. 사건은 10여 년 전의 아동 실종 사건들과 묶이면서 확대되었다. 언론도 시시각각 대대적인 보도를 이어갔고 많은 사람들이 주목했다. 그런 놈은 죽어도 싸다, 범인 잡지 말고 그냥 수사 종결해라, 하는 목소리도 컸다. 사람들의 이목이 집중된 사건인 만큼 경찰의 해결 의지도 각별했다. 상부에서는 하루빨리 범인을 잡아내라고 난리였다. 그러나 상부가 닦달하는 것과 상관없이 수사는 난항을 겪고 있었고 새로운 목격자는 나타나지 않았다.

한승태의 행방도 여전히 묘연했다. 결정적인 단서일 수도 있는 란을 코앞에서 놓친 것이 이창으로서는 뼈아프게 느껴졌다. 한 시간이 멀다 하고 팀원들에게서 전화가 걸려왔다. 이창의 잦은 개별 행동을 준혁이 커버해 주고는 있지만 그것도 한계가 있었다. 몸이 열 개라도 부족한 상황이었다. 고작 다리 통증 때문에 란을 놓친 자신이 원망스러웠다. 이창은 옥탑 구석에 놓인 화분에 분풀이를 한 뒤 계단을 내려갔다.

'하지만 그냥 갈 수는 없지.'

이창은 빌라에 사는 사람들에게 자신의 명함을 남겼다. 옥탑에 사는 남자가 돌아오면 부디 알려달라는 말과 함께. 대부분의 집이 비어 있었고, 그나마 사람의 기척이 느껴지는 집은 란의 행방을 묻는 말에 대답은커녕 문도 열어주지 않아 연락처와 메모를 남기는 게 최선이었다. 나중에라도 연락이 오길 바라며 이창은 무거운 발걸음을 옮겼다.

지푸라기라도 잡는 심정으로 빌라의 세입자들에게 연락처를 뿌린 다음 날 밤이었다. 이창의 노력이 헛되지 않았는지 옥탑의 바로 아래층에 거주하는 고시생으로부터 연락이 왔다.

"제가 경찰 시험을 준비하고 있거든요. 이번에는 진짜 붙을 거 같은데…… 형사님이니까 같이 일할 수도 있잖아요? 그래서 연락드렸어요."

낯선 목소리는 한참 동안 혼자 수다를 떨며 생색을 내더니, 이창이 장난 전화면 끊겠다고 경고하자 그제야 조금 전 계단을 오르는 발소리와 옥탑의 철문이 열리고 닫히는 소리가 들렸다는 이야기를 늘어놓았다. 이창은 곧바로 전화를 끊고 뛰쳐나갔다.

자동차 핸들을 잡은 손끝이 가늘게 떨렸다. 산소호흡기를 끼고 죽은 듯이 누워 있던 채린이 떠올랐다. 몇 번이나 신호를 무시한 끝에 15분가량 걸리는 란의 집까지 10분 만에 도착할 수 있었다. 이창은 숨 돌릴 틈도 없이 5층의 계단을 뛰어올랐다. 옥탑으로 향하는 철문은 잠겨 있지 않았고 불이 꺼진 옥탑방 안에서는 인기척이 느껴졌다.

검은 실루엣은 아직 이창이 온 것을 모르는 듯했다. 이창은 조심스레 다가가 말을 걸었다. 그러자 상대가 움직임을 멈췄다.

"란, 가만히 있어. 체포하려는 게 아냐."

별안간 남자가 달려들어 이창의 복부를 가격했다. 이어서 테이블 위에 놓여 있던 커피포트를 집어 들더니 이창의 머리에 내리친 뒤 도주를 시도했다. 쨍한 소리와 함께 두개골이 울렸지만 다행히 별 타격은 없었다. 이창은 문간을 나서는 남자에게 몸을 날렸다. 잠깐의 구차한 몸싸움 끝에 남자를 자신의 아래에 둘 수 있었다. 이창은 바닥에 엎어진 남자의 몸에 올라타 수갑을 채워 손목을 결박했다. 흐느적거리는 남자를 잡아 일으켜 세우고 마침내 그의 모자와 마스크를 벗겨냈다. 어둠에 익숙해진 눈에 상대의 얼굴이 고스란히 담겨 왔다. 이창의 표정에는 실망이 들어찼다.

한승태였다.

16

"왜 거기에 있었지? 뭘 찾고 있었어?"

이창은 만신창이가 된 한승태에게 물었다. 돌아온 대답은 낮은 신음뿐이었다.

"다시 묻는다. 왜 그곳에 있었어? 집주인과는 무슨 관계지?"

밤샘 작업 중이던 준혁은 눈앞에 펼쳐진 상황이 당황스럽기만 했다. 그토록 찾던 한승태를 이창이 갑작스레 체포해 온 것이다. 그것도 퍽 좋지 않은 상태로. 두 사람은 몸싸움을 벌인 듯 행색이 너덜너덜했다. 그럼에도 가장 먼저 든 생각은 곧 있을 회의에 보고할 성과가 생겨 다행이라는 것이었다. 그는 '좋은 게 좋은 거다'라고 받아들이기로 했다.

이창은 한승태를 강제로 의자에 앉힌 후 책상을 내리치며 질문을 이어갔다. 내내 침묵하던 한승태가 능글맞게 웃으며 입을 열었다.

"형사님, 그 집엔 그냥 집주인을 만나러 간 겁니다. 문이 열리길래 잠깐 둘러보려고 들어간 것뿐이에요. 이렇게 수갑까지 채워서 끌고 온 근거가 있습니까?"

"아까 미란다 원칙 읊었잖아. 그리고 넌 형사를 폭행하고 도주를 시도한 현행범이야. 지금 당장 유치장에 처넣어도 할 말이 없어."

한승태가 얼굴을 구기며 고개를 돌렸다. 바닥에 침을 퉤 뱉고는 혼자 욕을 중얼거렸다.

"그냥 집이나 둘러보려고 들어갔다? 집주인을 만나는 게 목적이었으면 무단침입을 할 게 아니라 밖에서 얌전히 기다렸어야지. 거기 사는 사람하고 무슨 관계지? 집주인인 한란에 대해 어디까지 알아? 그리고 네 형이 죽었는데 그동안 어디 숨어서 뭘 했어?"

한승태는 변호사를 부르겠다고 말하고는 다시 입을 다물었다. 적막이 깔리자 두 사람을 둘러싼 분위기가 점차 험악해졌다. 이창은 근처에 놓여 있던 파일 모서리로 책상을 툭툭 치며 비아냥거렸다.

"변호사 쓸 돈은 있고? 빚만 잔뜩이던데."

한승태가 이창을 노려보았다. 이창은 조금 가라앉은 목소리로 담담히 말을 이었다.

"넌 한승목을 죽인 범인이 아니야. 알리바이가 명확하니까. 그런데도 변호사 없이는 입을 안 열겠다는 걸 보면, 뭔가 찔리는 게 많은가 봐? 허투루 말하면 안 되는 것들이."

얼마 후, 혼자서 생각 정리를 끝낸 한승태가 입을 열었다.

"그 집에 사는 란이는 제가 키운 거나 다름없습니다. 부모 자식 사이나 마찬가집니다. 옛날에 제가 항구에서 일할 때,

저기 중국으로 팔려 갈 뻔한 애들을 제가 거둔 겁니다. 호적에만 안 올렸지 먹여 주고, 재워 주고, 입혀 주고 다 했어요. 친밀한 사이라 걱정되는 마음에 집안 좀 살펴본 게 그리 잘못한 일은 아니라고 생각합니다. 성씨도 한씨 아닙니까? 우리 형제 성 따서……."

"그러니까, 과거에 함께 살았다는 거지? 한승목이 사이비 교주 노릇 할 때."

한승태가 순간 말실수를 했다는 표정을 지었다. 하지만 이내 뻔뻔한 표정으로 돌아가 시치미를 뗐다. 그는 한껏 억울한 표정으로 수갑이 채워진 손을 흔들며 말을 돌렸다.

"뭐, 그렇죠. 그리고 아시다시피 저는 형의 죽음과 아무 관련이 없습니다. 그때 가게에서 술 마시고 있었다고요."

"다 아는 사실 말고, 옛날이야기나 해봐."

"제가 지나간 일은 금방 까먹습니다."

"너, 알고 있었지?"

"뭘 말입니까?"

"한승목이 10년 전에 벌인 범죄. 연쇄 아동 납치 혹은 살인."

"……처음 듣는 소립니다."

"총 열 명의 아이들이 사라졌어. 그중 확인된 것만 아홉 명이야. 뭐, 더 있을지도 모르는 일이지. 내 생각에는 말이야,

아무리 지금보다 아동 실종에 덜 민감하고, CCTV도 별로 없는 시절이었다 한들 혼자서 그 짓을 저지르면서 꼬리도 밟히지 않는 건 물리적으로 불가능해. 범죄를 도운 누군가가 있지 않고서야."

이창은 처음보다 많이 위축된 한승태의 얼굴을 살폈다. 축 처진 살가죽 위로 검버섯이 피어 있었다. 한승태의 눈이 끔벅거렸다. 이창이 속삭이듯 물었다.

"네 형이랑 공범이지?"

한승태가 지긋이 이창을 마주 보았다. 그러고는 입꼬리를 당겨 미소 지었다. 마치 해답을 찾았다는 듯. 취조실에 들어와 처음으로 보이는 웃음이었다. 그는 이윽고 유쾌하게 웃음을 터뜨리며 환한 얼굴로 답했다.

"제가 가담했다는 증거 있습니까? 없죠. 있을 리가 없어요. 공범은 따로 있으니까."

그러더니 갑자기 이창의 눈앞에 불쑥 고개를 들이밀고는 충혈된 눈으로 가만히 이창을 응시했다.

"란, 그 아이가 공범이에요. 한승목이 하라는 대로 움직이는 꼭두각시였죠. 아주 단단히 세뇌된 괴물입니다. 그 형에 그 동생이라고…… 그놈의 손목을 잘라버려야 됩니다. 그 손, 저주받은 손이에요. 형사님도 조심하세요."

한승태는 입을 우물거리더니 바닥에 피가 섞인 침을 내뱉었다. 그러고는 상체를 의자에 늘어뜨리며 사뭇 후련한 얼굴로 느긋이 지껄였다.

"전 이제 할 수 있는 말을 다 했습니다. 그리고 갑자기 생각났는데, 제 친구 중에 변호사가 한 명 있었네요. 친구 좀 부르겠습니다."

17

이창은 몇 번이나 란의 집을 다시 찾아갔지만 사람 그림자도 만나지 못했다. 세입자들로부터 추가로 온 연락도 없었다. 선술집 사장은 란이 가게에서도 자취를 감추었다고 했다. 그 말을 믿지 못해 사장을 미행해 보기도 했지만 성과는 없었다. 게다가 란이 살던 곳은 재개발로 철거가 확정된 동네로, 빌라 주변 CCTV는 고장 난 채로 방치된 지 오래였다. 확인한 것이라고는 사라지기 전 큰길가의 편의점을 드나드는 란의 모습뿐이었다. 그 잠깐으로 행방을 알아내기는 무리였다.

어떠한 흔적도 없었다. 사람이 이렇게 아무런 자취도 남기지 않고 살아가는 게 가능할까? 절대 그래서는 안 되지만,

어쩌면 이미 이 세상에서 완전히 사라진 것은 아닐까 싶은 불길한 생각도 들었다. 채린이가 무사히 회복해 일반 병실로 옮겼다는 게 근래에 유일하게 힘이 되는 소식이었다. 이창은 채린을 보기 위해 병원으로 향했다. 겸사겸사 준서에게도 들를 생각이었다.

소아 병동 복도를 걷는데 어딘가에서 앓는 듯한 소리가 들렸다. 소리가 나는 곳으로 따라가 보니 공교롭게도 준서의 병실 앞이었다. 안에서는 아직 말이 되지 못한 채 억눌린 신음이 들려왔다. 살짝 열린 문틈 사이로 병실 내부가 보였다. 창가에 놓인 의자 위에 과일 박스가 세워져 있고, 그 위에 준서가 위태롭게 올라서 있었다. 아이는 짧은 손가락을 펴 필사적으로 창밖을 가리켰다. 놀란 이창이 병실로 뛰어 들어갔다.

"으으으!"

보호자는 자리를 비웠는지 보이지 않았다. 이창은 잽싸게 준서를 안아 침대에 앉혔다. 아이는 계속 앓는 소리를 내며 창밖을 가리켰다. 하고 싶은 말이 목소리로 나오지 않는 듯했다. 스산할 정도로 고요한 병실에는 준서의 우물거림만이 괴롭게 맴돌았다. 이창은 창밖으로 고개를 내밀어 준서가 가리키는 곳을 바라봤다.

거기에는 소아 병동 아이들이 놀이터처럼 사용하는 뒷마

당과 뒷산 공원으로 향하는 지름길이 있었다. 그 길 위를 걷고 있는 낯익은 모습이 눈에 들어왔다. 이창의 심장이 요란하게 뛰었다.

"어머, 형사님!"

마침 자리를 비웠던 준서의 어머니가 돌아왔다. 이창은 대답할 틈도 없이 밖으로 뛰쳐나갔다. 링거 폴대를 끌고 다니는 환자 사이를 헤치며 복도를 달렸다. 복도 끝에 있는 창으로 다시 아래를 내려다보았다.

'찾았다.'

병원 뒷마당을 빠져나가는 란이 그곳에 있었다.

이창은 전속력으로 뛰었다. 가까스로 1층 로비를 가로질러 주차장에 도착했을 때, 란이 눈앞에서 택시를 잡았다.

'놓치면 안 돼.'

이창은 택시의 방향을 눈으로 좇으며 이를 악물고 다시 달렸다. 심장이 목구멍을 타고 튀어나올 것처럼 뛰어댔다. 란이 탄 택시가 출발했다. 이창은 멀지 않은 곳에 세워둔 자신의 소나타에 뛰어들 듯이 올라탔다. 교통법규 따위는 무시한 채 속도를 올려 앞서 출발한 택시의 뒤꽁무니를 간신히 따라잡았다. 앞차의 뒤 유리로 란의 동그란 뒤통수가 보였다. 절대로 놓치지 않을 것이다. 이번에는 절대로.

소도시의 도로는 8차선이라도 서울처럼 번잡하지 않았다.

출퇴근 시간대도 아닌 애매한 오후인지라 도로에 차가 몇 대 없다는 게 그나마 다행이었다. 어느새 이창의 소나타는 란이 탄 택시 뒤에서 무난하게 거리를 유지하고 있었다. 쿵쾅거리는 심장이 어느 정도 진정되자 이창은 입술을 짓씹는 걸 멈추었다. 혀끝에서 미약하게 피 맛이 났지만 통증은 없었다. 초조함이 모든 감각을 뒤덮어버린 듯했다.

택시는 도심을 빠져나가 외곽으로 향했다. 도로 옆으로 검푸른 바다가 찰랑거리며 반짝이는 게 보였다. 란이 탄 택시는 한승목의 시신이 발견된 해변을 태연하게 지나쳤다. 그리고 10여 분을 더 달려 옆으로 빠지더니 외진 산자락의 입구에 멈춰 섰다. 이윽고 란이 택시에서 내렸다.

이창은 란이 향하려는 곳이 어디인지 알 것 같았다. 그는 차를 버리듯이 아무렇게나 세워두고는 튕겨 나가듯 내달렸다. 조금 전까지 이창의 시야에 있던 란은 어느새 사라지고 없었다. 하지만 이창은 망설이지 않았다. 빛바랜 기억을 더듬어 앞으로 나아갔다.

낙석 주의

관계자 외 출입 금지

익숙한 표지판이 녹슨 채 기울어져 있었다. 표지판을 지나자 오래전에 폐쇄된 비포장도로가 나타났다. 오랫동안 사람이 다니지 않아 듬성듬성 잡초가 자란 흙길. 천령교 교회로 향하는 길이었다. 저 멀리 고장 난 네온사인의 십자가가 보였다. 10년 만이었다.

한때는 기적을 꿈꾸는 신자들로 가득했던 앞마당을 지나자 매달 의식을 치렀던 집회장이 나타났다. 집회장을 가로질러 뒷문으로 나가는 란의 뒷모습이 보였다.

이창도 그를 따라 뒷문을 넘었다. 아직 사치의 흔적이 남아 있는 앞마당과 달리 그곳은 황폐한 화재의 흔적뿐이었다. 불에 검게 탄 골조만 남아 무너지기 직전인 집 한 채가 전부였다.

왜 생각하지 못했을까? 란이 있을 곳은 여기밖에 없었다. 이창은 스산한 폐허 안으로 발을 들였다.

그리고 마침내 10년 전에는 붉은 천에 가려져서 보지 못했던 얼굴을 마주했다. 폐허의 구석에 있는 무언가를 바라보던 란이 뒤돌아 이창을 응시했다.

"다리는 다 나으셨어요?"

이창은 그의 이름을 불렀다.

18

"한란."

란이 미소 지었다. 웃는 얼굴은 아니었다. 그가 가라앉은 목소리로 응답했다.

"형사님, 제 이름이 맞지만 성은 빼주시면 안 될까요? 전 그 성이 끔찍하거든요. 그냥 란이라고 불러주세요."

"원하는 대로 부를게. 대신 너도 내 질문에 답을 줘야 해. 난 널 체포하러 온 게 아니야. 사실 네가 한승목을 죽였는지 어쨌는지도 관심 없어. 아직 나 말고는 아무도 네가 용의자라는 것도 몰라."

뒤늦게 준혁이 안다는 사실이 떠올랐지만 굳이 정정하지는 않았다. 지금은 란의 경계심을 최대한 풀고 정보를 얻는 게 먼저였다. 다시 마주한 란의 얼굴은 선술집 조명 아래서 보던 것보다 훨씬 창백하고 앳되었다. 란은 차분한 목소리로 맞받아쳤다.

"당연하죠. 용의자가 아니니까요. 전 그 인간을 찌른 적이 없어요."

"찌르진 않았지만 상처 입힐 수는 있지. 내가 널 쫓아갔을 때 나에게 했던 것처럼."

"……"

이창은 자신의 바짓단을 걷어 올렸다. 세로로 긴 흉터가 드러났다.

"네 상처를 나에게 넘긴 거지?"

"터무니없는 소리예요. 형사님도 모르는 사이에 다쳤다는 게 훨씬 신빙성 있죠."

란은 부정했으나 불안한 표정을 완전히 감추지는 못했다. 이창은 한 발짝 앞으로 다가갔다. 란은 그만큼 뒤로 물러섰다.

"오늘 네가 경찰서에 데려다준 아이를 만나고 왔어. 그 아이 엄마가 그러는데, 신기하게도 실종 전부터 있던 흉터가 감쪽같이 사라졌다더군."

란은 여전히 아무 말도 하지 않았다. 이창은 흔들리는 눈을 똑바로 주시했다.

"내가 어렸을 때부터 만화책을 많이 읽어서 상상력이 좀 풍부하거든. 내 생각은 이래. 한승목이 납치한 아이에게 상처를 입혔고, 넌 그 현장에 있었어. 공범인지 단순 목격자인지는 모르겠지만 어쨌든 넌 아이가 죽으면 안 된다고 생각했어."

란이 미간을 찌푸리며 뒷걸음질 쳤다. 그럴수록 이창은 점점 더 가까이 다가갔다.

"넌 아이의 상처를 전부 한승목에게 옮겼던 거야. 한승목의 몸에 있던 상처와 폭행의 흔적들은 전부 놈이 아이에게 저지른 짓이지. 그 과정에서 아이가 원래 가지고 있었던 화상의 흔적까지 넘어갔어. 그래서 돌아온 아이의 몸은 상처 하나 없이 깨끗했던 거야. 당연히 현장에 남은 흉기는 한승목이 아이를 찌른 것밖에 없고. 혈흔 역시 아이의 것뿐이었지."

이창은 잠시 뜸을 들이다 말을 이었다.

"하지만 몸의 상처와 달리 기억은 사라지지 않아."

그 말에 란이 반응했다.

"아이에게 무슨 일이 생겼어요?"

"말을 잃었어. 정신적인 충격 때문이라더군."

란의 안색이 삽시간에 어두워졌다.

"난 널 체포하려는 게 아니야. 오히려 그 반대야. 난 천령교 신자였어. 내 누나를 네가 10년 전에 살렸어. 허무하게 교통사고로 죽었지만……. 나에게는 이제 누나가 남긴 조카밖에 없어."

이창은 어느새 란의 코앞에 서 있었다. 그는 덥석 팔을 뻗어 란의 손을 잡았다. 하얗고 차가운 손을 절박하게 쥔 이창이 말을 이었다.

"그런데 조카가 누나와 같은 병을 이어받았어. 진행 속도도 빨라. 의사들은 얼마 살지 못할 거란 말만 해. 난 그 애를 살릴 수 있다면 무슨 짓이든 할 거야. 한 번만, 딱 한 번만 부탁할게. 아이의 병을 낫게 해줘."

란은 괴로운 얼굴로 눈앞의 형사를 바라봤다. 어떤 기시감이 들었다. 형사의 목소리는 10년 전 신자들이 사력을 다해 쥐어짜던 애원과 닮아 있었다. 란은 집회장의 계단에 쓰러지듯 주저앉았다. 그러고는 고개를 숙이며 머리를 감싸 쥐었다. 한참을 아무 말도 하지 않던 란이 천천히 입을 열었다. 여전히 시선은 바닥을 향한 채였다.

"결국 이렇게 될 수밖에 없나 봐요."

란이 고개를 들어 이창과 눈을 마주해 왔다. 깨진 유리창을 넘어 흘러 들어온 노을이 폐허를 주황색으로 물들였다.

'꼭 그날 같네.'

란의 머릿속으로 지난날의 괴로운 장면이 스쳐 지나갔다.

"형사님은 성함이 뭐예요?"

"이창. 성은 이, 이름은 창."

"신기한 이름이네요. 예뻐요. 아시다시피 제 이름은 란인데 지어준 사람 이름은 찬이에요. 둘이 합치면 찬란이라는 단어가 되죠. 저에게는 과분한 이름이고요. 형사님 말대로 저는 사람의 상처나 질병을 타인에게 옮길 수 있어요."

란은 단상 위로 올라가 먼지 쌓인 대리석을 쓸어내렸다. 묵은 먼지들이 허공에 휘날렸다.

"하지만 중요한 건 그거예요. 옮기기만 할 뿐 없앨 수는 없어요. 누군가를 살리려면 누군가가 죽어야만 해요. 그래서 저는 제 능력이 저주스러워요."

란은 이창을 돌아봤다. 이창은 눈물로 젖어가는 얼굴을 가만히 바라봤다.

"형사님의 누나를 낫게 한 건 제가 아니라 제 형 찬이에요. 형은 죽었어요. 저는 형처럼 되기 싫었을 뿐이에요. 저는 아무도 살리지 못해요."

그것은 찬의 능력을 전이 받은 순간부터 란을 끝없이 괴롭힌 맹점이었다. 자신은 신이 아니었다. 스테인드글라스 사이로 노을이 비쳤다. 란은 고개를 들어 이창을 바라봤다. 형사는 심정을 추측할 수 없는 얼굴로 침묵했다. 둘 사이에는 흙먼지와 어디선가 불어온 퀴퀴한 바람만이 오갔다.

이창은 망치로 머리를 얻어맞은 기분이었다. 그것은, 전혀 몰랐던 사실을 깨달은 데서 오는 날카로운 충격이 아니었다. 어렴풋이 짐작하던 최악이 사실이 되는 순간에 찾아오는 둔중한 충격이었다. 무슨 말인지 온전히 받아들이고 나자 거대한 상실감이 전신을 휘감았다. 기적이 아니다. 이창은 괴로운 신음을 내뱉었다.

다리에 상처가 생겼을 때부터 짐작하던 것이긴 했다. 존재하는 것의 위치를 바꿀 뿐, 없애거나 만들지 못한다. 기적이 아닌 교환. 그러나 마음 한구석에서 피어나는 의문을 그냥 덮어버렸다. 근거 없는 희망을 가지고 란을 찾는 데만 몰두했다. 그런데 실제로 확답을 듣고 나니 심장이 내려앉았다.

"안 돼."

한동안 깨진 스테인드글라스를 멍하니 노려보던 이창은 란에게로 시선을 돌렸다. 울고 싶은 것은 자신인데, 이런 기분을 선사한 란을 고통스럽게 만들고 싶었는데 이미 울고 있어 할 수 있는 게 없었다. 이창은 먼지 쌓인 교회 의자에 주저앉았다. 깨진 창 너머로 보이는 해가 산등성이 사이로 자취를 감췄다. 노을이 지나가고 마침내 어둠이 내렸다. 그들은 그렇게 아무 말도 없었다.

2

찬과 란

1

란의 최초 기억은 찬의 얼굴이었다. 사방에서 들리는 아이들의 울음소리와 비릿한 냄새가 풍기는 컨테이너의 어둠 속에서 형 찬의 얼굴만이 환했다. 물 한 모금도 마시지 못한 채 어둠 속에서 시간이 얼마나 지났는지 알지 못했다. 단지 어느 순간부터 줄어드는 울음소리와 심해지는 악취를 느끼며 죽지 않기 위해 버텼다.

그러던 어느 날, 영원히 열릴 것 같지 않던 컨테이너의 문이 열렸다. 한 무리의 험상궂은 남자들은 살아남은 아이들에게 물을 주고 일렬로 세웠다. 란은 그때도 찬의 손을 잡고 있었다. 열린 문 너머로 어렴풋이 바다가 보였다. 그제야 란은 이 끈적한 공기에 스민 비린내가 말로만 듣던 바다 냄새라는 것을 깨달았다.

밤바다는 상상했던 것보다 훨씬 어둡고 불길했다. 덩치 큰 남자가 앞의 아이들을 지나쳐 그들에게 다가왔다. 이번에는 찬이 란을 잡은 손에 힘을 주었다.

아이들은 배에 탈 수 있는 아이와 그렇지 않은 아이로 나뉘었다. 형제는 후자였고 전자의 아이들은 약간의 빵과 음료를 받은 채 작은 배의 지하에 구겨 넣어졌다. 배가 출발할 때 형제는 우악스러운 손에 이끌려 낡은 트럭에 실렸다. 형제보다 상태가 좋지 않은 아이들은 어째서인지 그대로 컨테이너 안에 남겨졌다. 그들이 나중에 어떻게 되었는지는 알지 못했으나 좋은 예감은 들지 않았다.

"지들한테 귀찮은 것만 나한테 떠넘기지. 수수료도 존나게 떼면서."

광대뼈가 툭 튀어나온 운전석의 남자는 어린 형제가 알아들을 수 없는 거친 단어들을 내뱉었다. 트럭은 덜덜거리며 울퉁불퉁한 산길을 올랐다. 한참을 달려 도착한 곳은 작은 교회였다. 그때부터 찬란은 한승태, 한승목 형제와 함께 그곳에서 살게 되었다.

교회에 도착하고 이틀이 채 지나지 않았을 때, 텔레비전에서 배 한 척이 악천후와 장비 고장으로 전복됐다는 뉴스가 흘렀다. 한밤중에 아이들을 태우고 출항했던 그 배였다.

그 작은 배에 타고 있었을 아이들에 관한 내용은 없었다. 선장과 선원 몇 명이 실종되어 수색 중이라는 보도가 전부였다. 지역방송 뉴스에서는 '밀항', '인신매매', '의혹' 같은 단어도 보였으나 스치듯 지나갔을 뿐이다. 한승목, 그리고 그의 동생이자 형제를 이곳으로 데려온 트럭의 주인인 한승태는 뉴스를 보며 혀를 찼다.

"이번 장사는 다 망했네."

"우리가 안 걸린 게 어디야? 당분간은 몸 사려야 해."

"형님, 근데 그 소문이 사실이야? 사람 장사해서 남은 돈들이 저기 위로 올라간다는 거 말이요."

한승목은 집 안이었음에도 목소리를 낮게 깔고서 답했다.

"어디 가서 그런 말 하지 마라. 이번에 이 정도로 끝난 것도 다 위에서 정리해 준 덕분이야."

"그 정리라는 게 꼬리 자르기 아니야? 이럴 때마다 우리 같은 중간 상인만 갈려 나가지."

란은 찬과 함께 그들의 대화를 들었다. 무슨 뜻인지 완전히 이해할 수는 없었으나 어두침침한 거실에서 푸르게 빛나던 텔레비전 화면 속의 부서진 선박 잔해들과 뻔뻔하게 잔잔한 바다, 그리고 두 어른이 풍기는 분위기에서 충분한 위기감을 감지했다.

"그나저나 저것들은 어떻게 해?"

"좀 잠잠해지면 확 팔아버려야지."

한승태의 질문에 한승목은 귀찮은 물건을 떠맡았다는 듯이 대꾸했다. 이후 두 사람이 찬과 란을 대할 때마다 습관처럼 입에 달고 산 말이기도 했다. 그것은 언제든지 텔레비전 화면 속의 부서진 선박처럼 될 수 있다는 말이었다. 어두운 바다에 가라앉고 아무도 영영 찾아주지 않는다는 뜻이었다. 란이 기억하기로, 그때 자신의 나이는 고작 열 살이었다. 찬도 형이라고 해봤자 두 살 더 많았을 뿐이었다. 그들은 어린 나이였음에도 살아남는 게 가장 중요하다는 현실을 깨달았다.

한승목은 대외적으로는 지방 산골에 위치한 작은 교회의 인자한 목사였다. 동생 한승태의 우락부락한 인상과 다르게 선한 인상을 타고난 그는 동네 사람들을 어렵지 않게 교회로 끌어들였다. 오가는 사람이 생기면서 찬과 란은 종종 남들의 눈에 띄었는데, 그럴 때마다 한승목은 먼 친척이 맡긴 아이들이라고 둘러댔다. 그러더니 어느 순간부터는 그냥 아들이 되었다. 찬과 란은 원치 않는 아버지였다.

형제는 교회 건물 뒤쪽의 오두막에서 쥐 죽은 듯 생활했다. 한승목은 사람들 앞에서 자신을 아버지라고 부르게 했다. 한승태는 작은 아버지였다. 그들은 사람들이 없을 때면 호칭을 이유로 찬란을 구타하곤 했다. 어떤 때는 건방지게 아버지라고 부르지 않아서, 때로는 기분 나쁘게 아버지라고 불렀다며 폭력을 휘둘렀다. 눈을 똑바로 쳐다봐서, 눈을 내리깔아서 발에 채이기도 했다.

그럴 때마다 찬은 란의 울타리를 자처했다. 함께 도망가려고 했던 적도 있었다. 하지만 그 일은 찬과 란을 옭아매는 계기가 되었다.

2

한승목이 술에 취해 곯아떨어진 어느 날이었다. 이미 새벽에 한 차례 난동을 부린 뒤였다. 한승목이 란을 향해 던진 그릇은 대신 막아선 찬이 맞았고 이마에서 피가 흘렀다. 두 사람 모두 처음 보는 엄청난 양이었다. 그대로 두면 찬이 죽을 것 같았다. 결국 란은 짙은 안개가 낀 새벽에 찬을 부축해 교회 뒤의 조악한 오두막을 빠져나왔다.

"앞이 잘 안 보여. 피 때문인가 봐."

찬이 말했다. 숲인데도 물비린내가 풍겼다. 아직도 항구의 컨테이너 안에 갇혀 있는 것 같은 착각이 일었다. 겨우 교회 부지를 빠져나온 두 사람 앞에 펼쳐진 것은 끝없는 어둠이었다. 듬성듬성한 가로등만이 희미하게 산길을 비추었다. 그들은 계속해서 아래로 아래로 걸었다.

한참이나 내려왔는데도 산길은 끝날 기미가 없었다. 가로등 사이의 간격은 점점 더 멀어지기만 하는 것 같았다. 찬의 이마에서는 여전히 피가 흘렀다. 형제가 걸어온 흙길에 점점이 붉은 흔적이 남았다. 이도 저도 못 하는 상황에서 란은 다시 돌아가야 하나 고민했다. 그때 언덕 아래에서 자동차한 대가 털털거리며 산길을 오르는 게 보였다. 란은 찬을 나무에 기대어 뉘어놓은 뒤 비포장도로 한복판으로 뛰쳐나갔다. 절박하게 손을 흔들자 트럭이 앞에 멈춰 섰다.

"형이 아파요! 병원에 데려다주세요!"

란은 문을 두드리며 외쳤다. 운전석의 창이 내려가는 순간, 안쪽의 익숙한 실루엣이 눈에 들어왔다. 운전사가 고개를 내밀었다. 한승태가 씩 웃고 있었다. 란의 발밑이 푹 꺼져들었다.

"짧은 밤 산책이었네. 그치?"

이전과 같은 상황이 반복되었다. 찬을 어딘가에 데려다 놓고 란을 다시 오두막 안으로 끌고 온 한승태는 테이블 위에 남아 있던 술을 병째로 들이켰다. 고약한 알코올 냄새와 입 냄새를 기점으로 이후의 기억은 물안개가 낀 듯 희미했다. 선명한 것이라고는 모든 게 과했다는 것뿐이다. 폭력과 변덕과 피. 과해서는 안 되는 것들이 전부 날뛰었다. 견디기 힘든 장면과 감각들은 마구 구겨져 의식의 협곡에 쌓였다. 그것은 영영 발굴되지 말아야 할 폐기물들이었다.

그러다 정신을 잃었고, 한승목의 짜증 섞인 목소리에 눈을 떴다. 술이 덜 깬 그는 한승태와 다투고 있었다. 란은 어쩌면 자신이 형보다 먼저 죽을 수도 있겠다고 생각했다.

'형은 지금 어디에 있을까?'

란은 찬을 찾으려 팔을 뻗었다. 앞이 잘 보이지 않아 주변을 더듬으며 겨우 일어섰다. 한 발짝 내디뎠는데 바닥이 꺼진 듯 발이 닿지 않더니 뿌옇고 어지러운 세상이 빙글빙글 돌았다. 란은 경사진 오두막의 계단을 데굴데굴 굴렀다. 녹슬고 헐거운 계단이 삐거덕거리는 소리는 소름 끼칠 만큼 섬뜩했다. 믹서기 안으로 떨어진 과일이 된 것 같았다. 다시 한번 암전이 찾아왔다.

란이 정신을 차렸을 때는 해가 뜨고 있었다. 왼쪽 얼굴에서 날카로운 통증이 느껴졌다. 한번 그것을 인지하자 통증은 기다렸다는 듯이 존재감을 키웠다. 평소와는 차원이 다른 고통이었다. 몸의 모든 기관이 열을 내뿜었다. 란은 떨리는 손으로 얼굴을 더듬었다. 말라붙은 피 위로 축축한 새 피가 묻어나왔다. 피는 왼쪽 눈꺼풀에서 흐르고 있었다. 뒤늦게 오른쪽 시야에 바닥에서 나뒹구는 길쭉한 유리가 들어왔다. 깨진 술병 조각이었다. 란은 계단을 굴러 바닥에 얼굴이 부딪히던 순간 저 조각이 비죽이 솟아 있었다는 사실을 기억해냈다.

손을 들어 왼쪽 눈가로 가져갔다. 아주 살짝 닿았을 뿐인데 끔찍한 작열감이 느껴졌다. 고통은 산길을 구르는 눈덩이처럼 거대해져서 란을 무력하게 만들었다. 입에서는 제 것이 아닌 듯한 신음과 울음이 새어 나왔다. 두렵고 두려웠다. 아직 어린 란은 어찌할 바를 모르고 몸을 떨었다. 이곳에서는 아무리 소리를 질러도 응답하는 이가 없다는 사실을 알고 있었다. 그러니 몸부림 같은 건 의미가 없었다. 란은 홀로 웅크린 채 고통과 공포가 지나가기를 바랐으나, 그것은 호락호락 가시지 않았다.

얼마 후 한쪽밖에 남지 않은 시야에 익숙한 작은 발이 비쳤다. 머리에 붕대를 감은 찬이 터벅터벅 걸어왔다. 찬은 만신창이가 된 란을 발견하고는 넘어질 듯이 뛰어와 그의 앞에 주저앉았다.

"너 눈이 왜 이래? 어젯밤에 무슨 일이 있었던 거야!"

"형, 나 아파. 눈이 끓는 거 같아."

"병, 병원에 가자."

하지만 저들은 병원에 데려다주지 않을 것이다. 찬의 머리에 감은 붕대 역시 병원에서 제대로 치료한 게 아니라, 한승태가 친하게 지내는 무면허 의사에게 보내 응급처치만 한 것이다. 찬과 란에게는 제대로 된 신원이 없을뿐더러 병원에 가면 여러모로 설명해야 할 게 많아지기 때문이다. 문득 안절부절못하던 찬의 눈동자가 이채를 띠었다.

"내가 너 안 아프게 해줄게. 병원 안 가도 안 아프게 해줄 수 있어. 너 눈 나으면 진짜로 도망가자. 일단은 조금만…… 참아."

찬의 그런 표정은 처음 보는 것이었다. 란은 고개를 끄덕였다. 찬이 란의 상처를 조심스레 더듬었다. 은은하게 지속되던 작열감이 널뛰었다. 란의 입에서 앓는 소리가 새어 나왔다.

"괜찮아. 금방이야."

찬은 자신의 머리에 두른 붕대의 일부를 찢어 질금질금 피가 흐르는 란의 눈을 덮었다. 그리고 어깨를 부축해서 잘 걷지 못하는 란을 일으켜 세웠다. 한승목은 여전히 코를 골며 자고 있었다. 한승태는 어디에 갔는지 보이지 않았다.

찬은 태평하게 배나 긁고 있는 한승목의 옆에 란을 뉘었다. 란은 찬이 하는 행동을 이해할 수 없었으나 무슨 말을 할 만한 상태가 아니었으므로 가만히 지켜보기만 했다. 찬이 란의 왼손을 꽉 잡았다. 그리고 다른 한 손으로는 아무렇게나 널브러져 있던 한승목의 오른손을 쥐었다. 한승목이 잠시 몸을 뒤척이긴 했지만 다행히 깊이 잠든 채였다. 찬이 어찌나 손을 세게 쥐었는지 란의 손이 시큰거릴 지경이었다. 잠시 후 찬은 깊게 심호흡을 한 뒤 눈을 감았다. 란도 찬을 따라 눈을 감았다. 그러자 곧 신기한 기분이 들었다.

  '죽으면 이런 기분이려나?'

  란의 전신을 잘근잘근 씹어대던 고통이 서서히 사라져갔다. 온몸이 녹아내려 흙과 하나가 되는 기분. 그리고 마침내 어떠한 괴로움도 느껴지지 않게 되었을 때였다. 코까지 골며 가만히 누워 있던 한승목의 괴성이 오두막에 울려 퍼졌다.

  란은 감았던 눈을 떴다. 한승목이 한쪽 눈을 부여잡고 바닥을 구르며 몸부림치는 모습이 들어왔다. 그의 뭉툭한 손가락 사이사이로 검붉은 피가 울컥 쏟아져나왔다. 그 광경을 바라보는 찬의 눈빛은 덤덤하기만 했다. 란은 문득 유리 조각에 꿰뚫렸던 자신의 왼쪽 눈이 더 이상 아프지 않다는 사실을 깨달았다. 옷소매로 눈가를 벅벅 문질러도 아무렇지 않았다. 오물과 피를 닦아내자 주변 풍경이 선명하게 보였다. 눈은 아무 일도 없었다는 듯 뻔뻔히 기능했다. 고개를 돌려 벽에 붙어 있던 거울을 보았다. 상처 없이 깨끗한 얼굴이었다. 전신을 휘감던 고통 역시 씻은 듯이 사라졌다. 마치 새로운 몸으로 다시 태어난 것 같았다.

  '간밤에 있었던 일은 꿈인 걸까?'

그럴 리 없었다. 한승목은 여전히 얼굴을 부여잡고 바닥을 기어다니며 괴로워했다. 그의 상처에서 흐른 피는 눅눅한 나무 바닥을 적셨다. 얼굴은 날카로운 것으로 찍힌 듯 너덜너덜했다. 계단을 구른 란의 모습 같았다. 멍하니 응시하던 거울 너머로 찬과 눈이 마주쳤다. 찬이 굳은 얼굴로 말했다.

　"이제 도망가자."

　란이 고개를 끄덕이자마자 오두막의 현관 쪽으로 어두운 그림자가 졌다. 이번에도 형제의 앞길을 막아선 것은 한승태였다. 역광 속에서 놈의 눈빛만이 희번덕거리며 빛났다. 공포와 광기가 동시에 서린 눈이었다.

　"방, 방금 뭐였지? 형에게 무슨 짓을 한 거야! 뭐가 어떻게 된 거냐고!"

　찬은 주위를 둘러봤다. 있는 거라고는 깨진 술병 조각뿐이었다.

　"방금 내가 본 게 뭔지 설명해! 도망가게 둘 줄 알아?"

　찬은 그것을 주워 들고 한승태에게 달려들며 외쳤다.

　"도망가!"

　란은 찬을 두고 뛸 수 없었다. 두 아이가 동시에 덤볐지만 성인 남성과의 신체적인 차이는 압도적이었고, 반발의 결과는 참담했다. 상황은 지금까지와는 전혀 다른 방향으로 고개를 틀었다.

3

한 목사 형제가 가장 먼저 찾아 나선 곳은 대형 병원이었다. 그곳에는 절박한 사람들이 넘쳤다.

"내가 대신 아플 수 있다면 좋을 텐데. 차라리 나를 데려가지 왜 아직 어린 우리 애를……."

병실에서 심심찮게 들려오는 곡소리였다.

고통을 타인에게 옮기는 찬의 능력은 누군가를 잃을지도 모른다는 벼랑 끝에 선 사람들을 현혹시키기에 너무도 적절했다.

한승목은 목사라는 표면상 직업과 자신의 인자한 외모를 적극적으로 이용했다. 병원의 종교 봉사활동 프로그램에 자진해 참여했고, 그 과정에서 교회를 홍보했다. 병이란 사람을 외롭게 만드는 것. 기댈 곳을 찾아 헤매던 환자와 보호자들은 쉽게 마음을 열었다. 깊은 산속 교회를 찾은 사람들은 한승목이 건네는 푸근한 미소와 격려를 의심하지 않았다.

마침내 신자들이 그리 크지 않은 교회 집회장에 가득 찰 정도로 모였다. 한승목은 특별한 행사를 기획했다. 화려한 금박 장식의 초대장을 신자들에게 건넸다. 어리둥절한 표정으로 초대장을 받아 든 신자들에게 한승목은 평소보다 엄숙한 얼굴로 말했다.

"여러분을 위한 선물을 준비했습니다."

늘 미소 짓던 사람이 웃지 않자 사람들은 그가 준비한 선물이 무엇인지 궁금해했다. 초대장에 적힌 날짜에는 예상을 훨씬 웃도는 인원이 모였다. 한승목은 며칠 동안 각종 종교 다큐멘터리를 보며 연구한 차림과 표정, 위엄 있는 어투를 장착하고서 사람들 앞에 섰다. 그는 먼저 신도들을 가만히 둘러봤다. 그중 눈이 마주친 한 신도를 단상으로 불러냈다. 지명된 신도가 쭈뼛거리며 앞으로 걸어 나왔다.

"이리 오시지요."

다른 사람들과 마찬가지로 병원 봉사활동에서 끌어들인 자였다. 그는 피부 재활 치료를 받던 30대 남자로, 교통사고로 자동차에 불이 나는 바람에 한쪽 팔에 큰 화상을 입었다. 드레싱이 너무 고통스럽다며 모델이었던 자기 인생은 이제 글렀다고 한탄하던 환자였다. 남자는 어리둥절한 얼굴이었지만 순순히 단상 위로 올랐다.

한승목은 그를 기다랗고 하얀 대리석 위에 앉혔다. 단상 한편에는 펑퍼짐한 예복을 입은 찬이 서 있었다. 한승목이 손짓하자 찬이 다가와 대리석을 마주 보고 앉았다. 관중들에게는 찬이 보이지 않는 구도였다.

"제 아들이 여러분이 긴장하지 않도록 의식을 도울 겁니다. 여러분, 잘 보십시오."

붉은 예복으로 전신을 가린 찬이 화상을 입은 남자의 손을 잡았다. 한승목은 시나리오대로 남자의 머리에 성수를 뿌리고 《성경》의 한 구절을 읊었다.

마태복음 8장 1절 예수께서 산에서 내려오시니 허다한 무리가 좇으니라.

8장 2절 한 문둥병자가 나아와 절하고 가로되 주여 원하시면 저를 깨끗게 하실 수 있나이다 하거늘.

8장 3절 예수께서 손을 내밀어 저에게 대시며 가라사대 내가 원하노니 깨끗함을 받으라 하신대 즉시 그의 문둥병이 깨끗하여 진지라.

예수가 기적을 행하는 부분이었다. 그와 동시에 남자의 팔을 뒤덮고 있던 일그러진 피부 조직이 점차 펴지기 시작했다. 화상이 사라지더니 갓 태어난 아이의 피부처럼 잡티 하나 없이 뽀얀 살결로 변했다. 그 기이한 광경을 두 눈으로 직접 목격한 신도들은 입을 다물지 못했다. 집회장은 열기를 띠었고 금세 소란스러워졌다.

"기적이다!"

흥분한 신도 한 명이 일어서서 외쳤다. 아내가 간암 판정을 받은 신도였다. 붉게 충혈된 그의 두 눈이 한승목을 향했다. 한승목은 화상이 사라진 남자의 팔을 신도들에게 들어 보였다. 예의 온화한 미소를 걸고서.

"이게 여러분을 위한 제 선물입니다. 여러분은 기적을 눈 앞에서 보았습니다. 하늘에게 선택받았기 때문입니다."

한승목은 처진 눈매를 우그러뜨리며 웃었다.

"신자들을 데려오십시오. 그럼 또다시 기적을 보여드리겠습니다."

어느새 예복을 입은 아이는 무대에서 사라지고 없었다. 그러나 어느 누구도 아이를 신경 쓰지 않았다. 남자의 화상이 아이의 팔로 옮겨간 사실 역시 아무도 알지 못했다. 사람들의 광적인 믿음과 비정상적인 희망을 먹고 자란 '천령교'는 빠르게 몸을 불려갔다.

4

천령교 집회 초반에 찬이 옮긴 것은 작은 상처들뿐이었다. 상처 부위가 넓으나 깊지 않은 것들.

사람들의 눈을 효과적으로 현혹하되 찬의 몸이 버틸 수 있어야 하는 까닭이었다. 신자들의 몸에서 상처가 사라지는 대신 찬의 몸에는 새로운 상처가 생겼기에 그는 늘 검붉은 예복을 입어야 했다. 그래야 피가 번지더라도 티가 나지 않았다. 새로 유입된 신자들은 눈앞에서 벌어지는 기적을 목격한 직후 속임수라고 의심했으나 결국 맹목적인 믿음으로 형태를 바꾸었다. 그편이 각자의 현실을 버틸 수 있게 해주었기 때문이다.

옮기는 것은 낫게 하는 것과는 달랐다. 사라지는 것이 아닌 그대로 타인에게 넘어가는 것. 당시 찬의 몸은 온통 신자들에게 옮겨 받은 상처와 흉터로 가득했다. 걸치고 있는 옷가지마다 피와 고름이 묻어났다. 모두가 기적에 감복할 때 찬은 홀로 고통을 견뎠다. 란은 아무것도 할 수 없는 자신을 원망했다.

입에서 입으로 전해지는 말이 으레 그렇듯, 도시 괴담처럼 떠돌던 작은 상처의 기적은 점점 더 많은 사람의 입에 오르내리며 한껏 부풀었다. 숲속 작은 교회로 사람들이 걷잡을 수 없이 몰려들었고 들어오는 헌금도 그에 맞춰 어마어마하게 불어갔다. 한승목과 한승태는 태어나서 처음 만져보는 거액에 점차 이성을 잃었다.

시간이 지날수록 신도들은 더욱더 큰 기적을 원했다. 찰과상이나 흉을 사라지게 해주는 정도를 넘어 앉은뱅이였던 이를 일으켜 세우고 맹인이었던 이의 눈을 뜨게 만들어줄 정도의 기적을.

누군가가 눈을 뜨면 찬이 눈을 감아야 했다. 누군가가 일어나면 찬은 앉아야 했다.

사실 한승목 형제는 찬이 어떻게 되든 별 상관없었으나 황금알을 낳아주는 거위의 배를 가르는 것이 어리석은 짓임을 잘 알고 있었다. 그들은 찬의 고통을 옮겨 담을 새로운 그릇이 필요하다고 생각했다.

찬은 살짝 고개를 들어 집회장을 바라봤다. 평소와 사뭇 다른 분위기였다. 신도들은 이전보다 과하게 들떠 있었다. 한참을 조른 끝에 장로 직위를 얻은 한승태가 단상에 올라서서 연설했다.

"평생 낮은 곳을 바라봐야 했던 우리 신자님의 시선이 오늘부로 더 높은 곳을 향할 수 있도록 우리가 도울 것입니다. 이제 교주님이 새로운 기적을 행하실 겁니다. 모두 두 눈을 크게 뜨고 봐주십시오!"

우렁찬 박수와 함성이 집회장을 가득 메웠다. 찬은 휠체어에 앉은 신자를 바라봤다. 공사장 추락 사고로 하반신이 마비된 40대 남자였다. 한승목이 음산한 목소리로 속삭였다.

"일으켜 세워. 네 동생 얼굴을 계속 보고 싶다면."

찬은 고개를 떨어뜨렸다. 머릿속에 휘몰아치는 선택지와 그 결괏값을 제치고 동생의 얼굴이 떠올랐다. 무슨 일이 있어도 지키겠다고 결심한 유일한 생명체였다. 곧바로 의식이 시작되었고, 한승목은 눈을 부릅뜨며 기적을 행하는 자를 연기했다. 충분히 우스꽝스러운 장면이건만 그것을 보는 사람들의 얼굴은 진지하기만 했다. 집회장은 점점 달아올랐다. 찬은 선택받은 자에게 다가가 그의 손을 잡았다. 그러고는 눈을 감았다.

다시 눈을 떴을 때, 집회장은 떠나갈듯한 함성으로 가득했다. 자신의 두 발로 직접 일어난 남자는 대리석 재단에서 내려가 가족을 부둥켜안았다. 그다음에는 돌아서서 교주에게 다가가 눈물을 흘리며 무릎을 꿇었다. 재단 밑 안쪽에 웅크려 앉아 있던 찬의 허리 아래 감각은 사라진 상태였다. 손으로 꼬집고 주먹으로 때려도 보았지만 아무런 느낌도 없었다. 다리를 잃었다는 사실을 실감하자 참고 있던 눈물이 흘러내렸다.

그날 저녁, 한승태는 멍한 표정의 찬을 물건처럼 들어 트럭 뒷좌석에 밀어 넣은 후 어디론가 향했다.

"다리는 곧 돌려줄 테니 질질 짜지 마. 겸사겸사 동생 얼굴도 보고 좋지."

그 말뜻을 이해할 수 없어 찬은 입술을 깨물었다. 운전대를 잡은 한승태가 실실 웃었다. 예감이 좋지 않았다. 밤길을 달려 도착한 곳은 해변 한구석에 자리한 횟집 건물이었다.

해수욕장이라고 부르기도 민망할 만큼 작은 해변은 사람들이 버리고 떠난 쓰레기로 가득했다. 매년 찾아오는 사람들이 점점 줄어가는, 아무리 좋게 말해도 아름답다고는 할 수 없는 바다였다. 한승태는 걷지 못하는 찬을 가뿐하게 어깨에 둘러메고 건물 안으로 들어갔다.

아직 정리되지 않은 가게의 잔재들이 널브러져 있었다. 한승태는 곧장 주방으로 향했다. 싱크대 옆의 묵직한 냉장고를 밀어내자 철판 뒤로 작은 문이 나타났다. 한승태는 주머니에서 열쇠를 꺼내 굳게 걸려 있는 자물쇠를 따고 문을 열었다. 찬은 한승태의 어깨에 걸쳐진 채 철제 계단의 삐걱거리는 소리와 함께 어둠 속으로 빨려 들어갔다.

5

불을 켜자 수건으로 입이 틀어막힌 채 결박당한 아이가 보였다. 울다 지쳐 잠든 듯한 아이는 찬보다 두세 살 어려 보였다. 평온한 표정이었다.

'누구지?'

궁금해할 틈도 없이 한승태가 찬의 귓가에 무어라 속삭였다. 찬은 그 소리가 잘 들리지 않았다. 아니, 분명히 들었지만 무슨 뜻인지 이해가 되지 않았다.

"네 다리를 쟤한테 옮기라니까."

찬이 멍한 표정으로 한승태를 바라보자, 그는 험악하게 얼굴을 구기며 짜증을 냈다.

"너도 억울하지? 평생을 그렇게 살고 싶진 않잖아? 우리 입장에서야 이제 네가 도망 같은 거 칠 생각도 못 할 테니 지금 상태가 더 편해. 그래도 널 위해 배려라는 걸 하는 거야, 지금. 보호자 없는 어린애 구하느라 얼마나 고생했는데."

한승태가 자고 있는 아이에게 다가갔다. 손가락으로 작은 머리통을 툭툭 내리치며 말했다.

"이참에 네 몸에 있는 상처들 다 이 애새끼한테 옮겨. 너도 아픈 거 싫잖아. 아픈 게 좋은 사람이 어디 있나? 안 그래?"

찬은 눈앞의 아이를 보며 처음 오두막으로 끌려갈 때의 자신들을 떠올렸다.

'이 아이에게 내 고통을 전부 옮기라고?'

그럴 수는 없었다. 자신은 한승태와 같은 사람이 아니니까. 그렇게 되기 싫으니까. 옆에서 들려오는 웃음소리에 구역질이 났다. 찬은 한승태를 똑바로 바라보며 고개를 저었다.

"그렇게 나오겠단 거지."

실실 웃던 한승태가 다가와 찬의 뺨을 후려쳤다. 이후 몇 번의 발길질이 이어졌다. 찬은 움직일 수 있는 상체만을 최대한 둥글게 말았다. 얼마 후 한승태는 귀찮아 죽겠다는 얼굴로 지하실 계단을 올라갔다.

찬은 생각했다.

'다리가 괜찮았다면 이 틈에 아이와 함께 도망갈 수 있었을 텐데.'

찬은 란과의 탈주가 실패했던 때를 떠올렸다. 불쑥 머릿속에 끔찍한 가정 하나가 스쳤다.

'란은 지금 어디에 있지?'

철제 계단이 삐걱거리는 소리와 함께 한승태가 손발을 결박한 란을 둘러업은 채 다시 나타났다. 한승태는 찬의 눈앞에 란을 세워두고 보란 듯이 상체를 팔로 휘감았다. 동시에 란의 목에 시퍼런 칼끝이 아슬아슬하게 닿았다. 찬의 심장이 절벽을 굴렀다.

"이럴 줄 알았어. 쉽게 쉽게 하면 좀 좋아? 여기 봐, 즉사하면 다 소용없어. 동생 살리고 싶으면 빨리 내가 하라는 대로 해."

한승목 형제는 찬을 움직일 방법을 너무도 잘 알고 있었다. 그러니 어서 란과 아이 모두 상처 입히지 않을 방법을 찾아야만 했다. 찬은 란의 목에 칼을 들이댄 한승태를 노려봤다.

"허튼 생각하지 마. 삐끗하면 네 동생 목이 날아가는 수가 있어. 동생 살리고 너도 다시 일어서고, 돈도 좀 벌겠다는데 도대체 뭐가 문제야?"

찬이 무슨 생각을 하는지 가늠해 보던 한승태가 눈을 가늘게 떴다. 그리고 서서히 손목을 움직였다. 란의 목에 얕은 칼자국이 생기더니 그 위로 핏방울이 맺혔다. 찬의 안색이 파리하게 질렸다. 동시에 무력함에 갇혀 있던 분노가 피어올랐다. 여기서 고통받아 마땅한 사람은 오직 한승태뿐이었다. 그를 움직이지 못하게 만들면 셋 다 도망칠 수 있다.

"할게요. 옮길 테니까 저 애를 앞으로 데려다주세요."

그 말을 들은 란이 얕게 고개를 저었다. 그러지 말라고 외쳤으나 소리는 입을 막은 수건에 가로막혀 뭉개졌다. 한승태는 란을 바닥에 내동댕이치고 찬의 목덜미를 붙잡아 묶여 있는 아이 앞으로 잡아끌었다. 본래는 틈을 봐서 한승태의 손을 붙잡아 힘을 쓸 계획이었다. 하지만 상황은 뜻대로 흘러가지 않았다. 한승태가 주머니에서 수술용 장갑을 꺼냈다. 스스로를 보호하는 것만큼은 누구보다 철저한 인간이었다.

계획을 다시 세워야 했다. 일단 시키는 대로 행동한다. 그리고 다리가 자유로워지면 한승태가 방심해 장갑을 벗는 틈을 타 아이의 몸에 옮긴 것을 다시 그에게 옮긴다. 기회는 한 번뿐이다.

찬은 누워 있는 아이의 손을 잡았다. 이내 자신의 다리에서 검은 연기 같은 것이 스륵 빠져나와 주위를 맴돌았다. 다른 사람에게는 보이지 않는 형상이었다. 그것은 낮은 곳으로 흐르는 물처럼 묶여 있는 아이에게로 빠르게 스며들었다. 찬의 콧잔등에 식은땀이 맺혔다.

어쩔 수 없었지만 그렇다고 죄책감이 없는 것은 아니었다.

'미안해. 조금만 있으면 원래대로 돌려놓을게.'

찬은 속으로 다짐했다. 내내 잠들어 있던 아이의 눈꺼풀이 잘게 떨렸다. 수면제 효과가 다했나? 아니면 신체에 급격한 변화가 생기면서 약기운이 날아간 걸까? 기왕이면 아이가 의식을 차리기 전에 계획한 대로 해내고 싶었다. 어떤 식으로든 아이가 고통을 느끼지 않길 바랐다.

곧 힘을 주어 발가락을 움직여봤다. 감각이 돌아왔다. 두 다리로 일어설 수 있었다. 그 당연한 사실이 고통스러우면서도 감격스러웠다. 중요한 것은 지금부터였다.

찬은 신기하다는 듯이 아이의 다리를 쿡쿡 찔러보는 한승태를 살폈다. 찬이 두 다리를 움직이는 걸 확인한 한승태는 만족스러운 웃음을 지었다. 이윽고 수술용 장갑을 벗어 주머니에 쑤셔 넣으며 혼잣말을 중얼거렸다.

"이 장갑은 너무 달라붙어. 난 답답한 건 질색이라고."

의자에서 일어선 찬은 조용히 한승태에게 다가갔다. 방치된 그의 맨손에 깍지를 끼어 잡았다. 다른 한 손으로는 아이의 손을 쥐었다.

'1분만, 1분이면 충분해.'

어리둥절하던 한승태가 곧 상황을 파악했는지 욕지거리를 내뱉었다. 손을 떼어내려고 팔을 크게 흔들었다. 찬의 몸도 이리저리 흔들렸다. 찬은 한승태의 팔에 거의 전신을 파묻다시피 매달렸다. 다른 손으로는 아이를 잡고 있어야 했기에 힘에 부쳤다. 양팔이 떨어져 나갈 것 같았다.

"이 새끼가, 이거 안 놔!"

아이를 잡고 있는 팔이 비틀렸다. 가까스로 붙잡고 있던 한승태의 두 번째 손가락이 찬의 무게에 의해 두둑 소리를 내며 기괴하게 꺾였다. 놈이 비명을 질렀다.

'거의, 거의 다 됐다.'

그러나 다음 순간, 찬의 머리에 둔탁한 충격이 전해졌다. 팽팽히 당겨진 실이 가위로 잘리듯 아이와의 접촉이 끊겼다. 찬의 손은 무엇도 잡고 있지 않았다. 차가운 시멘트 바닥 위로 몸이 무너졌고 이마에서 피가 흘렀다. 마찬가지로 바닥에 널브러져 울고 있는 란이 보였다.

"좆될 뻔했네."

먹먹한 귓가에 한승태의 탁한 목소리가 울렸고, 가물가물한 시야에 나무 의자를 든 채 차가운 얼굴로 자신을 내려다

보는 한승목이 보였다. 두 번째 실패였다.

6

실패를 반복할 때마다 상황은 더욱 나빠졌다. 지하실의 아이는 다리를 잃은 채로 그곳에 남겨졌다. 찬은 자신이 그렇게 만들었다는 죄책감에 시달렸다. 란은 이따금 한승태가 빵이나 먹다 남은 음식을 들고 폐건물에 다녀오겠다고 할 때마다 아직 아이가 죽지 않았다고 짐작할 뿐이었다.

한승목은 마치 보상이라는 듯이 찬과 란이 머무는 오두막을 신식으로 바꾸었다. 방 안에 수세식 화장실을 두고 벽지를 새로 발랐다. 자신들이 쓰던 낡은 텔레비전을 방에 놔주기도 했다. 온갖 생색이란 생색을 다 냈는데, 찬과 란에게서 원하는 반응이 나오지 않으면 금세 손을 올리는 시늉을 했다. 그러나 곧 찬의 몰골을 보고는 욕을 내뱉으며 돌아서곤 했다.

그즈음 찬은 이미 육체적, 정신적으로도 한계에 다다라 있었다. 천령교에서 한 달에 한 번 정기적으로 진행하는 축복 의식 외에도 수시로 고통을, 병을, 상처를 옮겨야 했다. 기적에 대한 소문이 돌고 돌아 전국에서 불치병을 지닌 이들이 찾아왔다. 개중엔 소위 말하는 높으신 분들도 있었다.

한승목 형제가 거래를 한 것은 그들 중에서도 돈과 권력, 둘 중 하나 혹은 둘 다 가진 자들이었다. 가진 게 너무 많아 죽거나 무언가를 포기하는 걸 용납할 수 없는 이들. 그들은 아무리 많은 것을 손에 넣어도 죽음과 질병이라는 자연 앞에서 모두 부질없다는 것을 실감했고, 때문에 어떻게 해서든 건강해지기를 원했다. 재산의 일부로 새 삶을 사들이는 건 꽤나 저렴한 거래였다.

황금알을 낳는 거위를 가진 한승목 형제가 거래를 받아들이지 않을 이유는 없었다. 그들은 찬이 제 살을 깎아 얻은 부 앞에서 오만했으며, 곧 거머쥐게 될 더 큰 부를 꿈꾸었다. 하지만 한 가지 문제가 있었다. 찬의 몸은 단 하나뿐이라는 사실이었다. 고통은 타인에게 옮겨질 뿐 줄거나 커지거나 사라지지 않았다.

어느 날 교회로 손님이 찾아왔다. 한 올의 머리카락도 남기지 않고 깔끔하게 넘긴 메마르고 창백한 인상의 남자였다. 한승목은 그가 올 것을 이미 알고 있었다는 듯이 정중하게 손님을 모셨다. 남자는 방구석에서 자신을 훔쳐보던 찬과 란을 불러냈다.

"누가 찬이지?"

남자가 찬의 머리를 쓰다듬었다. 친절하고 다정한 목소리였다. 낯설지만 동시에 낯이 익은 모순적인 느낌. 한승목과 한승태의 대화를 들어보니 요즘 연예인만큼 인기를 누리는 젊은 국회의원이라는 듯했다. 어려운 단어만 쏟아지던 심야의 뉴스 프로그램에서 본 것도 같았다.

한승목은 찬과 란을 차에 태웠다. 그동안 꽤 돈을 번 한승태는 낡아빠진 트럭을 버리고 새 차를 뽑았다. 매끈한 은색 승용차가 바다에 반사된 햇빛을 받으며 도로를 달렸다. 이전의 트럭처럼 덜컹거리지 않는데도 란은 멀미를 할 것 같았다.

의원은 그들과 일정한 거리를 둔 채 검은 차를 타고 따라왔다. 20분가량을 달려 이전의 횟집 건물에 내렸다. 바다 비린내가 훅 끼쳤다. 한승목은 횟집 테이블을 가운데 두고 의원과 찬을 마주 보도록 앉혔다. 창문에는 먹지 시트를 발라 한낮임에도 빛이 거의 들지 않았다. 한승태가 손가락으로 열쇠 뭉치를 빙빙 돌리며 지하실로 향했다.

횟집 바닥에는 밧줄 뭉치가 나뒹굴었다. 한승목은 자연스레 그것을 들어 찬을 두 손만 빼놓은 채 의자 등받이에 묶었다. 그 모습에 란이 반항했으나 곧 등 뒤에서 나타난 한승태에게 제지당했다. 찬의 입에는 재갈을 물렸다. 그 와중에 오직 의원만이 여유롭게 녹차를 홀짝였다.

한승태가 한쪽 어깨에 둘러메고 있던 것을 찬의 옆에 던지듯이 내려놓았다. 포대 자루에서 나온 것은 정신을 잃은 앉은뱅이 아이였다.

"이게 그릇?"

의원이 물었다.

"네, 그렇습니다. 이 아이들이 의원님을 건강하게 해줄 겁니다."

한승목은 자신만만하게 웃었다. 의원은 빠르게 아이를 훑더니, 탐탁지 않은 표정을 지었다.

"꼴이 이래서야."

"걱정 마십시오. 설령 이번에 실패하더라도 다른 아이를 구하면 됩니다. 널린 게 거리의 아이들 아니겠습니까. 잡음 없도록 뒤처리만 잘 부탁드리겠습니다."

정상적으로 받아들이기 힘든 대화들이 오갔다. 지난번에 보았을 때도 그리 좋은 상태가 아니었던 아이는 그때와 비교도 할 수 없을 정도로 앙상하게 메말라 있었다. 한승목은 근처에 널브러진 의자 하나를 끌어와 아이를 앉혔다. 그러곤 고개를 돌려 찬의 눈을 바라보며 말했다.

"눈치가 있으면 알겠지? 손님이 가진 병을 전부 이쪽으로 옮기는 거다."

손님은 분명 지금 찬의 맞은편에 있는 의원일 것이다. 그리고 한승목의 손가락이 가리키는 방향에는 정신을 잃은 아이가 있었다. 지난번과 같은 일의 반복이었다. 찬은 고개를 저었다. 입에 물린 수건 때문에 거부의 외침은 밖으로 나오지 못하고 뭉개졌다.

"이번에도 넌 할 수밖에 없을 거야."

한승목이 찬의 고개를 돌리며 미소 지었다. 한승태는 한 손으로 란을 붙들고 있었다. 다른 한 손에는 접이식 군용 나이프가 들려 있었다. 찬은 소용없을 걸 알면서도 마구 고개를 흔들었다. 빈 종이컵을 만지작거리던 의원과 눈이 마주쳤다. 그는 란과 찬을 번갈아 보더니 예의 친절한 목소리로 말을 건넸다.

"어서 맡은 일을 해야지."

그러곤 한승목을 향해 다그쳤다.

"빨리 시작하죠."

돌파구가 없었다. 찬은 동생과 아이를 번갈아 눈에 담았다. 아이는 저번처럼 잠들어 있었는데 언뜻 보면 이미 시체 같았다. 남자로부터 옮기게 될 병이 얼마나 위독할지는 모른다. 상태가 좋지 않은 아이는 이번에야말로 다시 눈뜨지 못할 수도 있다. 한승목이 망설이는 찬의 머리를 쓰다듬으며 귀에 대고 속삭였다.

"처음에 너희 형제를 떠맡았을 때는 왜 하나도 아니고 둘인가 짜증이 났는데. 이제 보니 아주 적절했지 뭐야. 네 동생은 너와 달리 쓸모도 없는데 우리가 왜 데리고 있는 걸까?"

그러고는 찬의 목덜미를 쥐고 인질이 된 란의 모습을 피할 수 없게 만들었다.

"오로지 널 위해서야. 그러니 너도 보답을 해야지. 그냥 옮기기만 하면 돼. 동생이랑 아이, 둘 중에 하나를 고르는 거라고 생각해."

찬은 아이의 차가운 손과 의원의 굳은살 하나 박혀 있지 않은 축축한 손을 붙잡을 수밖에 없었다. 고개를 들어 바라본 의원의 눈빛은 호기심과 기대감으로 빛나고 있었다. 찬은 눈을 감았다.

침묵의 시간이 흘렀다. 다른 때보다 시간이 오래 걸렸다. 의원에게서 검푸른 진흙 같은 형체가 끝도 없이 흘러나왔다. 전속력으로 달리기를 하듯 찬의 숨이 차올랐고 코피가 흘렀다. 이런 적은 처음이었다. 의식을 잃은 아이가 검붉은 피가 섞인 기침을 뱉은 순간, 찬은 손에서 힘을 빼고 말았다.

모두 그만하고 싶었다. 차라리 자신이 고통스러운 것이 나을 것이다. 숨을 고르며 조심스레 고개를 들었다. 먹물을 끼얹은 듯 흐린 시야에 들어온 것은 화가 난 어른들의 표정이 아니었다. 아이의 얼굴에 란이 겹쳐 보였다. 한승목은 둘 중 하나를 선택해야 한다고 했다. 찬에게 가장 중요한 것은 란이었다. 찬은 입술을 깨물며 다시 아이의 손을 쥐었다.

이윽고 모든 전이가 끝났다. 찬은 정신을 잃고 고개를 떨어뜨렸다. 한승태가 란을 바닥에 내던지는 소리가 들렸다. 칼날이 멀어졌다는 사실에 안도하며 찬은 눈을 감았다.

바닥에 내팽개쳐진 란은 묶인 팔다리를 꾸물거리며 구석에 몸을 밀어 넣었다. 한승목 형제와 의원 사이에 비밀스러운 대화가 오갔다. 란은 오한이 드는 몸을 떨었지만 눈만은 부릅뜨고 그들을 주시했다. 한승태가 포대 자루에 아이를 집어넣었다.

7

찬과 란은 며칠 뒤 뉴스에서 그 의원을 다시 볼 수 있었다. 그제야 알게 된 의원의 이름은 박용석이었다. 그는 전과 다르게 생기가 넘쳤고 얼굴에는 윤기가 흘렀다. 무너져가는 복지시설에 큰돈을 기부했다는 뉴스였다. 밖에서는 한승목과 한승태의 대화 소리가 들려왔다.

"화면으로 보던 것보다 훨씬 반반하던데. 눈에 독기가 예사롭지 않아."

그에 대꾸하는 한승목은 어째서인지 기대감에 잔뜩 부푼 목소리였다.

"됐어, 이제 우리도 팔자 핀 거야."

"형님! 팔자가 피긴. 전에 배 뒤집혔을 때 꼬리 자르기 한 게 그 인간이라는 말이 있어. 잘못 엮인 건 아니겠지?"

"잘못 엮이기는. 앞날도 창창하고 욕심도 그득한데 웬 독한 병을 얻어 심란한 시점에 거짓말처럼 우리가 딱 나타난 거 아니냐? 그치에겐 은인이 된 거라고. 좀 두고 봐. 내 말이 맞는지 틀린지."

한승목은 만면에 미소를 지은 채 술을 홀짝였다. 한승태도 들뜬 기분으로 술을 병째 들이켰다.

하루하루가 즐거운 그들과 대비되게 찬의 눈동자는 빛을 잃어갔다. 지하실의 아이는 그 뒤로 볼 수 없었다. 한승태도 그날을 기점으로 한동안 지하실을 찾지 않았다. 찬은 가끔 초점이 없는 눈으로 란에게 물었다.

"그 애 어떻게 됐을까? 죽었을까?"

란은 한승태가 아이를 넣은 포대 자루를 이고 뒷문으로 향하던 장면을 떠올렸다. 그리고 구석에서 떨고 있는 자신을 신기한 생물을 관찰하듯 물끄러미 바라보던 박용석까지…….란은 매번 힘주어 대답했다.

"아니, 살아 있을 거야."

찬은 무표정하게 고개를 돌렸다. 아마도 그를 망가뜨린 것은 죄책감이었을 것이다. 찬은 매일 밤 악몽에 시달렸다. 꿈속에서 무엇을 보는지 알 수 없었지만 란은 식은땀을 흘리는 찬의 손을 잡고 속삭였다.

"형이 한 게 아니야."

란은 할 수만 있다면 자신이 그 능력을 대신 갖게 되기를 기도했다. 형이 괴로워하는 모습을 보는 게 싫었다. 무엇보다 원망스러운 것은 찬으로 하여금 시키는 대로 할 수밖에 없도록 만드는 자신의 존재 자체였다.

'내가 없었다면 형은 혼자 도망칠 수 있지 않았을까?'

그렇다면 지금만큼 일이 커지지 않았을 테고, 그 아이도 포대 자루에 들어가지 않았을 것이다.

"형 잘못이 아냐. 내가 잘못된 거야."

란은 스스로가 끔찍했다. 모두 자기 때문에 망가진 것 같았다. 그것은 마치 찬이 느끼는 죄책감을 나눠 갖는 기분이었다.

한편 한 번 선을 넘은 한승목 형제는 더욱 대범해졌다. 교회에 낯선 이들이 찾아오는 일이 잦아졌다. 박용석 의원처럼 텔레비전에서 보았던 이들도 있었고 생전 처음 보는 이들도 있었다. 청년도, 노인도 있었다. 겉모습이 어떻든 죽음이 가까운 자들의 얼굴에서는 비슷한 냄새가 풍겼다.

그들이 자주 찾아올수록 찬이 바닷가의 횟집 건물을 드나드는 일도 잦아졌다. 어느 순간부터 란은 함께하지 않았다. 굳이 힘들여 데리고 갈 필요가 없었다. 찬은 자신의 역할을 학습했고, 내면의 중요한 부분을 포기했다. 놈들의 뜻대로 하지 않으면 란이 위험하다는 사실 이외에는 생각하지 않았다. 그러지 않으면 버틸 수 없었다. 생각과 반추는 죄책감의 미궁으로 향하는 커다란 문이었다. 매일 밤 꿈에서 자신을 바라보는 허연 얼굴이 늘어갈수록 찬의 눈은 생기를 잃어갔다.

8

찬이 앙상해질수록 교회에 드나드는 손님들은 들어올 때와는 달리 건강한 모습으로 떠나갔다. 그들의 병마가 어디로 옮겨갔는지 란은 상상하지 않으려 했다. 그리고 그쯤부터 천령교에는 이전과 비교할 수 없을 정도로 막대한 후원금이 쏟아지기 시작했다. 돈의 출처는 뻔했지만, 그것 역시 생각하지 않기로 했다. 생각한다고 달라지는 것은 없었고 찬과 란은 하루를 버티는 것만으로도 벅찼다.

란은 하루 종일 찬을 기다렸다. 한 목사 형제가 잠그고 나간 문 안쪽에서 가늠할 수 없는 시간을 버텨야 했다.

평소와 다름없는 날이었다. 방범창 사이로 햇빛이 들어왔지만 여전히 컨테이너의 질척한 어둠 속에 있는 듯한 착각이 들었다. 이번에는 손을 잡아주는 찬이 없었다. 란은 처음으로 옆에 없는 찬이 원망스러웠다.

곧 달그락거리는 소리와 함께 문이 열렸다. 그들은 늘 먹을 것과 함께 찬을 돌려주었다.

"깨어나면 네가 알아서 먹여. 네 건 먼저 먹든지 같이 먹든지 알아서 해."

밖에서 다시 문이 잠기고 란은 찬이 깨지 않도록 최대한 조심스럽게 포장을 풀었다. 아무리 살살 풀어도 바스락거리는 비닐 소리가 서러웠다. 갑자기 눈물이 나는 것도 아마 소리가 너무 시끄러웠기 때문일 것이다. 란은 가만히 숨죽였다. 형의 잠을 방해하고 싶지 않았다.

9

다음 날 아침, 란은 실수로 죽을 엎었다. 그쯤 들어 식단이 좋아졌는데 하루가 다르게 메말라가는 찬 때문이었다. 아침마다 시내의 고급 음식점에서 영양죽이 배달돼 왔지만 찬의 상태는 조금도 나아지지 않았다.

그날은 전복죽이었다. 란은 작은 좌식 테이블에 찬의 것을 꺼내놓고 가운데에 따라온 밑반찬을 두었다. 그다음 자신의 것을 꺼내 뚜껑을 열려는데 손이 미끄러져 죽통이 그대로 떨어졌다. 란의 허벅지와 바닥에 흐른 전복죽에서 모락모락 연기가 피어올랐다.

"아!"

"괜찮아?"

란보다 더 놀란 것은 찬이었다. 토끼 눈을 한 채 정신없이 수건에 차가운 물을 묻혀 란의 허벅지를 닦았다. 차가운 물로 씻어 내리기까지 했지만 뜨거운 죽이 쏟아진 부위는 발갛게 부어올라 홧홧하고 쓰렸다. 란이 손을 가져다 대자 그 부위에서 열감이 느껴졌다. 그때 찬이 화상을 자신에게 옮기려는 듯 가만히 란의 손을 잡았다. 그 행동에는 거리낌이 없었다.

갑자기 참기 힘들 정도로 가슴이 답답해진 란은 찬의 손길을 내쳤다. 목구멍을 스펀지로 막은 것처럼 속이 막혔다. 코까지 물이 찬 것 같았다. 찬이 무안해진 손을 숨겼다. 두 사람 사이에 정적이 흘렀다. 란은 그 와중에 물에 흘려보낸 죽이 아깝다고 생각했다.

분위기를 바꿔보려는 듯 찬이 자신의 죽그릇을 란에게 슬쩍 밀며 말했다.

"난 이거 안 좋아해. 식감이 역하더라."

그 말에 란은 쭈뼛거리며 죽그릇을 받아들었다. 사실 형이 거짓말한 걸 눈치챘지만 어째서인지 손이 멋대로 움직였다. 란은 말없이 그릇에 코를 박았다. 전복죽은 참기름 냄새가 향기로웠고, 약간 씁쓸한 맛이 났다. 지난주에 형은 분명 같은 죽을 깨끗이 비웠다. 란은 문득 자신이 찬에게 달라붙은 벌레 같다고 생각했다.

머릿속에 무수한 가정들이 폭죽처럼 피어올랐다. 그 가정은 전부 '나만 없었다면', '내가 아니었다면', '나 때문에'로 시작했다. 찬이 죄책감에 죽어가는 것은 괜한 탈출을 시도했다가 다친 자신 때문이다. 거기서 이 모든 일이 시작된 것이다. 찬이 죽는다면 그 역시 자신 때문이다. 란은 이곳에서 방관자일 수밖에 없는 자신이 역겨웠다. 동시에 찬의 맹목적인 희생을 견디기 힘들었다. 란은 입으로 쑤셔 넣던 플라스틱 숟가락을 내려놓았다.

"왜 먹다 말아?"

"형, 나한테 이러지 마."

"뭘?"

"그냥 다! 나한테 잘해주는 거, 양보하는 거, 그런 거 전부. 형이 그럴수록 짜증만 난다고."

란은 충격을 받은 듯한 찬의 얼굴을 외면했다. 그대로 일어나 남은 죽을 변기에 쏟았다. 먹었던 것이 다 올라올 것 같았다. 레버를 내리자 죽은 소용돌이 속으로 빨려 들어갔다. 빨려 들어가고 싶은 건 란 자신이었다.

얼마 후 문이 열리고 우스꽝스러운 교주복을 입은 한승목이 들어왔다. 한 손에는 그날 외울 기도문 인쇄물을 든 채였다.

"오늘 축복 있는 날인 거 알지? 무슨 이상한 희귀병 있는 여자라는데 그 아버지가 아주 극성이어서 신자들도 다 알아. 이번 거 끝나면 멍청한 승태놈 때문에 시끌시끌하던 것도 좀 줄어들겠지. 끝난 뒤에는 귀한 손님도 오신다. 네가 할 일이 많으니 신경 써서 챙기고 나와."

찬은 느린 몸짓으로 일어나 예복을 꿰입었다. 사스락거리는 소리가 났다. 본래는 도와주어야 했지만 란은 화장실에서서 변기만 노려보았다. 혼자 준비를 마친 찬이 말없이 방을 나가자 란은 자리에 주저앉았다. 문이 닫히기 직전 찬의 시선을 느꼈지만 란은 돌아보지 않았다. 형제는 그렇게 말이 없었다.

10

란은 좁은 방에 홀로 남겨지자마자 후회했다. 찬에게 미안하다는 말을 하기 위해 문을 밀었지만 역시 밖에서 잠근 뒤였다. 문은 이제 그들이 다시 돌아올 때까지 열리지 않을 것이다.

'형이 돌아오면 그 말은 형을 향한 게 아니었다고, 나를 향한 것이라고, 미안하다고 말해 줘야지.'

란은 이기적이고 철없는 자신에게 화가 났다. 찬의 울타리 안에서 보호받기를 자처하고 있는 주제에 짜증을 냈다. 스스로 감정을 주체하지 못해서 찬의 고통을 외면하고 심통을 부렸다.

생각이 많아진 란은 어질러진 방 안을 깨끗이 치웠다. 찬에게 편지를 쓰기 위해 연필을 들었다. 하지만 학교 공부도 제대로 하지 못한 란이 복잡하고 미안한 감정을 문장으로 전하기란 쉬운 일이 아니었다. 결국 란은 쓰던 편지를 쓰레기통에 쑤셔 박았다. 말로 어떻게 전할까? 10분에 한 번씩 시계를 쳐다봤다. 바늘이 굼떴다. 마음이 초조해지자 시간이 유난히 느리게 갔다. 그러다 잠이 들었다.

꿈에서 란은 타자로 친 것처럼 깔끔한 글씨로 쓴 편지와 어디서 났는지 모를 선물 상자를 찬에게 전하며 미안하다고 말했다. 찬이 웃으면서 선물과 편지를 받아들었다. 란은 고백을 하는 사람처럼 두근거리는 마음으로 형이 해줄 말을 기다렸다.

"란아, 괜찮아. 넌 원래 나한테 신경 안 썼잖아. 그런데 이거 정말 네가 쓴 거야?"

"응, 내가 썼어. 정말 열심히 썼어. 미안해, 형."

"그래?"

찬이 편지를 다시 란에게 건넸다. 란은 얼떨결에 그것을 받았다. 자신이 쓴 편지에는 '역겨워'라는 말이 빼곡히 채워져 있었다. 란은 놀라서 편지를 떨어뜨렸다.

"난 이런 거 쓴 적 없어!"

찬이 해맑게 웃으며 말했다.

"왜 떨어뜨리고 그래. 네가 쓴 편지인데."

찬이 이번에는 선물 상자의 리본을 잡아당겨 풀었다. 상자 안에는 뾰족한 술병 조각이 잔뜩 들어 있었다. 갑자기 시야가 붉어졌다. 란은 손으로 얼굴을 더듬었다. 찢어진 피부 틈에서 피가 쏟아졌다. 그는 비명을 질렀다. 찬은 여전히 웃고 있었다.

11

잠에서 깨니 해가 지고 있었다. 노을빛이 들어온 방 안은 주황색으로 물들었다. 꿈속의 일이 떠올랐다.

"형이 돌아오면 미안하다고 말해야지."

란이 중얼거렸다.

전에도 미안했고, 그전에도 미안했다고. 그리고 고맙다고 말하고 싶었다. 무엇보다 이 지옥 같은 곳에서 꼭 나가자고 말할 것이다.

마지막 탈출 시도는 3년 전이었다. 그동안은 겁에 질려 도망칠 생각조차 하지 못했다. 하지만 시간이 꽤 흘렀고, 란은 자신이 그때보다 더 자랐다고 생각했다.

'다시 해볼 수 있지 않을까?'

계획을 치밀하게 세운다면 함께 도망치는 게 가능할지도 모른다. 란은 방 안을 둘러보며 쓸 만한 것들을 찾았지만, 눈에 띄는 것이라고는 낡은 나무 옷걸이 정도밖에 없었다.

그때 방문에 걸린 자물쇠가 달그락거리는 소리가 들렸다. 몇 번의 마찰음 끝에 걸쇠가 풀리는 경쾌한 소리가 났다.

'형이 벌써 돌아온 걸까?'

란은 찬을 보자마자 끌어안고 준비해 둔 말을 전할 생각으로 문 앞에 섰다. 문이 열렸다.

"형! 아침에 일 있잖아……."

눈앞에 서 있는 건 찬이 아닌 형형한 눈빛의 중년 남자였다. 처음 보는 얼굴은 아니었다. 란은 이내 집회장에서 보았던 얼굴임을 기억해 냈다. 축복을 바라며 항상 맨 앞줄에서 간절히 기도문을 외치던 사내.

'이 아저씨가 왜 여기에 있지?'

그러나 생각은 계속되지 못했다. 소리 내 물을 수도 없었다. 입에서 뜨거운 무언가가 주르륵 흘렀다. 검붉은 액체가 가슴팍을 적셨다. 문 앞의 사내는 모든 이를 드러내며 환히 웃었다. 란은 그제야 배에서 느껴지는 통증을 감지했다. 입을 틀어막고 시선을 내리깔자, 자신의 복부에 비죽이 튀어나온 나무 손잡이가 보였다.

무릎이 풀썩 꺾였다. 눈앞의 풍경이 사내의 얼굴에서 천장으로 변했다. 눈을 빠르게 깜빡이자 다시 사내의 얼굴이 들어왔다. 사내는 바닥에 쓰러져 꿈틀거리는 란의 앞에 쭈그려 앉아 배에 꽂힌 칼을 빼내며 말했다.

"나는 많은 걸 바라지 않았어. 할 만큼 했다고. 헌금도 쏟아붓고 기도도 열심히 했어. 그런데 왜 내 아들은 안 되는 거야? 어떻게 나한테 이럴 수 있어. 내가 많은 걸 바란 것도 아닌데."

실성한 사내의 얼굴은 기름기로 번들거렸다. 그는 피 묻은 손으로 란의 뺨을 쓸어내렸고 붉은 자국이 남았다. 란은 비명을 질렀다. 도우러 오는 이는 아무도 없었다.

"천령님이고 기적이고 다 무슨 소용이야. 전부 돈에 눈 돌아간 사기꾼들인데. 그렇지? 네가 생각해도? 내가 왜 이러는지 알겠어? 넌 이해해야 해. 창수가 그 차가운 곳에서 얼마나 원통했을지를 생각하면…… 나는 견딜 수가 없어."

란을 내려다보는 사내의 눈빛은 차가웠다.

"그러니까 너희도 똑같이 당해야 해. 이해했지? 그런 거야. 어쩔 수 없어. 정말 어쩔 수가 없다고. 도리를 모르는 인간에게는 남들이 당한 걸 똑같이 겪게 해줘야 해. 그래야 남의 심정을 헤아릴 수 있는 거야. 알겠지? 대답해 주렴. 응?"

웃는 것인지 우는 것인지 알 수 없는 얼굴이었다. 란은 끝까지 대답하지 않았다. 의식이 점점 희미해졌다. 남자는 가져온 휘발유통의 내용물을 온 방 안에 뿌리기 시작했다. 기름 냄새가 진동했다. 그러고는 라이터를 꺼내 불씨를 댕겼다.

순식간에 번진 불길은 모든 걸 잡아먹을 것처럼 활활 타올랐다. 온 시야가 붉었다. 형에게 미안하다고 말하지 못한 것이 가장 마음에 걸렸다. 역시 편지는 쓰지 않기를 잘했다. 어차피 불길에 재가 되어버렸을 것이다. 자신이 죽으면 이제 형도 조금 자유로워질 수 있을까. 란은 불길 너머로 들리는 자신의 이름을 마지막으로 눈을 감았다.

12

천장은 온통 흰색이었다. 자잘한 물결무늬가 규칙적으로 새겨져 있었다. 란은 상체를 일으켰다. 몸이 찌뿌둥했지만 딱히 아픈 곳은 없었다. 손등에 꽂힌 주삿바늘과 분주하게 돌아다니는 흰옷의 사람들을 보니 병원인 것 같았다. 뇌리에 지난 이미지들이 스쳤다. 아들을 잃은 남자. 자신을 찌른 칼. 웅덩이가 질 정도로 흘러나온 피와 활활 타오르던 불길.

'나는 그 안에서 살아난 걸까? 아니면 모두 꿈인가? 그럼 왜 병원에 있지?'

실감이 나지 않아 사내가 찔렀던 복부를 손으로 더듬었다. 아무런 아픔도 느껴지지 않았다. 란은 문득 자신의 배가 너무 매끈하다는 것을 깨달았다. 환자복을 벗고 상체를 살펴봤다. 칼에 찔린 상처는커녕 그동안 쌓이고 쌓였던 흉터와 멍들도 없었다. 막 구워 나온 도자기처럼 매끈하기만 했다. 자신의 몸은 이렇지 않았다. 항상 상처투성이였는데…….

'형은 어디에 있지?'

두려운 가정 하나가 스치고 지나갔다. 상상할 수 있는 최악의 상황이 그려졌다. 란은 침대에서 벌떡 일어나 복도로 뛰쳐나갔다. 돌아다니는 간호사를 무작정 붙잡고 같이 실려 온 일행은 없느냐고 물었다. 다들 잘 모른다고만 대답했다.

손이 덜덜 떨렸다. 란이 놓아주질 않자 그들은 담당 의사를 불러왔다.

"저랑 되게 비슷하게 생겼는데 키는 약간 더 작아요. 또 약간 더 말랐어요. 그런 사람 없어요?"

의사는 말없이 안경을 고쳐 썼다. 한참의 침묵 끝에 그는 유감스럽다는 표정으로 입을 열었다.

"안타깝지만 구급차를 타고 도착했을 땐 너무 늦은 상황이었습니다. 화재로 발생한 유독가스에 장기가 이미 많이 손상된 데다 피를 너무 많이 흘렸어요. 환자 본래의 건강 상태도 너무 나빠…… 우리도 최선…… 했지만…….."

뒤로 갈수록 소리가 잘 들리지 않았다. 머리가 단어를 거부하는 것 같았다. 혼란스러워하는 란의 등 뒤에서 누군가가 그의 어깨를 톡톡 쳤다. 당연히 찬일 거라고 생각했다. 형이 죽었을 리 없으니까. 란이 뒤돌아볼 때마다 형은 항상 그 자리에 있었다.

"형?"

하지만 란의 등 뒤에 있던 건 찬이 아닌 험상궂은 인상의 형사들이었다. 그중 나이 든 형사가 주머니에서 수첩을 꺼내 보이며 말했다.

"몇 가지 질문에 대답해 주겠니?"

143

찬을 죽게 만든 신도는 이미 경찰에 붙잡힌 상태였다. 오두막에 불을 지른 직후 칼을 들고 마을을 배회하던 남자를 본 주민들이 신고했다고 한다. 남자는 사이비 종교의 열렬한 신도였으며 정신이 온전치 못했다. 그가 살던 반지하에서는 실종 상태였던 아들의 시신이 발견되었다. 악취 때문에 이웃 주민의 신고가 잦던 곳이었다. 시신은 이미 반쯤 썩어 있었고, 땅속 어딘가에 한 번 묻혔다가 다시 꺼내진 모양새였다.

아들의 사인은 병사였다. 경찰은 아들의 죽음에 충격을 받은 남자가 장례까지 치르고 묻었던 시신을 다시 꺼내 왔을 거라고 확정 지었다. 체포 당시 남자의 몸에는 휘발유가 묻어 있었고 그가 들고 있던 흉기와 피해자의 상처도 일치했다. 불탄 오두막에서 마을까지 이어진 질퍽한 흙길에 새겨진 족적 역시 동일했다.

다만 이상한 점이 하나 있었다. 흉기에 묻은 혈액이 죽은 찬의 것이 아니라 몸에 상처 하나 없는 란의 것이라는 사실이었다. 그러나 수사는 윗선의 압박으로 인해 빠르게 종결되었다. 몇몇 찜찜하거나 부정확한 정황들이 남았으나 범인이 명확했으므로 그것들을 길게 물고 늘어지는 것은 모두의 실적에 별다른 도움이 되지 않았다. 사건은 정신 나간 사이비 신도의 우발적 살인과 방화로 결론 났다.

란은 멍하니 손바닥만 한 항아리를 응시했다. 눈앞에 살아 있을 때보다 훨씬 더 작아진 모습의 찬이 있다. 이제는 말을 걸어도 답하지 않는 형 앞에서 란은 손바닥을 쥐었다 펴며 가만히 서 있었다.

란이 정신을 차린 지 얼마 되지 않았을 때 병원으로 그를 찾는 한 통의 전화가 왔다. 사고 뒤에 단 한 번도 모습을 보이지 않던 한승목이었다.

"네 형 시신은 우리가 태웠다. 부검 후 바로 화장했어. 장례 절차를 따른 거니까 원망은 말아라. 시외 공원 봉안당으로 가서 네 형 이름을 말하면 어디에 안치했는지 알려줄 거다. 비용도 다 지불했다. 우리는 이 도시를 뜰 거야. 아무런 증거도 없으니 경찰에게 허튼소리 하지 마라. 애초에 그간의 일을 말해봤자 아무도 믿지 않을 거다. 이제 알아서 조용히 살아라. 그렇게 우리한테서 도망가고 싶어 했으니 잘 됐지."

한승목은 제 할 말만 내뱉고서 전화를 끊었다. 감당하기 힘든 허무함이 밀려왔다. 그의 말대로 찬의 장례식은 치러지지 않았다. 빈소도 없이 방치됐던 시신은 화장터에서 태워져 시외 공원 안쪽의 봉안당에 안치되었다. 그곳을 찾는 이는 란 말고는 아무도 없었다.

란은 담당 형사로부터 범인이 정신감정을 받고 병원에 수

감될 것이라는 소식을 들었다. 진술 과정에서 아무것도 기억나지 않는다는 말로 일관해 괜한 의심을 샀던 란은 형사에게 범인의 얼굴을 보면 기억이 조금이라도 날지 모른다는 의견을 내비쳤다. 잠시 주저하던 그들은 제출할 보고서의 오류를 줄이기 위해 이를 승낙했다.

범인을 만나기로 한 날에도 란은 찬의 봉안당을 찾았다. 말을 걸어도 대답하지 않는 찬 앞에서 손바닥을 쥐었다 폈다. 그러다 문득 둘이서 찍은 사진 한 장조차 없다는 것을 깨달았다.

언젠가 집회 후 청소 중이던 그들을 신도로 착각한 노인 신도가 다 같이 기념사진을 찍자며 다가온 적이 있다. 란은 무시했지만 마음 약한 찬이 붙들려 거의 반강제로 찍힌 사진이 아이러니하게도 봉안당의 한쪽 벽면을 차지하고 있었다. 사진 속의 찬은 어정쩡하게 웃는 얼굴이었다. 찬의 목소리가 듣고 싶었지만 사진은 목소리를 낼 수 없었다.

어느새 약속 시간이 다가오고 있었다. 봉안당을 나선 란은 약속 장소인 병원으로 향했다. 로비에서는 평소보다 소독약 냄새가 강하게 났다. 약간 휘청거리며 걷는 란의 앞에 복도를 뛰어가던 꼬마 아이가 발이 꼬여 넘어졌다. 꽤 아팠는지 아이의 눈이 그렁그렁했다. 환자복을 입은 것으로 보아 소아 병동에 입원한 아이인 것 같았다. 란은 아이에게 다가가 손을 내밀었다. 멀뚱멀뚱 란을 바라보던 아이가 그 손을 잡고 일어섰다.

"고맙습니다!"

아이는 눈물을 멈추고 다시 총총 뛰어갔다. 뒤를 돌아보니 엄마로 보이는 사람에게 폭 안겨 있었다.

"형한테 고맙다고 해야지."

"했어!"

란은 아이를 일으켜 세운 자신의 손을 바라봤다. 손을 몇 번 쥐었다 펴자 급격히 피로해졌다.

병원에서 의식을 차린 뒤 칼에 찔린 상처가 없는 매끈한 배를 바라본 순간부터 알게 된 사실이 있다. 누가 가르쳐주지 않아도 저절로 감각되었다. 찬이 죽기 전에 란의 상처를 자신의 몸으로 빨아들여 채우고, 대신 자신의 능력을 란에게 밀어냈음을.

14

예정된 시간에 병원 로비에서 형사를 만났다. 그리고 범인이 있는 정신병동으로 향했다. 발걸음을 내디딜 때마다 전신에 아이가 가지고 있던 병마가 퍼져나가는 게 느껴졌다. 물속을 걷는 듯 몸이 무거웠다. 갑작스레 코피가 터져서 형사가 휴지를 얻어왔다.

자신이 아이에게서 빼낸 이 병마는 곧 형을 죽인 남자의 몸에 퍼질 것이다. 단지 눈에 띄어서 가져온 것일 뿐, 병의 위험도 병명도 모른다. 범인이 이로 인해 죽을지 살지도 알 수 없다. 단순한 몸살감기일 수도 있고 목숨을 위협하는 중병일 수도 있다. 이제 모든 것은 운에 달린 셈이다. 찬이 죽고 란이 살고, 란이 죽고 찬이 살 수도 있었던 것처럼.

"안색이 안 좋은데?"

나이 든 형사가 란에게 음료를 건넸다. 그다지 내키지는 않았지만 란은 음료를 받아들었다. 병마 때문인지 아니면 눈앞에 범인을 둔 긴장감 때문인지 심장이 터질 듯 두근거리고 식은땀이 흘렀다. 입술이 말라 음료수를 한 모금 들이켰다. 은은한 생강 향이 입안에 맴돌았고, 입술은 금세 다시 메말랐다.

"형사님, 잠시만 이 아저씨와 둘이서 이야기할 수 있을까요?"

"원래는 안 되는 건데……."

나이 든 형사는 안쓰러운 눈으로 란을 쳐다봤다. 어차피 범인은 결박된 상태였고 소리만 들리지 않을 뿐 밖에서 두 사람을 지켜볼 수 있으니 괜찮을 것 같았다. 게다가 이 어린 애가 고작 맨손으로 무슨 짓을 저지를 수 있을 것 같지도 않 았다. 형사는 한참 뜸을 들인 뒤에야 고개를 끄덕였다.

란은 범인을 마주 보고 앉았다. 중요한 조사는 끝난 상태 였다. 자다 깬 사람처럼 흐리멍덩하던 범인의 눈빛은 란을 마주하자 공포로 물들었다. 자신이 죽인 교주의 아들이 살 아 돌아온 것처럼 보였을 것이다. 란은 수갑을 찬 채로 잘게 떨리는 그의 손을 향해 자신의 손을 뻗었다. 범인의 손은 투 박했고 벌그죽죽한 빛이 돌았다.

회색의 방 안에는 란과 범인 둘뿐이었다. 정면에는 건너편 이 보이지 않는 검은 유리창이 보였다. 유리창 너머에서 형사 들이 지켜보고 있는지, 아니면 아무도 없는지는 알 수 없었 다. 란은 입 모양을 감추기 위해 고개를 숙이고 입을 열었다. 그리고 단 두 문장을 읊었다.

"당신 아들은 돌아오지 않아. 그러니까, 당신이 아들이 있 는 곳으로 가."

'교주와 그 동생인 장로는 멀쩡히 살아 있고 벌을 받지도 않았어. 당신 예상은 완전히 틀렸어. 그들은 우리 형의 죽음 에 조금도 슬퍼하지 않았어. 그들은 사람이 아니거든. 당신 은 실패한 거야. 우리 형이 아니라 그들을 죽였어야지.'

무수한 말이 떠올랐으나 누군가가 소리를 내지 못하게 목구멍에 돌을 채워 넣은 것 같았다. 목이 막혀서 더는 말을 할 수 없었다.

잠시 후, 란은 범인의 손을 놓고 고개를 들었다. 범인은 이전과 다름없는 멍한 얼굴로 눈물을 흘렸다. 그의 눈은 이 세상을 바라보고 있지 않은 것 같았다. 때마침 들어온 형사가 란을 데리고 나갔다. 그는 란에게 범인의 얼굴을 보니 떠오르는 것이 있느냐고 물었다. 란은 범인이 형의 배를 찌르고 집에 휘발유를 뿌리던 장면이 기억난다고 말했다. 자신이 피를 보고 패닉에 빠진 사이 범인이 불을 붙이고 사라졌다고도 덧붙였다.

"코피가 또 나네."

형사가 주머니에서 휴대용 티슈를 꺼내 건네주었다. 코에 손을 가져다 대니 선홍빛 피가 묻어나왔다. 란은 코를 틀어막고 화장실로 향했다. 이제는 상처 하나 남지 않은 배가 아려오는 듯했다. 속이 메슥거려 변기에 얼굴을 처박았지만 먹은 것이 없어서인지 생강 향이 나는 위액만 올라왔다. 란은 변기에 기대앉아 가만히 자신의 손을 응시했다.

그리고 보름 후, 정신병동에 있던 범인이 갑작스러운 질환으로 사망했다는 소식이 들려왔다.

15

범인이 죽었다는 소식을 들은 란은 자신이 찬에게서 받은 능력을 의심했음을 인정했다. 동시에 이제껏 애써 외면해 온 사실이 란을 붙들고 정면으로 마주해 왔다. 피할 수 없었다. 스스로 저지른 일이었다. 심장이 두근거리고 손끝이 떨렸다. 시선을 한곳에 두는 게 힘들어 눈을 감았다.

그 길로 병실을 빠져 나온 란은 아무 버스에나 올라탔다. 그리고 그대로 가만히 있었다. 종점에서 내려 한참을 걷자, 어느 순간 눈앞에 숲이 나타났다. 숲길을 정처 없이 걷고 또 걸었다. 억센 나뭇가지와 거친 풀들이 몸을 할퀴었다. 많은 생각이 휘몰아쳤다. 능력의 정체부터 쓸모까지.

아무리 생각해도 옮기기만 하는 건 도움이 되지 않았다. 물이 높은 곳에서 낮은 곳으로 흐르듯 세상의 고통이나 힘겨움, 모두가 피하고 싶어 하는 것들은 위에서 아래로 향할 것이고 자신의 손이 통로가 될 터였다. 능력은 반드시 악용된다. 거대한 부담감이 란의 어깨에 올라탔다. 공포, 두려움, 책임감과 같은 감정들이 줄줄이 따라왔다. 그것들은 갓난아기처럼 매달린 채로 떨어지지 않았다.

어느새 해가 지고 있었다. 숲은 빠르게 어두워졌다. 검은 숲속에 선 란은 여전히 컨테이너 안에 갇혀 있는 기분을 느껐다.

'비린내.'

란은 어둠 속에서 희끄무레하게 빛나는 자신의 두 손을 바라봤다. 차라리 잘라버리고 싶다고 생각했다.

사방이 어두워 분간할 수 없는 숲길을 걸었다. 멀리서 산 짐승의 울음소리가 들려왔다. 한없이 걷다 보니 익숙한 넓은 공터가 나타났다.

어둠에 적응한 눈은 그곳이 어디인지 알려주었다. 폐허가 된 천령교의 뒤뜰이었다.

'돌고 돌아 결국 이곳으로 돌아오다니.'

까맣게 타버린 집채가 눈앞에 있었다. 란은 무언가에 홀린 듯이 그 앞으로 다가갔다. 떨어져 나간 문틀을 만지자 검은 재가 묻어났다.

손에 닿는 모든 것을 손으로 쓸었다. 까만 벽, 까만 바닥, 까만 창틀. 란의 손은 온통 재투성이가 되었다. 바지에 손을 문질렀지만 이미 물든 어둠은 손에서 사라지지 않았다. 찬의 얼굴이 아른거렸다. 드물게 웃는 표정이었다.

밖으로 나오니 교회가 보였다. 기억과는 다른 모습이었다. 신자들의 피땀 어린 헌금으로 치장했던 화려함은 온데간데없었다. 빛을 잃고 황량한 모습으로 덩그러니 있었다. 깨지고 부서진 것들 틈에서 신자들에게 축복 아닌 축복을 내리던 대리석만이 멀쩡히 남아 있었다. 란은 여러 손길에 닳아 반질반질해진 그것을 가만히 만져보았다. 얼음처럼 차가웠다. 찬이 항상 웅크려 있던 자리에 앉아 눈만 내놓은 채 얼굴을 무릎에 파묻었다. 이쪽으로 다가오는 앙상한 흰 발이 보였다. 고개를 드니 그리운 얼굴이 있었다.

"형, 여기 있었구나."

란이 중얼거렸다.

"형, 내가 복수해 줄까?"

찬이 입을 우물거렸다. 그러나 아무 말도 들리지 않는다. 찬은 하얀 얼굴로 여전히 그곳에 있었다. 란은 까무룩 잠이 들었다.

16

"학생, 학생!"

웅크려 잠든 란을 누군가가 흔들어 깨웠다. 무거운 눈꺼풀을 가까스로 들어 올리자 교회의 깨진 스테인드글라스 사이로 햇살이 비치고 있었다. 눈이 부셔 얼굴을 찌푸렸다. 꿈인지 현실인지 몽롱했다.

'분명 형을 봤는데?'

란은 벌떡 일어나 주위를 두리번거렸지만 보이는 것이라고는 삭막한 교회의 풍경뿐이었다.

"왜 이런 곳에서 자고 있어?"

란을 깨운 것은 촌스러운 줄무늬 양복의 중년 남자였다. 그는 무언가를 바리바리 싸 들고 있었다. 란은 기억이 날 듯 말 듯 한 얼굴을 쳐다봤다. 찬이 마지막으로 맡았던 의식에서 병을 옮겨준 여자의 아버지였다. 전 재산을 바쳐놓고도 눈물 흘리며 고마워하던 사람. 딸 대신 애꿎은 생명이 사라진 것도 모르고. 란은 속이 뒤틀리는 것 같았다.

"그런데 학생, 여기 신도였지? 교회 꼴이 왜 이래?"

"교주가 신도들 돈 들고 날랐어요. 천령교는 이제 없어요."

줄무늬 양복의 남자가 란을 빤히 바라봤다. 그가 들고 있던 갖가지 선물 꾸러미들이 교회 바닥에 먼지를 일으키며 떨어졌다.

"그게 무슨 소리야! 천령님이 도망을 가다니, 왜!"

"애초에 사이비였잖아요! 이제 여기 올 필요 없어요. 돌아가세요."

남자가 허망한 표정을 지었다. 흙먼지가 가득한 바닥에 주저앉아 앓는 소리를 냈다. 견디기 힘들었다. 란은 더 이상 의미가 없어진 교회에서 나가기 위해 입구로 향했다.

"학생!"

주저앉아 있던 남자가 뛰어와 란에게 챙겨온 꾸러미들을 안겼다.

"이거, 학생이 가져가. 교주님께 드릴 선물로 가져온 건데 교회 꼴이 이러니……"

남자는 문 쪽으로 비틀거리며 걸어갔다. 란은 자신의 품에 안겨 있는 선물들을 바라봤다. 홍삼 원액, 한우 세트, 떡. 온몸의 힘이 빠져나갔다.

"아버지!"

교회 밖에서 남자를 부르는 소리가 들려왔다. 란보다 열 살은 나이가 많아 보이는 남자의 아들은 차에서 내려 의뭉스러운 표정으로 망가진 교회를 둘러보고 있었다. 키가 컸고 날카로운 눈매에 곧은 시선이었다. 어쩌다 눈이 마주치자 란은 먼저 고개를 돌렸다.

"지금 간다."

아들에게 가던 중년 남자는 란이 마음에 걸렸던지 뒤돌아보며 물었다.

"시내까지 태워다 줄까?"

"아뇨, 됐어요."

곧 중년 남자와 그 아들이 탄 자동차가 털털거리는 소리를 내며 산길을 내려갔다. 한우 세트와 홍삼을 든 란은 홀로 교회의 마당에 섰다. 자신을 채우고 있던 모든 것이 사라진 기분이었다. 란은 두 손을 물끄러미 바라봤다. 재가 묻어 검게 얼룩져 있었다. 씻어도 지워질 것 같지 않은 어둠이었다.

17

사건 조사 과정에서 란은 자신이 수년 전 신고가 들어왔던 실종 아동이었다는 사실을 알게 됐다. 난생처음으로 형이 지어준 이름이 아닌 자신의 원래 이름과 출생지, 실종 신고를 한 보호자의 이름을 확인했으나 이상하리만치 감흥이 없었다. 유일한 가족이자 보호자는 혼자 사는 노인이었는데, 이미 한참 전에 사망한 상태였다. 이제 와서 새삼스레 가족의 흔적을 찾고 싶은 생각은 들지 않았다. 미성년자였던 란은 지역의 보호센터에 들어가 열여덟 번째 생일 직전에 사회로 내보내졌다.

사회에 나와 이런저런 아르바이트를 하며 고시원을 전전했다. 힘겹게 푼돈을 모은 후에야 지금의 옥탑방을 구할 수 있었다. 살 곳을 구하고 란이 가장 먼저 한 일은 편지를 쓰는 것이었다. 보기 좋은 편지지를 사서 찬에게 보내는 글을 썼다. 센터에서 지내는 동안 중졸, 고졸 검정고시를 치렀기에 원하는 만큼은 아니어도 과거보다는 마음에 드는 문장을 쓸 수 있었다. 편지에는 끝내 하지 못했던 말들을 담았다. 몇 번이나 다시 쓰기를 반복한 끝에 찬에게 보낼 편지를 완성했다. 란은 찬이 안치되어 있는 봉안당으로 향했다.

가만히 찬의 앞에 섰다. 봉안당 안에는 꽃 한 송이조차 보이지 않았다. 주변의 다른 자리에는 그리움에 찬 쪽지나 마른 꽃, 생전에 좋아했을 사탕 등이 빼곡했다. 찬의 자리에는 사진 한 장만 덩그러니 있었다. 란 외에는 찾아올 사람도 없고, 봉안당에 가져다 놓을 의미 깊은 물건도 없었다. 란이 줄 수 있는 것은 때를 놓친 편지 한 장뿐이었다. 란은 투명한 문을 열고 손에 든 편지를 내려놓았다.

눈가가 자꾸만 뜨거워졌다. 의지와는 상관없이 계속 뜨거운 것이 흘러내렸다. 란은 자신의 울음이 형의 죽음을 인정하는 것이 될까 봐 그동안 눈물을 참아왔다. 그런데 이제 그럴 필요가 없다는 생각이 들었다. 형은 돌아오지 않을 것이고, 자신은 때를 놓쳤다. 기회는 다시 주어지지 않는다. 란은 바닥에 주저앉아 흐느꼈다. 찬이 세상을 떠난 지 5년 만이었다.

그날 꿈에 찬이 나타났다. 반가운 마음에 다가가려 하자 찬이 매정한 손길로 란을 밀어냈다. 불길이 둘 사이를 갈랐고 찬의 몸이 녹기 시작했다. 곳곳에서 다른 아이들이 기어

나왔다. 폐가의 지하실을 스쳐 갔던 아이들이었다. 그들은 상처투성이 몸으로 찬과 손을 잡았다. 둥글게 둥글게 돌더니 삽시에 녹아내렸다. 아무것도 남지 않았다.

죄책감은 불시에 찾아왔다. 란은 자신을 방관자라고 생각했다. 그러니 찬이 고통받은 시간과 죽은 아이들에 대한 대가를 치러야 했다. 그것만이 죽지 않고 살아 있는 유일한 이유였다. 용서까지는 바라지도 않았다.

매일 밤 찬과 희생당한 아이들이 나오는 꿈을 꿨다. 아이들은 얼굴이 없었다. 꿈에서조차 란은 과거에 갇혀 고통받았다. 잊을 수도, 이겨낼 수도 없었다. 현실을 버티기 위해 일자리를 구하고 운동을 했다. 시급이나 조건을 크게 따지지 않고 닥치는 대로 몸을 움직였다. 그러다가 빌라 근처 아파트 상가의 지하 선술집에 정착했다. 사장 부부와 안면이 있는 데다 워낙 인심이 좋은 사람들이라 오래 일할 수 있었다.

시간이 비면 집 근처를 달리거나 운동을 했다. 더 이상 나약한 인간으로 남고 싶지 않았다. 스스로를 보호할 만큼 충분한 완력을 가지고 싶었다. 폐에 통증이 느껴질 때까지 달리다 보면 가끔 그런 생각이 들었다.

'한승목 형제를 다시 만나면 어떻게 될까. 복수할 수 있을까.'

몇 년의 세월이 지났지만 기억 속의 그들은 여전히 거대한 존재였다. 상상만으로도 도망치고 싶은 마음이 앞섰다. 학습된 두려움을 떨치기 위해 란은 계속 달렸다. 주변 풍경과 상관없이 발을 내디뎠다.

다시는 볼 일이 없을 줄 알았던 한승목이 란을 제 발로 찾아온 것은 찬이 죽은 지 정확히 10년째 되는 해였다.

18

아르바이트를 마치고 새벽 귀가를 하던 길이었다. 부랑자처럼 보이는 노인이 란의 앞을 막아섰다. 노인의 얼굴을 확인한 란은 뒷걸음쳤다.

"오랜만이다."

한승목이 누런 이를 드러내며 웃었다. 10년 만에 마주한 그는 생각보다 크지 않았다. 정수리는 란의 시선 아래에 있었고 어깨는 굽어서 왜소했다. 10년 사이 메마른 소년이던 란은 성인이 되었고 그만큼 한승목은 늙었다. 그는 10년이 아니라 20년은 더 늙어 보이는 몰골을 하고 있었다.

매일 밤 꿈속에서 자신을 괴롭혀대던 원흉의 하찮은 모습에 란은 허무하면서도 화가 났다. 공포심이 한발 물러서자 그동안 억눌러왔던 분노가 폭발했다. 란은 한승목의 멱살을 움켜쥐었다.

"당신이 무슨 낯짝으로 나를 찾아와!"

"네가 지금 스물세 살, 아니 스물네 살인가? 원래 나이가 확실치 않으니 의미가 없긴 하다만······. 그사이 많이 컸구나."

란이 멱살을 놓지 않자 한승목은 도발하듯이 외쳤다.

"왜, 나를 죽이기라도 하려고? 한번 해봐라. 하지만 날 죽이면 너도 네 형이랑 똑같은 살인자가 되는 거야. 네 형이 그 많은 아이들에게 한 짓을 잊은 건 아니겠지."

란의 얼굴이 일그러졌다.

"닥쳐. 아이들을 죽인 건 형이 아니라 당신네들이잖아! 당신과 당신 동생, 그리고 매번 찾아오던 그 인간들!"

"하지만 결국 병을 옮겨 아이들을 죽게 하기로 선택한 건 네 형이었어. 그 사실은 바뀌지 않아. 네 형이 너와 아이들의 목숨을 저울질한 거다."

더는 참을 수 없던 란은 한승목의 얼굴에 주먹을 갈겼다. 기분 나쁜 타격감이 전해졌다. 비틀거리던 한승목이 터진 입술 아래로 흐르는 피를 닦으며 몸을 전봇대에 기댔다. 그는 불쾌한 웃음을 지으며 바닥에 피 섞인 침을 뱉었다. 그러고는 가래 끓는 목소리로 말했다.

"란아, 이러지 말고 우리 다시 시작하자꾸나. 다 알고 왔다."

"무슨 개소리야. 닥치고 꺼져. 죽고 싶지 않으면 당장 꺼지라고!"

"내가 한국에 들어오고 무슨 소리를 들었는지 말해 줄까? 그때 널 찌른 그놈, 잡히고 얼마 안 가 희귀병으로 죽었다더군."

한승목의 처진 눈두덩이 사이로 란을 바라보는 눈빛이 날카롭게 빛났다. 전신에 오한이 들었다.

"나는 그게 우연이라고 생각하지 않아. 우연일 리가 없지. 그건 누군가가 일부러 병을 옮긴 거야. 뒈져버리라고, 악의를 담아서 말이야. 네 형의 그 묘한 능력, 그게 너에게로 옮겨간 거지? 아니면 원래부터 있었는데 숨긴 거냐? 형처럼 될까 봐 비겁하게?"

한승목이 다리를 절뚝이며 다가와 뒷걸음질 치는 란의 어깨를 쥐었다. 란은 그의 마른 나뭇가지 같은 손이 닿자 옴짝달싹할 수가 없었다. 가까스로 내뱉는 말소리가 볼품없이 떨렸다.

"말도 안 되는 소리 하지 마. 그건 우연이야. 형은 죽었고 그 끔찍한 능력도 더는 세상에 없어."

한승목은 란의 말을 믿지 않았다. 웃음기 서린 그의 눈이 욕망으로 번들거렸다.

"그건 닥쳐보면 알겠지."

"무슨 수작이야."

"곧 반가운 분이 널 찾아갈 거다. 그럼 넌 얌전히 그 차를 타면 돼. 만약 거부하면 그다음 날 네 형이랑 비슷하게 생긴 어린애 시체가 발견될 거다."

"거짓말. 안 믿어."

"믿을지 안 믿을지는 전부 네 마음이야. 못 들은 척해도 어쩔 수 없지. 다만 그 선택이 돌이킬 수 없는 결과를 낳을 수 있다는 건 알아둬."

기시감이 들었다. 동시에 숨이 턱 막혀왔다. 란은 애써 두려움을 숨기고 한승목을 담벼락으로 밀쳐 올렸다. 발끝이 들린 한승목이 캑캑거렸다.

"형에게 시켰던 짓을 나한테 똑같이 시키려고?"

"어차피 넌 할 수밖에 없어. 아이가 죽는 걸 바라진 않잖아, 그치?"

등줄기에 식은땀이 흘러내렸다. 멱살을 잡았던 양손에서 힘이 빠져나가고 두 다리가 후들거렸다. 눈앞의 한승목을 바라봤다. 악몽이 아니라 현실이었다. 담벼락에 등을 기대어 앉은 한승목이 숨을 몰아쉬며 말을 이었다.

"잘 생각해 봐. 생각보다 별일 아닐 수도 있어. 병을 옮겨도 아이는 살 수 있지만 네가 도망치면 무조건 죽을 거야. 현명하게 생각해. 경찰에 신고할 생각도 말아. 아이 이름도 모르는데 뭐라고 신고하려고?"

란은 놈들이 충분히 그러고도 남을 인간들이라는 것을 너무도 잘 알았다. 한승목이 흙 묻은 옷을 탈탈 털었다. 그러고는 고개를 들어 혼란스러운 란의 눈을 마주하며 음흉하게 웃었다.

"이틀 뒤에 보자."

한승목은 다리를 건들거리며 골목의 어둠 속으로 사라졌다. 긴장했던 몸에서 힘이 빠져나갔다. 란은 배 속에 든 것을 모두 게워내고 싶었지만 목구멍에서는 묽은 위액만이 넘어왔다. 고개를 숙인 채 담벼락 아래에 주저앉아 한참을 있었다.

19

란은 폐허가 된 교회 부지로 향했다. 불안할 때마다 지금은 사람의 발길이 끊어진 그곳에 몸을 숨기곤 했다. 그 폐허에 찬의 자취가 남아 있었기 때문이다.

어릴 적 모습을 그대로 간직한 찬이 부서진 탁자에 걸터

앉아 란을 반겨주었다. 환영이라 해도 상관없었다. 란도 찬을 보며 미소 지었다.

'형은 언제까지 여기에 있을까? 나 때문에 떠나지 못하는 것은 아닐까?'

언제나 찬은 웃기만 했다. 란이 바라는 대로.

한승목의 제안에 대해서 생각했다. 그가 자신의 능력을 알고 있다는 사실을 떠올리면 숨이 막혔다. 솔직히 무서웠고, 도망치고 싶었다. 그들 아래 있던 시절을 생각하면 사지가 떨리고 어둠이 시야를 가린다. 여전히 컨테이너 안의 물비린내 속에서 사는 것 같다. 지금 당장 아무도 모르는 곳으로 가버린다면? 해외나 깊은 산골 같은 곳. 그렇다고 벗어날 수 있을까? 그들이 포기할까? 절대 그럴 리 없다.

란이 도망칠 수 없는 진짜 이유가 더 있었다. 그들이 데리고 있는 아이.

아이를 납치했다는 한승목의 말은 사실일 것이다. 이미 준비를 끝내놓고 마지막으로 자신을 찾아온 것일 테니까. 신고하지 못하도록 사진 한 장 보여주지 않았다. 하지만 그들은 란이 죄책감에 시달린다는 것도, 쉽게 외면하지 못하리라는 것도 알고 있다. 먼저 구하지 않으면 아이가 무사히 집에 돌아갈 가능성은 희박하다. 란은 더 이상 도망치고 싶지 않았다. 하지만 자신의 선택이 더 나쁜 결과를 불러일으키지 않으리라는 확신이 없었다.

란은 차가운 교회 구석에 몸을 기댔다. 탁자에 앉아 다리를 흔들던 찬이 내려와 란의 앞에 섰다. 찬찬히 다리를 굽히고 앉아 란과 눈을 마주했다. 란은 까마득한 언젠가를 떠올리며 찬에게 물었다.

"형. 내가 복수해 줄까?"

찬은 이번에도 말이 없었다. 그저 창백한 얼굴로 그곳에 있었다.

한숨도 못 잔 다음 날이었다. 꿈에서는 상처 입은 아이들이 질퍽하게 녹아내렸고 현실은 피하고 싶은 선택지들이 장벽처럼 둘러싸고 있었다. 머리가 깨질 것처럼 아팠다. 차라리 미치는 게 나을 것 같았다. 무거운 몸을 이끌고 가게로 향했다. 평소에는 눈에 들어오지 않던 상가 게시판의 장기 실종자 전단지가 시선을 붙잡았다. 오래전 사라진 사람들의 신원과 인상착의가 적혀 있었다. 푸르스름하게 빛이 바랜 장기 실종자 전단지 옆에는 이제 막 뽑은 것처럼 빳빳하고 선명한 전단지가 하나 더 붙어 있었다.

실종된 아이를 찾습니다.

전단지 속 아이는 사진에서 세발자전거를 탄 채 해맑게

웃고 있었다. 어쩌면 이 아이일 수도 있지 않을까. 그런 가정에 심장이 내려앉았다. 순간 결심이 섰다. 어떤 방법을 써서라도 이 굴레를 벗어나겠다는. 자신은 형처럼 되지는 않을 것이다.

20

봄비가 내리는 저녁, 가게가 쉬는 날이었다. 사장 부부에게서 같이 저녁을 먹자는 연락이 왔지만 몸이 좋지 않아 쉬겠다고 답했다.

얼마 후 란이 사는 빌라에는 어울리지 않는 외제차가 나타났다. 마네킹 같은 얼굴을 한 운전기사가 내리더니 란에게 뒷문을 열어주었다. 차에 오르기 전, 그들은 란의 모든 소지품을 압수했다.

"일이 끝나면 드리겠습니다."

텅 비었을 거라는 예상과 달리 뒷좌석에는 사람이 앉아 있었다. 시간이 흘렀지만 란은 그를 단번에 알아보았다. 박용석이었다.

"오랜만이야."

반가운 조카를 대하는 듯한 목소리였다. 주머니 속 주먹에 힘이 들어갔다. 박용석이 고개를 돌려 란을 바라보았다. 정면을 향하고 있을 때는 보이지 않던 그의 왼쪽 얼굴이 드러났다. 다양한 크기의 검은 혹들이 피부를 뒤덮고 있었다.

"악성 흑색종이야. 피부암 중에서는 가장 예후가 안 좋지."

박용석이 왼손을 들어 울퉁불퉁한 자신의 얼굴을 더듬었다. 그는 슬쩍 란의 반응을 살피고는 말을 이었다.

"이 악성 종양이라는 게 한 번 사람 몸에 뿌리내리면 쉽게 없어지지 않아. 수술을 하고, 항암치료를 받고, 끝내 완치 판정을 받아내도 몇 년 뒤 보란 듯이 재발하지. 자네 형이 간에 생긴 걸 없애준 이후로 난 열심히 살았어. 보답하는 마음으로 아이들을 위해서 좋은 일도 많이 했다고. 그렇게 정신없이 몇 년을 일했는데 귀밑에 생긴 조그만 혹 하나를 그냥 방치했다는 이유로 이 꼴이 된 거야."

박용석은 점점 격한 목소리로 울분을 토해내더니 어느 순간 짧게 신음하고서는 말을 멈췄다. 허리를 숙이는 것으로 보아 요통이 극심한 것 같았다.

"처음 발견했을 때 이미 림프샘으로 전이가 진행된 상태였네. 면역 요법과 표적 치료를 계속했지만 결과가 좋지 않았어. 나아지기는커녕 순식간에 척수까지 전이됐지. 5년 이내 생존율은 20퍼센트 미만이야. 갈수록 감각이 무뎌지고 통증도 퍼져나가고 있어."

란은 그가 언젠가부터 정치 활동을 멈추었다는 사실을 떠올렸다. 한때 최연소 대선주자로 호명될 만큼 인기가 높았던 그의 자리는 빠르게 다른 정치인들이 꿰찼다. 박용석은 흥분해서 붉게 달아오른 얼굴로 란을 응시하며 말했다.

"그래서, 자네를 찾은 거야. 나는 아무것도 포기하지 않아. 방법을 아는데 포기하는 건 미련한 짓이 아니겠나? 별장에서 요양이나 하며 여생을 즐기라고? 되지도 않는 소리야. 난 여기서 끝낼 수 없네. 이제껏 내가 해낸 게 있는데, 고작 종양 때문에 그 모든 걸 버릴 수는 없지."

란은 긴장으로 땀이 찬 자신의 손을 빤히 바라봤다. 지금 박용석의 몸에 퍼진 종양을 전부 자신의 몸으로 옮긴다면 아이는 살아서 돌아갈 수 있을까? 아이는 지금 이 자리에 없다. 한승목 형제가 정말 아이를 돌려보낼지는 장담할 수 없으며 그러지 않을 가능성이 훨씬 크다. 만약 박용석에게 아이를 풀어주는 대가로 병을 옮겨주겠다고 제안한다면? 그렇게 자신이 이 남자를 대신해서 죽고 아이를 구출하는 게 과연 옳은 일일까? 생각이 끝없이 이어졌다. 주머니에 손을 넣은 채 조용히 달리는 창밖을 응시하던 란이 입을 열었다.

"오래전 의원님의 병을 대신 옮겨 받았던 아이, 기억하십니까?"

박용석이 노골적으로 미간을 찌푸리며 란을 쳐다봤다. 란은 창 쪽으로 고개를 돌려 시선을 피했다. 그와 오래 눈을 마주치고 싶지 않았다.

"기억하지."

"그 아이가 어떻게 됐는지 아세요? 전 그 뒤로는 본 적이 없어요."

박용석은 아무 말이 없었다. 차창 밖으로 잿빛의 바다가 펼쳐졌다. 란은 지금 자신이 어디로 향하고 있는지 알았다. 버려진 바다의 폐건물과 지하실. 자동차는 어김없이 그곳으로 달리고 있었다.

"의원님, 궁금한 게 하나 더 있는데요."

"말은 해보게. 답하는 건 내 마음이지만."

"한승목이 아이를 어떻게 데려왔는지 아십니까?"

"질문의 의도를 알아야 답을 해줄 수 있어."

"전 형처럼 살다가 죽지는 않을 겁니다."

박용석의 한쪽 눈이 뱀처럼 빛났다. 그는 자신을 떠보고 있었다. 란은 그의 눈을 올곧게 바라보며 말했다. 그 목소리는 나지막하지만 분명했다.

"전 제 욕심껏 살 거예요. 어렸던 형과는 달라요. 무엇이 저에게 이득인지 계산할 수 있습니다. 능력이 있으면 적극적으로 사용해야죠. 그릇을 유통할 방법만 안다면, 아버지를

통하지 않고 저 혼자 일을 해볼까 싶어서요. 아시겠지만 그
분들과 제 사이에 악감정이 깊습니다. 의원님도 믿음직하지
못한 자들을 통하는 것보단 필요한 당사자와만 소통하는 게
낫지 않겠습니까?"

란의 표정을 집요하게 살핀 박용석이 모호하게 답했다.

"널린 게 거리의 아이들이야."

박용석이 갑자기 인상을 구겼다. 다시 요통이 느껴지는
듯했다. 물끄러미 그 모습을 바라보던 란은 손수건을 쥔 박
용석의 손을 덥석 가로채 쥐었다.

"잘 보세요."

박용석의 왼쪽 손등에 솟아 있던 혹 몇 개가 지글거리더
니 점차 가라앉았다. 동시에 란의 미끈했던 손등이 울룩불
룩하게 튀어나오기 시작했다. 이내 콩알만 한 종양들이 그의
오른쪽 손등에 솟아났다. 박용석은 경이롭다는 표정으로 그
단순하고도 비현실적인 현상을 눈에 담았다. 그는 마치 자신
의 피부처럼 변한 란의 손등을 쓸었다.

"정말 신비로워."

"나머지는 목적지에서 마저 하시죠."

란이 다시 손을 잡자, 혹들은 본래 있던 박용석의 손으로
돌아갔다. 박용석은 몸을 숙이고 넋이 나간 표정을 지었다.
란은 그의 정수리를 바라보며 화제를 돌렸다.

"쓰임이 다한 아이들은 어떻게 되죠?"

"이전에 단 한 번이라도 뒷일로 문제 된 적이 있었나? 괜한 걱정 말게."

박용석은 이번에도 모호하게 답했다. 아쉬웠지만 이게 최선인 듯했다. 란은 작게 중얼거렸다.

"좀 불안하네요. 지금은 의원님이 현역이 아니시니……"

박용석을 긁기 위해 일부러 지껄인 말이었다. 박용석은 입을 다문 채 굳은 표정을 지었다. 한참이 지나 그가 다시 입을 열었다.

"눈에 띄지 않으려면, 애초에 있는지조차 모르는 애들을 쓰면 되는 거야. 공급은 넘쳐. 유통과 관리가 어렵지."

저 멀리 어두운 바다와 폐건물이 보이기 시작했다. 란은 주머니에 다시 손을 집어넣었다.

21

10년 전과 같았다. 오래된 테이블의 건너편에서는 늙은 박용석이 종이컵에 탄 티백 녹차를 마셨고, 그의 옆에는 처음 보는 어린아이가 잠들어 있었다. 변한 것이 있다면 찬과는 달리 자발적으로 이곳에 서 있는 란 자신이었다. 어쩐 일인지 한승태는 보이지 않았다. 란이 고개를 두리번거리자 의식을 준비하던 한승목이 빤히 바라봤다.

"당신 동생은?"

"그놈은 이제 필요 없어. 지금쯤 어디서 주정이나 부리고 있겠지."

한승목이 탁한 목소리로 주방 서랍을 뒤적이며 험담을 늘어놓았다. 박용석이 헛기침을 해댔다.

"그간 번 것도 그놈이 다 날린 거나 다름없어. 책임감이라고는 없는 새끼. 이제 네가 있으니 다행히 한시름 덜었지."

한승목이 박용석 의원에게 차 한 잔을 더 대접했다. 박용석은 다 비운 종이컵을 한 손으로 구겨 주머니에 넣었다. 새로 받은 종이컵에는 손을 대지 않았다. 차에서 내린 뒤부터 그는 줄곧 얇은 가죽장갑을 착용하고 있었다. 이곳에 흔적을 남기지 않으려는 노력일 테다. 란은 삐걱거리는 나무 의자에 앉았다. 박용석이 의식을 재촉했다.

"시작하겠습니다."

란은 곤히 잠든 아이의 작은 손을 쥐어보았다. 하얗고 보들보들했다. 납치 과정에서 넘어진 것인지, 아니면 이후에 한승목이 험하게 다룬 것인지 아이 얼굴과 목 부근에 멍이 들어 있었다. 란은 이전과 지금은 다르다는 것을 증명하고 싶었다. 그러기 위해 이 자리에 제 발로 온 것이다. 이제 몇 분 뒤면 말랑말랑한 아이의 손에 박용석의 추악한 종양이 옮겨갈 것이다. 란의 마음에 죄책감이 피어올랐다.

한승목은 10년 전과 마찬가지로 테이블에서 떨어져 상황을 지켜보았다. 인간을 인간으로 보지 않는 악랄한 시선. 란은 아이의 손을 더 꽉 쥐었다. 그 어느 때보다 신중했다. 박용석의 거친 손에서 감각이 이어졌다. 자신의 몸이 살아 있는 통로가 되는 느낌은 여전히 불쾌했다. 맞잡은 아이 손의 온기와 감촉을 되새겼다.

란은 곧 눈을 감았다. 어두운 시야에 세포 하나하나를 헤아리듯 혼돈스러운 이미지가 펼쳐졌다. 란은 박용석의 신체에 뿌리내린 병마의 면적을 가늠했다. 그것은 넓고 깊었다. 척수까지 전이됐다는 말대로 눈에 보이는 혹이 얼굴 왼쪽에 몰려있을 뿐 이미 전신에 종양이 퍼진 상태였다. 이걸 아이에게 모두 옮긴다면 몇 시간도 버티지 못할 게 확실했다. 란은 빤히 그려지는 결과에 미간을 찌푸렸다. 아이의 목숨을 걸고 위험을 감수할 수는 없었다.

갈등 끝에 란은 아이의 손과 박용석의 손을 좀 더 꼭 쥐었다. 박용석의 병마가 란을 통과했다. 잠시 후 아이의 매끈한 손등과 뺨에 검은 혹들이 솟아났다. 순간 눈앞이 까맣게 물들었고 격통이 느껴졌다. 란은 검붉은 핏덩이를 토했다. 코에서도 피가 흘렀다. 전신이 난도질당하는 느낌이었다. 1분인지 한 시간인지 모를 시간이 지나자 통증은 조금씩 가라앉았다. 란은 박용석과 아이의 손을 붙잡은 채로 까무룩 정신을 잃었다가 깨어났다.

다시 눈을 떴을 때, 란은 아이의 상태부터 확인했다. 아이는 꼭 박용석을 작게 만든 것 같은 모습이었다. 손등이나 팔, 얼굴처럼 눈에 보이는 부분에 박용석의 종양이 고스란히 옮겨왔다. 하지만 분명히 살아있었다. 보기에는 처참했지만 생명에는 지장이 없을 것이다. 란은 일부러 눈에 보이는 표피의 증상만을 아이에게 옮겼고, 위험도가 높은 내부장기의 손상 일부는 자신에게로 옮겼다. 병의 정도가 클수록 새로운 몸에 뿌리내리는 시간도 더 걸렸다.

아이의 몰골과는 반대로 박용석의 얼굴은 다시 태어난 듯 매끄러웠다. 한승목이 가져다준 거울로 깨끗해진 얼굴을 확인하는 그의 표정에 주체할 수 없는 기쁨이 흘러넘쳤다. 박용석은 의자에서 일어나 양팔을 쭉 뻗어보았다. 기적을 믿을 수 없다는 듯 겉옷을 벗고 셔츠를 걷어 제 몸을 더듬었다. 충혈된 박용석의 눈 속에는 테이블 건너편에 쓰러진 채 신음하는 작은 아이는 담겨 있지 않았다. 란은 한승목에게 건네받은 티슈로 계속해서 흐르는 코피를 막으며 말했다. 입 안에서 비릿한 피 맛이 맴돌았다.

"아이는 어떻게 하죠?"

"일단 숨을 끊어놓으면 그 뒤에는 내가 사람을 보내 처리하지."

"아직 살아있는데요."

"가만히 둬도 곧 죽을 텐데, 빨리 쉬게 해주는 게 나아."

순간적으로 화가 치솟았으나 란은 온 힘을 다해 참았다. 몸에 힘이 들어가자 고스란히 고통으로 치환되었다. 자동차 안에서의 박용석처럼 수시로 입에서 신음이 흘러나왔다. 모든 병마를 아이에게 옮긴 줄 아는 박용석은 힘겨워 보이는 란을 향해 가볍게 중얼거렸다.

"원래 큰돈 버는 일이란 게 쉽지 않은 법이지."

✦✦✦✦

마네킹 같은 운전기사가 란에게 핸드폰을 돌려줬다. 해가 지고 있었다. 어두운 바다에 노을이 졌다. 남빛에 주황색이 섞여 든 바다는 피처럼 검붉었다. 박용석은 타고 왔던 차를 타고 사라졌다. 이제 폐건물 안에 남은 것은 란과 한승목과 아이, 셋뿐이었다.

"처음 얘기 꺼냈을 땐 그렇게 기겁하더니. 무슨 심경의 변화냐?"

175

한승목이 먼저 말을 꺼냈다. 란은 박용석에게 했던 답을 반복했다.

"억울해서요. 저는 형처럼 되기 싫거든요."

한승목이 피식 웃었다. 등이 굽어 과거의 모습과 달리 왜소한 실루엣이었다.

"이유가 뭐든 무슨 상관이냐. 네가 그렇게 마음먹었으면 된 거지."

"아이는 어떻게 할 겁니까?"

"하라는 대로 하는 거지. 보고 배워. 그래야 앞으로 수월해진다."

한승목은 란에게 다시 의식을 치르자고 제안했을 때, 분명 아이가 살아남는다면 살 수 있다고 말했다. 하지만 애초에 그럴 생각이 없었다. 란은 주방으로 향하는 한승목의 구부정한 어깨와 절뚝거리는 걸음을 응시했다.

"그럼 내가 오늘 여기 오지 않았다면, 아이는 어떻게 하려고 했죠?"

한승목은 그리 간단한 문제를 왜 묻냐는 듯 짜증 섞인 목소리로 답했다.

"말했잖아. 하라는 대로 할 뿐이라고. 여기까지 온 이상 결과는 똑같아."

란은 살아생전 다시는 부를 일이 없을 줄 알았던 단어를 입에 담았다.

"아버지."

그러자 한승목이 돌아보았다. 추억에 잠긴 눈이었다.

"그 말 오랜만이구나. 싫어하는 줄 알았는데."

"싫어요. 싫은데 거리에서도 흔하게 들리는 단어라 더 떨어지지 않더라고요. 그때 형을 죽인 범인이 왜 절 찔렀는지 아세요?"

"왜? 우리처럼 사는 사람은 왜라는 게 그리 중요치 않아."

한승목은 주방에서 콧노래를 흥얼거렸다. 란은 자신이 죽인 범인을 떠올리며 말했다.

"아들이 선택받지 못해 죽었댔어요. 당신들에게 복수하려고 저를 찔렀대요. 제가 당신 아들이고, 자신이 아들을 사랑하듯 당신도 아들을 사랑할 거라고 생각했으니까요. 그런데 죽은 건 형이고, 당신들은 눈 하나 깜짝하지 않았어요. 그 사람의 복수는 완전히 실패한 거예요."

"쓸데없는 소리 말고 와서 일이나 도와."

한승목이 허리에 낡은 가죽 앞치마를 둘러맸다. 위쪽 수납장에서 날이 빠진 칼 한 자루를 찾아 내려놓더니 아래쪽 수납장에서 작은 병을 꺼내 들었다. 둘 중 무엇을 사용할지 정하려는 듯했다.

"참, 매번 고민이야."

앉아서 한승목을 바라보던 란은 조용히 자리에서 일어났다. 그의 손에는 밧줄이 들려 있었다. 란은 최대한 평온한 목소리로 말을 걸었다.

"다리는 왜 그렇게 됐어요?"

"뻔하지. 빚 때문에 사채업자 놈들에게 쫓기다가."

한승목이 란을 향해 고개를 돌리려는 찰나, 란은 박용석이 앉았던 접이식 철제 의자를 들어 한승목의 머리를 내리쳤다. 란은 고꾸라진 채 눈만 껌뻑이며 정신을 차리지 못하는 한승목을 내리누르고 도망가지 못하도록 밧줄로 몸을 결박했다. 손을 묶는 것도 잊지 않았다. 밧줄은 조금 전까지 아이를 묶고 있던 것이었다.

란은 뒤늦게 의식을 차리고 이마에서 피를 흘리며 욕지거리를 내뱉는 한승목을 테이블 앞으로 끌고 갔다. 그의 머리를 내리친 의자를 펼쳐 그곳에 앉혔다. 그러고는 주방 구석에 쌓여 있던 밧줄 꾸러미를 가져와 한승목을 단단히 의자에 고정했다. 때마침 한승태가 없어서 다행이었다. 어떻게든 방법을 찾아냈겠지만 란 혼자서 두 사람을 제압하기는 벅찼을 것이다.

한승목을 의자 등받이에 포박한 란은 다시 아이의 손을 쥐었다. 다른 한 손으로는 의자 손잡이에 단단히 묶어둔 한승목의 손을 잡았다. 내내 오락가락하던 한승목은 흰자위를 내보이며 고개를 떨어뜨렸다. 지금이었다. 형의 실패를 만회할 기회. 이번만큼은 란도 눈을 감지 않았다.

✦✦✦✦

한승목은 뒤통수에서 뒤 목으로 이어지는 부위의 둔탁한 통증과 함께 눈을 떴다. 가위에 눌리는 것처럼 몸을 움직일 수 없었다. 기억은 어지러웠고, 목의 살갗은 옅은 화상을 입었을 때처럼 따끔거렸다. 쇄골과 목 주위에서 시작된 통증은 점차 전신으로 퍼져나갔다. 앉아 있는데도 더 깊은 곳으로 가라앉는 기분이었다.

'왜 이렇게 되었지?'

한승목은 란이 자신을 기습했다는 것을 기억해냈다. 술기운이 단번에 가신 듯 정신이 또렷해졌다. 주위를 살피니 박용석의 그릇으로 사용한 아이가 보였다. 무언가 이상했다. 아이는 아무 일도 없었다는 듯 말끔하고 평온하기만 했다. 얼굴을 뒤덮었던 검은 혹도 보이지 않았다.

불길함이 엄습했다. 한승목은 자신의 몰골을 확인하고 싶었으나 묶여 있어서 꼼짝도 할 수 없었다. 통증은 점점 심해졌고 살갗이 녹아 진물이 흐르는 게 느껴졌다. 몸부림치자 의자가 들썩거렸다. 이번에는 허리에 격통이 치솟았다. 한승

179

목은 비명을 질렀다. 그때 등 뒤에서 다가온 손이 한승목의 입에 젖은 수건을 물렸다.

비명은 묻혔다. 란은 분노와 고통으로 가득 찬 한승목의 눈을 바라보았다. 의도한 대로 무사히 성공했다는 사실에 안도감이 밀려왔다. 아이를 구한 것이다. 동시에 자신의 몸에 나눠 옮겼던 병마도 전부 한승목에게 몰아넣었다. 박용석의 병마를 받은 그릇은 한승목이 되었다. 일단 급한 불은 껐으니, 이제 다음으로 나아가야 했다. 병자가 된 한승목을 지금 굳이 죽일 필요는 없다. 아이를 무사히 구출하고 계획한 일을 마저 끝낸 후 먼 곳으로 도망가면 된다. 그럼 전부 끝날 테다.

그때였다. 정신이 든 건지 아이가 눈을 깜빡였다. 란은 허겁지겁 다가가 아이의 상태를 살폈다. 아이는 눈물이 그렁그렁했으나 겁에 질려 아무 소리도 내지 못했다. 살벌한 풍경에 얼어붙었는지 밧줄을 풀어주었는데도 움직이지 않고 떨기만 했다. 란은 아이를 부드럽게 안아 등을 토닥였다. 곧 집에 갈 거라고, 괜찮다고 속삭여 주었다. 란의 손길에 아이의 떨림도 조금씩 줄어들었다.

란은 아이와 눈을 맞춘 다음 몸을 일으켜 몸 상태를 마저 확인했다. 입이 말라 있어 물을 마시게 해야 할 것 같았다. 부엌으로 향하는 란의 뒤를 아이가 말없이 쫓아왔다. 묶여 있는 한승목과 함께 있는 게 두려운 것 같았다. 란은 잠시 기다리라고 말하고서 부엌을 살폈다. 한승목이 꺼내놓은 이 빠진 식칼과 불길한 약통은 그 자리에 그대로 있었다.

위험한 물건을 치우기 위해 팔을 뻗는 찰나였다. 등 뒤에서 무언가 부서지는 소리가 났다. 한승목이 발작을 일으키며 격하게 몸부림치면서 의자가 뒤로 넘어가 난 소리였다. 한승목은 바닥에 널브러져 애벌레처럼 꿈틀댔다. 낡은 철제 의자의 이음새가 망가진 것이 보였다. 한승목은 손목이 묶인 채로 불쑥 몸을 일으켜 세우더니 두 발로 섰다. 접이식 의자가 두 개로 분리되면서 다리의 결박이 풀린 것이다.

한승목은 상반신에 묵직한 등받이를 매단 채로 무게를 실어 아이와 란에게 돌진했다. 란은 아이를 안고서 몸을 피했다. 속도를 주체하지 못한 한승목이 싱크대에 부딪혀 쓰러졌다. 그 바람에 위에 놓여있던 이 빠진 식칼이 바닥에 내리꽂혔다. 식칼의 존재를 기억해 낸 한승목의 눈이 섬뜩하게 빛났다. 그는 상반신을 움직여 식칼의 날을 결박한 손목 사이에 넣고 빠르게 움직였다. 밧줄은 금방 잘렸고, 이제 한승목은 두 손이 자유로워졌다. 흉기를 손에 넣은 한승목이 더러운 입을 막은 수건을 풀며 외쳤다.

"내 몸, 내 몸 돌려내! 당장!"

공포와 분노에 사로잡힌 한승목은 고함을 지르며 내달렸다. 란도 눈앞에서 벌어지는 칼부림에 놀라 하얗게 굳은 아이를 들어 안고 무작정 달렸다. 한승목이 쥔 칼은 목적지가 분명해 더욱 위협적이었다. 란을 찔러 죽이기라도 하면 그는 병을 다시 옮기지 못하게 된다. 결국 한승목의 칼날은 아이를 향할 것이다. 란은 테이블을 발로 힘껏 밀어 돌진해 오는 한승목을 넘어뜨렸다. 그러고는 유일한 출입문의 손잡이를 붙잡아 돌렸다. 안쪽에서 잠겨 있었다.

그사이 집요하게 바닥을 기어 온 한승목이 란의 다리를 붙잡아 당겼다. 란은 순식간에 균형을 잃고 넘어졌고, 안고 있던 아이를 놓쳤다. 아이가 바닥으로 구르듯이 떨어졌다. 겁에 질린 아이는 공처럼 몸을 말았다. 란에게 매달려 있던 한승목이 재빠르게 방향을 틀자, 란은 그에게 올라타 주먹을 갈겼다. 엎치락뒤치락하는 소모전 끝에 란이 먼저 아이에게 다가갔다. 허리를 말고 피를 토하는 한승목을 등지고서 아이를 끌어안아 다시 문 앞에 섰다.

떨리는 손으로 한승목에게서 빼앗은 열쇠를 끼워 넣는 순간 란은 옆구리 부근에 둔중한 충격을 느꼈다. 좀비처럼 다가온 한승목의 얼굴이 지척에 있었다. 란은 아득해지는 정신을 붙잡고 시선을 내리깔았다. 붉은 피가 시멘트 바닥을 적셨다. 그 광경을 본 한승목이 칼을 바닥에 던졌다. 섬뜩한 쇳소리가 귀를 긁었다. 분명 어떤 충격이 가해졌으나 아픔은 심하지 않았다. 피는 란에게서 흘러나오는 게 아니었다. 사고가 멈췄다.

　란은 업고 있던 아이를 바닥에 내려놓았다. 아이의 작은 옆구리가 붉게 물들었다. 아이는 여전히 울지 못했다. 입을 꾹 다물고서 소리가 되지 못한 신음을 앓을 뿐이었다. 아이의 볼이 점점 창백해졌다.

　란의 손은 갈 곳을 잃은 채 허공에서 초조하게 흔들렸다. 아이를 살리는 것이 형처럼 되지 않기 위한 유일한 방법이자 목표였다. 란은 다급하게 아이의 심장에 귀를 가져다 댔다. 빠르게 박동하던 심장 소리가 점점 옅어졌다. 란은 아이를 조심히 내려놓고 뒷걸음질치는 한승목에게 달려들었다. 병마에 잠식당한 한승목은 고통과 흥분이 뒤섞인 표정으로 쓰러졌다. 그의 손목을 꺾어 잡고 아이 앞으로 끌고 갔다. 다른 한 손에 아이의 손을 쥐고 한승목의 몸 위에 올라탔다. 무엇을 하려는지 눈치챈 한승목이 마지막 발악을 해댔다. 바닥의 부서진 타일 파편을 집어 란의 종아리를 긁었다. 깊게 박히는 듯했지만 란은 고통조차 느끼지 못했다. 한승목이 몸부림칠수록 란은 그의 손목을 더욱 거세게 비틀었다. 관절이 뒤틀려 부서지는 소리와 함께 란의 코에서 피가 흘렀다. 눈앞에 하얀 불빛이 점멸했다.

　잠시 후 란은 숨을 몰아쉬며 눈을 부릅뜬 한승목을 노려보았다. 놈의 복부에서 진득한 피가 흘러나왔다.

그 뒤 상황은 잘 기억나지 않았다. 란은 내부를 정리하고 자신의 흔적이 남았을지 모를 물건과 타일 파편, 밧줄 따위를 바다에 던져 버렸다. 어차피 쓰레기 천지인 바다니 한동안은 괜찮을 것이다. 칼을 남겨둔 이유는 어쩌면 그것이 수사에 혼란을 줄지도 모른다고 생각했기 때문이다. 그러다 문득 붙잡혀도 상관없을 것 같다는 생각이 들었다.

'해야 할 일을 전부 끝낸 뒤라면.'

란은 아이를 품에 안고 도망치듯이 건물을 빠져나왔다. 소나무 숲을 지나 동이 틀 때까지 자동차 한 대 다니지 않는 길을 걸었다. 귀를 후벼 파는 파도 소리와 비린내가 스민 새벽 공기가 유난히 선명했다. 언제 깨어났는지 모를 아이는 아무 말도 없었다. 이름을 물었지만 대답은 없었다. 란은 아이가 지난 일을 전부 악몽으로 착각해 줬으면 하고 바랐다.

새벽 공기가 차가웠고 란은 아이에게 자신의 겉옷을 입혀 주었다. 그렇게 한참을 더 걷자 작은 파출소가 나타났다. 란은 조금 떨어진 곳에서 아이를 내려놓았다. 두 발로 선 아이에게 파출소를 가리키며 손짓했다. 아이는 몇 번이나 나아가길 망설이다 작게 손을 흔든 뒤 돌아섰다. 경찰복을 입은 사람이 아이를 안으로 데려가는 모습을 확인한 후 란도 걸음을 옮겼다.

　품 안의 온기마저 사라지자 지난밤에 벌어진 일이 꿈처럼 느껴졌다. 그길로 집에 처박힌 란은 깊은 잠에 빠졌다. 자신이 벌인 일과 이제 곧 벌일 일이 실감 나기 시작한 것은 하루가 지나고 한 통의 전화가 걸려 오면서부터였다.

　어김없이 해가 떴고, 다시 졌다. 란은 출근했고, 사장 부부와 잡담을 나눴다. 그러자 마치 아무 일도 일어나지 않은 것 같았다. 아이가 칼에 찔렸던 것도, 자신이 한승목을 죽인 것도 모두 없었던 일 같았다. 그러나 잠시라도 혼자 있을 때면 그날의 장면이 놀랍도록 선명히 재생되었다. 집에 돌아가서는 얄팍한 선잠으로 밤을 새웠다. 말이 없던 아이의 표정이 계속 마음에 걸렸다.

　그때 어둠 속에서 핸드폰이 울렸다.

　란은 액정을 확인하지 않았다. 너머에 있는 상대는 뻔했다. 란은 흠칫 숨을 들이마시고서 전화를 받았다. 기다려왔던 전화였음에도 심장이 내려앉았다.

　"자네, 일부러 그랬나?"

　핸드폰 너머로 박용석의 거친 숨소리가 들려왔다. 그리고 침묵. 보이지 않는 서로의 반응을 관찰하듯 둘은 한동안 아무 말도 하지 않았다. 더 조급한 사람이 먼저 재촉하기 마련이었다. 인내심이 다한 박용석이 외쳤다.

"이 망할 종양이 왜 아직도 내 몸에 남아 있냐고!"

란은 최대한 침착하게 대꾸했다.

"제가 말씀드렸잖아요. 저는 제 욕심을 채울 거라고요."

"원하는 게 있으면 꼼수 부리지 말고 처음부터 제대로 요구했어야지. 이건 상도가 아니야."

"저도 보험은 필요하니까요. 어쨌든 제가 당신을 건강하게 만들 수 있는 유일한 사람이라는 건 증명했으니, 이제 그쪽이 조건을 맞출 차례예요."

"그러니까 그게 뭐냐고."

"단순해요. 한승태를 죽여주세요."

란은 박용석의 병마를 전부 옮기지 않았다. 일부의 일부만을, 박용석과 한승목의 눈을 속일 정도의 병만 아이에게 옮겼다. 그마저도 부담이 갈까 싶어 일부는 자신의 몸에 남겼다. 내부 장기와 척수로 전이된 것들은 그대로 놔두었다. 박용석에게 거래를 제안하기 위해 남겨둔 미끼였다. 분명 그는 곧바로 병원으로 향해 검진을 받을 테고, 얼마 지나지 않아 병마가 남아 있다는 사실을 깨달을 것이다. 먼저 연락을 해오면 그때 한승목 형제를 처리하라고 거래를 제안할 생각이었다. 그러니 지금 아쉬운 것은 박용석이다. 게다가 얼결에 한승목을 죽여버렸으니 한승태만 맡기면 된다.

"답 없으시면 받아들이는 것으로 알겠습니다."

박용석은 아무런 대답 없이 전화를 끊었다. 손에 힘이 빠져 쥐고 있던 핸드폰이 바닥으로 굴러떨어졌다.

'박용석이 거래를 받아들일까?'

분명 그럴 것이다. 란은 계속해서 스스로 다잡았다.

그날 저녁, 한승목의 변사체가 발견되었다.

22

한승태는 초조했다. 형이 죽었다. 직접적인 사인은 자상으로 인한 과다 출혈이었지만 결박흔과 폭행 흔적이 남았으며 왼쪽 얼굴은 흑색종이라는 악성 종양으로 뒤덮여 있었다고 했다. 당연히 형에게 그런 질환은 없었다.

사건이 있던 날 아침 한승태는 형과 싸웠다. 박용석에게서 받게 될 돈을 두고 이야기를 나누는데 8대 2라는 분배율이 마음에 들지 않았다. 반반이 맞지 않느냐며 맞섰더니 케케묵은 옛날이야기를 꺼내 심기를 긁었다.

"네가 일을 그르친 게 한두 번이냐? 네가 나 몰래 괜한 욕심만 안 부렸어도 우리가 지금 이 고생을 할 필요가 있어? 평생 먹고살고도 남을 돈 도박에 다 꼬라박더니, 너 때문에 빛까지 생겨서 다리도 이렇게 됐다. 그런데 하는 일도 없이 돈 욕심을 내?"

"형님이 돈은 쓰라고 있는 거니 마음껏 즐기라고 했잖아! 자기도 좋다고 몇 번 같이 놀아놓고선. 아무튼 난 이 비율로는 일 못해요."

구석에 둥글게 몸을 만 채로 웅크린 아이의 모습과 과거의 어떤 실루엣이 겹쳤다.

'그놈이 죽지만 않았어도 더 해 먹을 수 있었는데.'

한승태는 씩씩거리며 현관으로 향했다. 등 뒤에서 의자가 넘어지는 소리가 났다. 형의 탁한 음성이 구질구질하게 달라붙었다.

"못난 놈!"

그날 한승태는 밤이 새도록 술을 마셨다. 노래를 부르다 소리를 지르고 그릇을 던지며 내키는 대로 행동했다. 그대로 룸에 엎어져 있다가 해가 뜰 무렵 나와 근처 무인 모텔로 가서 잠이 들었다. 정신을 차려보니 어느새 저녁이었다. 형에게서는 연락이 없었다.

'이딴 식으로 나오겠단 거지? 란이 자기 편으로 돌아섰으니 나는 이제 필요 없다는 거야?'

오기가 생긴 한승태 역시 먼저 연락하지 않았다. 잠이나 더 자자 싶어 모텔 앞 편의점에서 소주를 두 병 사와 병나발을 불고 다시 잠들었다. 그러다 새벽이 돼서야 눈을 떴다. 거의 종일 잔 꼴이었다. 머리는 좀 아팠지만 몸은 한결 개운했다. 침대 옆 탁자를 더듬어 핸드폰을 확인했다. 문자가 한 통 와 있었다.

'보나 마나 형이 보낸 문자겠지.'

한승태는 메시지함을 열어 내용을 확인했다.

[상의할 게 있습니다.]

문자의 발신인은 표시되어 있지 않았지만 이런 식으로 연락하는 건 고객들뿐이었다. 거래에 관한 것이라면 형에게 보내야 할 텐데 왜 자신에게 보냈는지 알 수 없었다. 한승태는 기다렸다는 듯이 걸려 온 전화를 받았다. 그리고 고객이 요구하는 대로 한밤의 부둣가로 향했다.

◆◆◆◆

한승태는 자신이 어딘가에 묶여 있다는 사실을 깨달았다. 시야가 온통 깜깜했다. 눈을 깜빡이자 복부와 머리에 통증이 몰려왔다. 그와 동시에 떠오르는 기억. 부두에 도착하자마자 웬 놈들의 습격을 받았다. 어둠에 겨우 적응한 시야에 각목이 날아들었고, 정신을 차리니 지금 이 상태인 것이다. 갇혀 있는 곳이 부둣가에서 멀지 않은지 비린내가 풍겼다. 내부는 주변을 전혀 분간할 수 없을 만큼 어두웠다.

'아닌가, 천 같은 게 눈을 가리고 있는 건가?'

감각이 무뎌 확신이 서지 않았다. 한승태는 미간을 찌푸렸다. 그때 등 뒤에서 나타난 두툼한 손 하나가 어깨를 툭툭 두드렸다.

"정신이 좀 드나?"

처음 접하는 목소리와 말투였다. 목소리의 주인이 아닌 누군가가 콧노래를 흥얼거렸고, 드문드문 발소리도 들렸다. 검은 천이 눈을 가리고 있는 게 확실해 보였다. 이번에는 귓가에서 뭔가가 사부작댔다. 한승태는 겁에 질려 물었다.

"누, 누군데 저에게 이러시는 겁니까? 형이 뭘 잘못했습니까? 그래서 거래가 틀어진 거예요?"

"잠시만 기다려 봐."

순간 목에 뭔가 굵은 것이 감겼다 싶더니 콱 숨이 막혀왔다. 목덜미에 닿는 따가운 느낌이 섬뜩했다. 밧줄이었다. 누군가 밧줄로 목을 감아 당기는 것이다. 한승태는 커다란 눈을 부릅떴고 이내 사지가 떨리기 시작했다. 이유를 알려달라거나, 살려달라거나, 어떤 말조차 외칠 수 없었다. 시야가 검은데 머릿속은 하얘졌다. 꼼짝없이 죽는구나 싶었을 때 숨이 쉬어졌다. 한승태는 굵은 밧줄을 목에 걸고서 크게 호흡했다. 붉어진 얼굴로 끊임없이 새된 기침을 내뱉었다. 그제야 목소리가 용건을 꺼냈다.

"우리도 시키는 대로 하는 것뿐이라 얼굴을 보일 수는 없고, 익명의 고객분이 이렇게 전하시라네. 거래 무효. 새로운 제안. 바로잡으려면 아들을 잡아 넘길 것."

"그, 그게 무슨 소립니까."

"잠시만. 이 시점에 이렇게 하라고 요구하셔서."

이번에는 양 뺨에 번갈아 충격이 가해졌다. 금세 한승태의 얼굴은 형태를 잃어버릴 정도로 퉁퉁 부어올랐다. 항상 폭력을 가하는 입장이었는데 당해 보니 죽을 맛이었다. 그는 살기 위해 다짜고짜 죄송하다는 말을 반복했다. 정황을 추려보니 형과 박용석 사이에 큰 문제가 생긴듯했다. 아들이란 란을 말하는 것일 테다. 그렇게 혼자 잘난 척을 해놓고 이 지경이 되도록 일을 망친 형이 원망스러웠다. 목에는 여전히 밧줄이 걸려 있었다. 하지만 뜸을 들이는 걸 보면 용건이 남은 게 분명했다.

"자세한 건 직접 듣고 이야기 나눠."

별안간 왼쪽 귀에 핸드폰 진동음이 닿았다. 잠시 후 귓가에 들어본 적 있는 목소리가 울려 퍼졌다.

"한승태, 한승목이 죽었어."

191

"예? 형님이 죽다니요!"

그게 무슨 소린가. 모든 일이 너무 갑작스러웠다. 핸드폰 너머의 목소리가 전해준 내용은 충격적이었다. 란이 박용석을 속여 배신했으며 형까지 살해한 걸로 추정된다는 것. 또한 어쨌든 거래에는 책임이 있으니 란을 직접 잡아 오지 않으면 대가를 치러야 한다는 것.

한승태는 자신에게 닥친 날벼락 같은 상황을 온전히 이해하기 힘들었지만, 란을 바치지 않으면 자신이 죽는다는 사실만큼은 확실히 깨달았다. 통화는 간결히 끝났다. 여전히 얼굴을 모르는 목소리의 주인이 친절히 손수건을 꺼내 얼굴에 흐른 땀과 눈물을 문질러 닦아주었다.

"고객님 말씀 다 이해했지? 거의 다 끝났어."

거의라는 건 아직 무언가가 남아 있다는 말이었다. 어쩐지 얼굴을 닦아주는 게 불길했다. 러닝셔츠만 걸친 상체에 땀이 흥건했다. 한승태는 조금이나마 진정하기 위해 숨을 크게 뱉어냈다. 그 순간이었다.

"윽!"

의자 팔걸이에 묶인 손등에 타들어 가는 고통이 엄습했다. 갑작스러운 통증에 비명조차 나오지 않았다. 무언가 뾰족한 것이 손등을 관통했다. 얼굴이 다시 눈물과 땀으로 범벅되어 일그러진 한승태가 필사적으로 몸을 비틀었다. 관통한 것이 뽑혀 나갔고, 딱딱한 것이 나뒹구는 소리가 났다. 손등에 작열감이 엄습했다. 보지 않아도 피가 솟구치는 게 느껴졌다. 목소리가 속삭였다.

"이건 헛고생하게 만든 값이라시네."

한승태는 이를 악물었다.

23

정신을 차렸을 때 한승태는 손에 붕대를 감은 채 어느 부둣가 끝자락에 버려져 있었다. 자욱한 새벽 안개 사이로 푸르스름한 아침 해가 떠오르는 모습이 보였다. 피가 번진 붕대 위에 웬 주소 하나가 적혀 있었다. 아마 란의 주소일 터였다. 한승태는 비척이며 일어나 항구를 빠져나왔다. 새벽 공기는 뼈가 아릴 만큼 차가웠다.

한동안 목적지도 없이 쫓겨 다니는 생활을 했다. 도망치는 대상은 경찰, 박용석, 한마디로 정의할 수 없는 불안감과 두려움 등 여럿이었다. 한승태의 굳은 머리로는 지금의 상황을 정확히 파악하기는커녕 무엇이 그나마 현명한 선택인지도 결정 내릴 수 없었다.

곳곳에서 형의 죽음에 관한 내용이 들려왔다. 사건 당일 절묘하게 알리바이가 있다는 사실이 그나마 다행이라면 다행이었다. 주요 용의자에 들었다면 감당할 수 없는 상황이 펼쳐졌을 것이다. 한승태는 경찰에서 찾아온다면 처음부터 끝까지 모르쇠로 일관할 생각이었다. 지하실이 발견됐다는 사실이 불안하긴 했지만, 형 이외의 시신이 나온 것도 아니니 자신에게까지 불똥이 튀지는 않을 것 같았다. 아니, 그러기를 간절히 바랐다. 일을 이렇게 만들어 놓고 속 편하게 뒈진 형의 소식을 들을 때마다 울분이 뻗쳤다.

지금 무엇보다 위협적인 건 박용석이었다. 목에 닿은 밧줄의 거칠한 감촉과 얼굴조차 모르는 이들이 선사한 고통이 아직도 선명했다. 박용석은 란을 잡아 오라고 협박했지만, 시키는 대로 해도 살 수 있다는 보장은 없었다.

'차라리 지금 해외로 도망가는 게 낫지 않을까?'

고민을 거듭할수록 도망만이 해답 같았다. 한승태는 긴급히 밀항길을 찾아 나섰으나, 이내 불가능하다는 현실을 깨달았다. 돈이 부족했다. 돈 한 푼 받지 않고 위험을 감수해 줄 사람은 없다. 빈털터리에 불법 체류자 신분으로는 다른 어느 나라로 도망친다고 해도 지금과 다른 삶을 살 수 있을 것 같지도 않았다.

이러지도 저러지도 못하는 상황에서 어리석은 욕심이 삐

죽 고개를 들었다. 따지고 보면 종양이 남은 박용석이 란에게 아쉬운 입장이다. 란을 붙잡아 숨겨놓은 다음 그를 빌미로 목숨값을 요구하면 박용석은 내줄 수밖에 없을 것이다. 퍽 괜찮은 계획 같았다. 크게 한탕을 챙길 욕심은 손등이 꿰뚫렸을 때의 고통을 희석시키고 말았다.

한승태는 그길로 란의 집을 찾아갔다. 아무리 기다려도 란은 모습을 보이지 않았다. 뒤늦게야 란이 태연히 집에 있었다면 박용석이 굳이 자신에게 잡아 오라고 시키지 않았을 거란 생각이 들었다. 란의 주소를 알려준 것은 집을 뒤져서 협박거리나 행방의 단서를 알아내란 뜻이었다. 한승태는 그제야 문고리를 부수고 들어가 텅 빈 방을 뒤졌다. 그러는 사이 기척이 느껴졌고, 란이 나타난 줄 알았던 한승태는 다짜고짜 몸싸움을 벌였다. 하지만 이는 최악의 수였다. 이곳에 형사가 찾아올 줄은 몰랐다.

"네 형이랑 공범이지?"

한승태는 자신을 떠보는 형사의 얼굴을 마주 보며 어딘지 그가 낯익다고 생각했다.

'어디서 봤더라.'

분명 아는 얼굴인데 누구인지 떠오르지 않았다. 현행범으로 잡혔을 때 비협조적인 태도를 보이면 역효과를 낸다는 말을 들었던 게 떠올라 젊은 형사의 질문에 드문드문 답했다.

형의 사건에 관해 묻던 형사가 천령교 시절 이야기를 꺼냈을 때는 아차 싶었다. 형사는 형의 살인 사건보다 그 시절이 궁금한 것 같았다. 한승태는 본능적으로 더 말해서는 안 된다고 느꼈다. 대신 수사에 혼란을 줄 요량으로 작은 진실을 왜곡으로 감싸 건넸다.

"제가 가담했다는 증거 있습니까? 없죠. 있을 리가 없어요. 공범은 따로 있으니까. 란, 그 아이가 공범이에요. 한승목이 하라는 대로 움직이는 꼭두각시였죠. 아주 단단히 세뇌된 괴물입니다. 그 형에 그 동생이라고……. 그놈의 손목을 잘라버려야 합니다. 그 손, 저주받은 손이에요. 형사님도 조심하세요."

크게 틀린 말은 없었다. 어차피 이런 소리를 해봤자 보통의 사람은 제정신이 아닌 사이비 광신도 취급을 하고 말 것이다. 그게 바로 가장 중요한 진실인 줄도 모르고.

"전 이제 할 수 있는 말을 다 했습니다. 그리고 갑자기 생각났는데, 제 친구 중에 변호사가 하나 있었네요. 친구 좀 부르겠습니다."

물론 변호사 친구는 없다. 당황한 형사의 표정이 꽤 마음에 들었다.

주택 무단 침입과 형사와의 몸싸움 외에는 혐의가 없었으므로 한승태는 하루 만에 풀려났다. 아직 과거의 사건은 물론 현재 사건의 형체조차 파악하지 못한 게 분명했다.

'역시 수사가 더 진전되기 전에 하루빨리 란을 찾아 한몫 챙기고 해외로 뜨는 게 최선이야.'

경찰서에서 한참을 벗어나 인적 드문 골목을 걷는데 누군가 한승태의 앞길을 막아섰다. 깜빡이는 누런 가로등 불빛이 어둠 속에서 나타난 얼굴을 비추었다. 란이었다. 그가 스스로 모습을 드러낸 것이다. 상대를 인지한 한승태는 분노에 사로잡혔다. 자신이 부둣가에서 그 고생을 당한 것도, 손등을 꿰뚫리고 형이 죽은 것도 전부 이놈 탓이었다. 한승태는 제 분을 이기지 못하고 란의 멱살을 잡고 거칠게 들어 올렸다. 그러자 란은 얄미울 만큼 태연한 표정으로 비아냥거렸다.

"몰골을 보니 고생을 많이 했나봐요. 박용석한테 협박이라도 당했어요?"

"너 이 새끼야, 네가 무슨 짓을 했는지 알아? 형을 죽인 것도 모자라 그분 뒤통수를 쳐? 네놈 때문에 내가 죽게 생겼어!"

"죽을 뻔했지, 아직 안 죽은 걸 보면 그쪽에서 제 요구를 무시했나 보군요."

"무슨 소리야."

"제가 살고 싶으면 당신을 죽여달라고 했거든요."

사태를 파악한 한승태가 눈을 부릅뜨고 란을 세게 밀쳤

다. 한승태의 누런 이와 숨결에서 역겨운 냄새가 났지만, 란은 그를 똑바로 마주 보며 입꼬리를 올려 웃었다. 그 웃음에서 한승태는 갑작스러운 공포를 느꼈다. 지금껏 경험한 적 없는 불길함과 어떤 징조를. 한승태는 란의 목을 졸라 그의 웃음을 멈추려 했다. 숨이 통하지 않아 껵껵거리던 란이 다리를 들어 한승태의 급소를 걷어찼다. 한승태가 괴로워하며 바닥을 굴렀다. 목을 가다듬은 란은 바닥에 주저앉은 한승태 앞에 쪼그려 앉았다.

"언제까지 힘으로 누르려고요. 난 예전만큼 작지 않고, 당신은 젊지 않은데."

"빌어먹을 새끼."

"아까 무슨 짓을 했는지 아느냐고 물었죠? 난 내가 무슨 짓을 했는지 잘 알아요. 그리고 앞으로 무슨 짓을 할지도요."

란은 분에 차 씩씩거리는 한승태를 내려다보았다. 그러고는 싱긋 웃는 얼굴로 구질구질한 한승태의 점퍼 주머니에서 핸드폰을 찾아 꺼냈다.

"박용석한테 전화하세요. 내가 눈앞에 있다고."

"뭐?"

"박용석이 날 잡으라고 했잖아요. 실패하면 당신을 죽일 거라고."

"그래! 뒈질 뻔했다!"

한승태는 자신의 손등을 들어 보이며 고래고래 소리 질렀다. 반응을 보아하니 협박당한 건 확실한 듯했다.

'이렇게 나오겠다는 거지.'

박용석이 란의 요구를 들어줄 생각이 있었다면 한승태는 이렇게 경찰서에서 걸어 나올게 아니라 영영 사라졌어야 했다. 애초에 란은 박용석이 순순히 자신의 요구를 들어줄 거라고 생각하지 않았다. 이제 또 다른 미끼를 던질 때였다.

"이해가 안 돼요? 내가 당신 살려주겠다잖아요. 그 인간에게 전화하고, 연결되면 바꿔줘요."

한승태는 핸드폰을 손에 쥔 채로 머뭇댔다. 한참을 그러다 떨리는 손으로 통화를 시도했다. 신호음이 가는 내내 한승태는 란의 눈치를 살폈다. 박용석에게 자신을 죽이라고 요구했다니, 그런 놈에게 돈을 요구하고 나눠 갖자고 제안해봤자 통하지 않을 게 뻔했다. 얼마 후 스피커 너머로 기계음처럼 차가운 목소리가 들렸다.

"무슨 용건이지?"

목소리가 닿자 손등의 상처가 쑤셨다. 한승태는 전화를 란에게 넘겼다.

"안녕하세요. 란입니다."

얼마간의 침묵이 흘렀다. 둘 사이를 잇는 고요는 밀도가 높았다. 어떤 소리도 들리지 않았지만 그 안에는 여러 감정이 들끓고 있었다. 끝내 란이 먼저 입을 열었다.

"한승태에게 절 잡아 오라고 시켰다면서요. 그럼 제 요구는 받아들이지 않은 걸로 알겠습니다."

"우리 만나서 이야기하지."

"약속을 지킬 생각 없는 두 사람이 만나봤자 무슨 이야기를 하겠어요. 대신 제가 선물을 하나 드릴 테니, 다시 잘 생각해 보세요."

핸드폰을 쥔 손이 떨렸다. 최대한 덤덤히 말하고 있었지만 지금부터는 란에게도 큰 도박이었다. 스피커 너머로 유리가 깨지는 듯한 파열음이 들려왔다. 박용석은 죽음의 징조에 집착하며 불안에 사로잡혀 있었다. 욕설을 지껄이는 그를 뒤로 하고 란은 일방적으로 전화를 끊었다. 다시 몇 통의 전화가 걸려왔지만 받지 않았다.

한승태는 어안이 벙벙한 표정으로 란을 바라보았다. 란은 한승태가 보는 앞에서 그의 핸드폰을 발로 밟아 뭉갰다. 발로 툭 치니 핸드폰은 힘없이 미끄러져 앞에 있던 하수구에 빠졌다.

"날 붙잡아서 박용석에게 돈을 뜯어내고 싶었을 텐데, 아쉽게 됐네요."

한승태는 이해가 가지 않는다는 듯 물었다.

"그럼 도대체 네가 원하는 게 뭐냐?"

란은 잠시 생각하다 답했다.

"아마도 당신네들은 영영 이해하지 못할 어떤 것."

한승태는 한동안 그 자리에 말없이 주저앉아 있었다. 도저히 이해할 수 없는 말을 들었다는 듯이. 란은 마지막으로 한승태에게 조언했다.

"도망가는 게 좋을걸요. 최대한 멀리."

그제야 한승태는 느리게 일어나 뒷걸음질 치더니 반대쪽 골목으로 뛰어 사라졌다. 란은 아무것도 보이지 않는 길목을 응시했다. 가로등이 깜빡거렸다. 혼자 남은 거리에서 핸드폰을 꺼내 떨리는 손으로 메시지 창을 켰다. 그리고 저장해 둔 파일 하나를 박용석에게 전송했다.

이제 사건이 어떻게 흐를지는 란도 알 수 없었다. 최대한 계획대로 진행되기를 바랄 뿐이었다.

어둠 속에서 '전송 완료'라는 네 글자가 환하게 빛났다.

✦✦✦✦

"쓰임이 다한 아이들은 어떻게 되죠?"

"이전에 단 한 번이라도 뒷일로 문제된 적이 있었나? 괜한 걱정 말게."

"좀 불안하네요. 지금은 의원님이 현역이 아니시니……"

"눈에 띄지 않으려면, 애초에 있는지조차 모르는 애들을 쓰면 되는 거야. 공급은 넘쳐. 유통과 관리가 어렵지."

란에게서 도착한 파일을 확인한 박용석의 미간이 구겨졌다. 폐건물로 향하던 자동차 안에서의 대화를 녹음한 음성 파일이었다. 내용 그 자체보다 란이 자신을 처음부터 우습게 봤다는 사실이, 그리고 같잖은 협박을 당할 만큼 스스로가 방심했다는 사실이 박용석을 분노케 했다.

영상도 아닌 음성이었다. 싸구려 장비인지 음질도 좋지 않았다. 대화 내용은 주어가 없이 모호했고 어떤 사건을 가리키는지도 불확실했다. 고작 이것만으로는 어떤 위협도 될 수 없다. 하지만 조심해야 하는 건 상상력이었다. 말 얹기 좋아하는 음모론자들은 전후 사정을 두고 여러 추측을 내뱉을 것이다. 이 바닥에서는 애초에 빌미를 주지 않는 게 중요했다. 어떤 말은 근거가 부족해도 흥미 그 자체만으로 힘을 얻곤 하니까. 또한 그렇게 덩치가 커진 말들이 의도치 않게 진실의 스위치를 누르는 일 또한 드물지 않았다. 그러니 상상의 여지는 철저히 차단시켜야 한다.

대화는 끝이 아니었다. 음성 파일은 계속되었다.

"아이는 어떻게 하죠?"

"일단 숨을 끊어놓으면 그 뒤에는 내가 사람을 보내 처리하지."

"아직 살아있는데요."

"가만히 뒤도 곧 죽을 텐데, 빨리 쉬게 해주는 게 나아."

"원래 큰돈 버는 일이란 게 쉽지 않은 법이지."

그렇다. 큰돈 버는 일을 포함해 큰일이란 뭐든 쉽지 않은 법이다. 박용석은 녹취록 속 들떠 있는 자기 목소리가 지금의 자신을 약 올리는 것 같다고 생각했다. 한계치를 넘은 분노는 오히려 머릿속을 차갑게 가라앉혔다. 박용석은 파일을 몇 번이고 반복해 재생했다. 가만히 눈을 감고 자신의 목소리를 배경으로 이미 벌어진 과오를 집요하게 곱씹었다. 그 끝에, 몇 가지 선택지가 떠올랐다.

3

끝

1

란은 그날 천령교 부지에서 이창과 마주한 뒤 가게로 향했다. 아마도 미련 때문이었을 것이다. 마지막 인사 정도는 제대로 하고 싶은 마음, 그리고 어쩌면 다시 가질 수 없을 평온한 일상을 한 번 더 눈에 담고 싶은 욕심이 공존했다. 가게 앞에서 사장 형에게 전화를 걸었다. 얼마 가지 않아 통화가 연결되었고 침묵 너머로 한숨이 그대로 와닿았다. 사장 부부는 무슨 사정인지는 잘 모르겠지만 일단 가게에서 얼굴을 보고 이야기하자며 전화를 끊었다.

어차피 자세한 사정을 전부 이야기할 수는 없을 것이다. 그럼에도 란은 자신이 일하던 가게로 돌아갔다. 형사가 자신을 쫓았던 일은 착각으로 인한 해프닝이었으며, 연락이 닿아 이야기를 잘 끝냈으니 걱정하지 않아도 된다. 또한 앞으로 가게에 피해가 갈만한 일은 절대 없을 것이라고 안심시켰다. 란의 이야기를 가만히 듣던 사장 형이 이해가 되지 않는다는 듯 물었다.

"그런데 왜 그만둔다는 건데? 난 가게가 아니라 널 걱정하는 거야, 란아."

그 말에는 선뜻 답하지 못했다. 사장 부부는 란에게 새 직원을 구할 때까지 며칠만 일을 더 도와달라고 말했고, 란은 알겠다고 답했다. 란에게도 마음을 정리할 시간이 필요했다.

이후로 놀라울 만큼 평온한 날들이 계속되었다. 사장 부부는 내막을 궁금해하는 눈치였지만 더 이상 캐묻지는 않았다. 란에게는 고맙기만 한 이들이었다. 아무 일도 없던 것처럼 음식을 나르고 가게를 청소하는 와중에도 수시로 막연한 불안감이 치밀었다.

'나는 앞으로 어떻게 될까. 이미 박용석을 도발해 버린 이상 언제 어떤 식으로 그 값을 치르게 될지 몰라.'

박용석 쪽에서는 아직 아무 소식이 없었다. 한승태도 마찬가지였다. 지금쯤이면 누구에게서든 반응이 와야 했다.

언제 무너질지 모르는 평온함이 피를 마르게 했다. 조금이라도 시간이 뜨면 온갖 잡념이 휘몰아쳤다. 란은 밀린 설거지를 마치고서 감은 눈을 꾹꾹 눌렀다. 손을 떼고 다시 눈을 뜨자 아직 해가 지지 않았는데도 어두운 가게의 내부가 보였다. 눈의 피로는 그대로였다. 그때 등 뒤에서 익숙한 목소리가 들려왔다.

 "여기, 사이다 한 병만 더!"

 한숨이 나왔다. 사실 란이 이토록 피곤한 이유는 하나 더 있었다. 바로 매일 같이 자신을 찾아오는 형사 이창이었다. 교회에서 마주한 뒤로 이창은 집과 일터를 가리지 않고 거의 스토커처럼 따라다녔다. 형사라면서 하는 일도 없는지 허구한 날 눈앞에 나타났다. 오늘도 그랬다. 심지어는 간만에 연가를 썼다며 가게 오픈과 동시에 등장해서는 술도 안주도 주문하지 않고 사이다와 기본 안주를 축냈다. 가게의 가장 구석진 테이블에 혼자 앉아 어린애들처럼 소주잔에 사이다를 따라 홀짝일 뿐이었다. 사장 부부께 앞으로 피해가 갈만한 일은 절대 없을 거라고 말했는데, 이래서야 영 면이 서지 않았다. 아직 가게가 한적해 그를 쫓아낼 구실이 없다는 게 원통할 따름이었다.

 고개를 돌렸더니 뻔뻔한 표정의 이창이 한 손으로 사이다 병을 흔들었다. 이미 그 앞에는 보리차 물병과 사이다 한 병이 깨끗이 비워져 있었다. 란은 음료 냉장고에서 사이다 한 병을 꺼내 이창의 앞에 내려놓았다. 곧바로 뒤돌아서는 란의 손목을 이창이 붙잡았다.

"솔직히 말해 봐. 다른 방법이 있는 거지? 10년 전에 낫게 한 사람이 한두 명이 아니었잖아."

"전 분명 사실을 말했고, 다른 방법은 없어요. 가세요."

단호한 대답에 이창은 얼굴을 굳혔다. 그 뒤로는 메뉴에서 가장 싼 안주와 소주 한 병을 주문해 혼자 비우고 비틀거리며 가게를 나섰다.

내내 긴장이 가시지 않은 상태로 마감 업무까지 마친 란은 찬찬히 집에 갈 채비를 했다. 몸살에라도 걸린 것처럼 전신이 뻐근했다. 겉옷을 걸치는 란을 향해 사장 형이 가볍게 말했다.

"란아, 사람 구했어. 다음 주부터 출근 가능하대."

란은 깊게 숨을 들이마셨다. 란에게는 그 말이 일상과의 연결고리가 끊어지는 소리로 들렸다. 하지만 자신이 선택한 일이었으므로, 투정 부릴 자격은 없었다. 란은 애써 웃으며 대꾸했다.

"다행이다. 형이 뽑았으면 좋은 분이겠죠. 저 퇴근할게요."

선술집에서 나온 란은 밤하늘을 올려다봤다. 구름이 많아 달은 보이지 않았다. 주머니에 손을 구겨 넣은 채로 발을 내디뎠다.

2

　빌라에 도착해 느린 걸음으로 계단을 올랐다. 지어진 지 한참이 지난 건물이라 층계가 가팔랐다. 꼭대기까지 오르는 동안 숨이 거칠어졌다. 잠을 제대로 자지 못한 탓인지 요즘 들어 유독 체력이 안 좋아진 것 같았다. 란은 녹슨 옥상 문을 밀었다. 요란한 소리를 내는 철문 너머로 옥상 난간에 등을 기대고 앉아 있는 실루엣이 보였다.

　"언제부터 거기 그러고 계셨어요?"

　"아까 가게 나오고부터."

　"남의 집에서 행패 부리지 말고 가세요. 신고하기 전에요."

　란은 이창을 지나쳐 얼마 전 수리한 문 앞에 섰다. 새로 단 도어락의 번호를 눌렀다. 치안에는 거의 신경을 쓰지 않고 살다가 한승태가 문을 부순 김에 바꿔 단 것이다. 잠금쇠가 풀리는 알림음과 동시에 이창이 등 뒤로 다가왔다. 그러고는 자연스레 문이 닫히기 전에 붙잡아 란의 집 안으로 몸을 들이밀었다.

　"남의 집에 지금……!"

　"다른 방법이 없다고? 그럼 그 많은 신자들의 병을 네 형은 어디로 옮긴 건데? 네 말이 사실이라면 그게 가리키는 진실은 하나잖아."

"……"

"한승목이 죽은 건물 지하실에서 어떤 끔찍한 일이 벌어졌어. 시신은 없었지만 실종 아동들의 신상이 적힌 미심쩍은 장부가 발견되었고."

그 말에 란은 조소했다.

"뭐야, 다 알고 있었으면서."

"내가 예상하는 그게, 맞아?"

이창은 란의 어깨를 단단히 붙잡으며 물었다. 란은 그와 눈을 맞추는 대신 자신의 발끝을 응시하며 작게 고개를 끄덕였다. 타인의 입으로 당시의 일을 다시 떠올리게 될 줄은 몰랐다. 두통이 치밀고 손끝이 차게 식었다.

"네, 맞을 겁니다."

"그렇게 남 일처럼 대꾸하지 말고 제대로 말해. 말하라고!"

답답함과 충격에 사로잡힌 이창이 고함을 내질렀다. 란 역시 지속된 피로로 날카로워질 대로 날카로워진 상태였다. 누군가 조금이라도 건드린다면 가느다란 신경줄이 바로 툭 끊어질 것 같았는데 이 인간이 그 누군가를 자처했다. 란은 이창의 손길을 거칠게 쳐내며 외쳤다.

"도대체 뭘! 뭘 말하라는 건데! 10년 전엔 어떻게 된 거냐고? 그 망할 기적 때문에 얼마나 많은 애들이 사라졌는지?

212

우리 형이 얼마나 괴로운 밤을 보냈는지? 그걸 비겁하게 살아남은 내 입으로 읊으라고?"

한번 폭발한 감정은 주체할 수가 없었다. 자신이 무슨 말을 내뱉는지도 모르는 채 란은 혼자 묵혀두었던 생각을 이창에게 모조리 쏟아냈다.

"다들 왜 이 거추장스러운 재주 가지고 난리야? 내가 그동안 어떤 부담감과 죄책감에 짓눌려 살아왔는지 알아? 이딴 걸 기적이라고 부르는 인간들은 몰라. 할 수만 있다면 손을 잘라버리고 싶었다고. 당신도 마찬가지야. 난데없이 나타나서는…… 하, 됐어요."

시간이 멈춘 것 같은 침묵이 흘렀다. 이창은 참담한 표정으로 중얼거렸다.

"실종된 아이들이 신자들의 병과 고통을 받아냈다고? 그럼 끝내 돌아오지 않은 아이들은."

"당신 말대로 불로불사도 아닌 형이 어떻게 버텼겠어? 결국엔 그 능력 때문에 형도 죽었지만."

이창은 말을 제대로 끝마치지 못했다. 란의 눈에는 어떤 말도 할 수 없을 것처럼 보였다. 한참 동안 굳은 낯으로 란을 응시하던 이창은 제 발로 도망치듯 집을 나섰다. 그는 뒤돌아보지 않았다.

이창은 목적지를 정하지 않고 발길 닿는 대로 걸었다. 폭발하듯 외친 란의 말들만이 머릿속을 빙빙 맴돌았다. 이제는 인정할 수밖에 없었다. 옮기는 것 외의 다른 방법은 존재하지 않고, 누나가 살아났던 것은 익명의 누군가가 누나의 죽음을 대신했기 때문이라는 사실을. 스스로 숨쉬는 것조차 역겹게 느껴졌다. 구토하고 싶었다.

이창은 그제야 아무렇게나 내딛던 걸음을 멈췄다. 주위를 둘러보니 문을 닫은 가게들이 늘어서 있었다. 어떤 빛도 내비치지 않는 거리가 꼭 자신의 상황 같았다. 이제 선택지는 하나였다. 규칙은 단순하다. 채린을 살리기 위해서는 누군가가 그 자리를 채워야 한다. 그 누군가는 자신이 될 것이다.

얼마나 걸어온 것인지 돌아갈 길도 막막했다. 사방이 새까맣고 인기척이라고는 없어서 이곳이 어딘지 조차 감이 잡히지 않았다. 결국 이창은 지나가는 택시를 붙잡아 탔다.

"삼흑동으로 가주세요."

택시가 미터기를 켜고 달렸다. 택시 기사가 심심했는지 이런저런 말을 걸어와도 이창은 넋 나간 사람처럼 멍하니 창밖만 바라봤다. 창문을 약간 내리자 쌀쌀한 바람이 훅 밀려들었다. 택시는 계속 달려 어느새 목적지 근처에 다다랐다. 이창의 집 앞에 있는 호수공원을 지날 때, 불현듯 과거의 한 장면이 스쳐 지나갔다.

"기사님, 여기 내려주세요."

"이 새벽에 공원은 뭣 하러!"

"잔돈은 괜찮습니다."

이창은 널브러진 취객 말고는 아무도 없는 적막한 공원을 바라봤다. 호수를 가로지르는 다리는 조명이 꺼져 있어 스산하게 느껴질 정도였다. 이창은 그 다리로 향했다. 다리의 한가운데서 호수를 응시했다. 저 멀리 어째서인지 제자리로 돌아가지 못한 백조 보트 하나가 덩그러니 떠 있었다.

어렸을 때, 아버지는 위험하다고 싫어했지만 이창은 가끔 누나와 둘이 몰래 백조 보트를 탔다. 공원은 언제나 이 자리에 그대로 있었다.

'그러고 보니 채린은 저걸 탄 적이 없구나.'

이창은 천천히 눈을 감았다. 자신의 나이가 된 채린이 홀로 호수를 바라보고 있는 모습이 떠올랐다. 눈을 뜨자 그 어렴풋한 미래의 잔상은 물에 비친 그림자처럼 흩어졌다. 이창은 다리에서 내려와 느리게 밤의 공원을 걸었다. 산책로의 드문드문한 가로등 불빛이 깜빡였다.

3

그 후로 며칠 동안 란은 이창을 볼 수 없었다. 처음에는 분명 홀가분했다. 그런데 늘 보이던 얼굴이 갑자기 사라져서인지, 언제부터인가 새로운 불안함이 밀려들었다.

'그날 쓸데없는 말을 너무 많이 했나?'

'무슨 일이 생긴 건 아니겠지?'

'박용석이나 한승태가 괜한 짓을 하지는 않겠지? 그래도 형사인데.'

이런 생각을 하다 접시를 깨트릴 뻔하기도 했다. 오픈 준비를 막 끝냈을 때, 가게 입구에 달아놓은 종이 울렸다.

"오랜만."

태연히 가게에 나타난 이창은 자연스레 구석 테이블을 차지하고 앉았다. 메뉴는 이전과 같았다. 란은 어이없다는 얼굴로 이창을 멀뚱히 바라봤다. 눈이 마주쳤다. 누가 봐도 할 말이 있어 보이는 얼굴이었는데, 평소와 다르게 선뜻 입을 열지 않고 시선을 돌렸다. 답지 않은 태도가 거슬렸다.

아직 손님이 없어 메뉴는 금방 나왔다. 란은 음식과 음료를 이창 앞에 퉁명스레 내려놓으며 쏘아붙였다.

"대체 일은 언제 하세요?"

"나 요 며칠 일하느라 못 온 건데."

이창이 억울하다는 듯 답했다. 란은 조금 누그러진 마음으로 다시 말했다.

"하고 싶은 말 있으면 지금 하세요."

이창이 눈알을 굴렸다. 역시 용건이 있는 게 분명했다. 뜸을 들이는 태도가 답답해 재촉하려던 찰나였다. 맑은 종소리와 함께 손님이 들어섰다. 란의 입에서 자동적으로 인사가 튀어나왔다. 지난번에 이창과 함께 왔던 단골이었다.

좁은 가게 안을 훑던 준혁은 신경질적인 걸음으로 이창 앞에 섰다. 이창은 노골적으로 시선을 피하며 고장 난 기계처럼 기본 안주를 씹었다.

"선배, 저 좀 보시죠."

이창은 슬쩍 고개를 돌렸다. 준혁이 가슴을 턱턱 쳤다.

"이 사람이 진짜, 일은 나한테 다 떠맡겨 놓고 지금 뭐 하는 거예요!"

"지금 잠복근무 중인데?"

"웃기시네. 빨리 나와요. 오늘은 무조건 서류작업 다 끝내야 해요."

이창의 테이블을 내려다본 준혁은 초라한 메뉴 선정에 고개를 저었다. 이창은 결국 자리에 앉은 지 10분도 채 되지 않아 잡혀가듯 일어섰다. 우물쭈물하며 겉옷을 챙긴 그가 카운터로 향했다.

"거 봐요. 일 안 하는 거 맞잖아요."

란은 무표정하게 이창이 건넨 카드를 받아 들며 응대했다. 란의 눈치를 살핀 이창이 의미 없는 헛기침을 뱉었다. 그러고는 곧 본래의 목적을 알렸다.

"2만 3천 원입니다."

"내일 가게 쉬는 날이지? 나랑 어디 좀 가자."

"제가 왜요?"

"그동안 미안했어. 이제 그럴 일은 없을 거다."

갑작스러운 사과에 란은 당황했다.

"선배, 뭉그적거리지 좀 마요!"

먼저 나가 있던 준혁이 밖에서 재촉해 왔다. 이창은 영수증을 받아 들고서 란을 마주 봤다.

"가는 거다?"

말을 끝낸 이창이 툴툴거리면서 가게를 나섰다. 란은 그 뒷모습을 물끄러미 바라봤다.

4

란의 빌라 앞에서 소나타 한 대가 시끄럽게 경적을 울려댔

218

다. 미간을 한껏 찌푸린 란이 대문 앞에 모습을 드러내고 나서야 경적은 멈췄다. 이내 이창이 차창을 내리고서 얼굴만 빼꼼 내민 채 얼굴 좀 풀라며 알은 척을 해왔다. 란은 대꾸하지 않고 조수석에 올라탔다. 뒷좌석에는 커다란 토끼 인형이 자리를 차지하고 있었다.

이창이 란을 끌고 간 곳은 병원이었다. 이창의 조카가 입원해 있다는 병원은 공교롭게도 10년 전 란이 입원했던 그곳이었다. 또한 찬이 잠들어 있는 봉안당 근처이기도 했다. 이 작은 도시의 유일한 대형 병원이었으니, 어찌 보면 당연한 일이었다.

그쯤 되니 이창이 언제 어떻게 자신을 발견하고 그 교회까지 쫓아왔는지도 짐작이 갔다. 형의 봉안당에 가려면 병원 뒷문 정류장에서 셔틀버스를 타는 게 가장 편했다. 봉안당에서 돌아와 병원을 지나던 자신을 어디선가 보고 쫓아왔을 것이다. 병원 주차장에서 내린 란은 뒷좌석의 거대한 토끼 인형을 꺼내 옆구리에 끼는 이창을 바라봤다. 그다지 조화롭지 못한 모습이었다. 란의 시선에 이창이 손가락으로 토끼 인형을 가리키며 말했다.

"네가 들든가."

란은 고개를 저었다.

"만날 사람이 세 명이나 있어. 시간 없다."

란은 자신이 경찰서에 데려다준 소년도 이 병원에 있다는 소식을 들었다. 준서는 여전히 말을 하지 않는다고 했다. 전부 자신의 탓인 것만 같았다. 아이는 어쩌면 평생 그 기억의 영향 아래 살아갈 것이다. 나중에 시간이 많이 흘러서, 상태가 호전되고 일상으로 무사히 돌아온다 해도 기억이 존재하는 한 상처는 완전히 치유될 수 없다. 일상과 유리되는 감각은 불시에 찾아온다. 란은 자신의 능력이 차라리 기억을 지우는 것이었다면 사람들에게 훨씬 도움이 되지 않았을까, 생각했다.

"못 보겠어요. 제가 어떻게 봐요."

"네가 못 보면 누가 보는데. 네가 살린 아이야."

이창은 란을 다짜고짜 준서가 있는 병실로 이끌었다. 란은 마지못해 끌려갔다. 블라인드 틈새로 침대 위 작은 실루엣이 비쳤다. 그날 새벽 자신이 안고 걸었던 아이가 맞았다. 병실에는 준서와 그 어머니, 그리고 간병인 세 사람뿐이었다. 아직 치료 중인 준서에게 무리가 갈까 싶어 란은 차마 병실 안으로 들어가지 못했다. 그 모습을 가만히 바라보던 이창이 입을 열었다.

"네 능력 말이야. 실어증 같은 건 못 옮기나?"

"아마도요. 제가 알기로는 물리적인 상처나 질병에만 반응해요. 정신적인 건…… 모르겠어요. 사실 아직 저도 제 능력의 범위나 가능성을 정확히 알지는 못해요. 애초에 많이 써보지 않기도 했고.

"애매한 능력이네."

"그러게요."

이창은 할 말이 생긴 듯 입을 달싹였으나, 그뿐이었다. 입을 다물고 한참을 생각하더니 본래 하려던 것과 다른 듯한 말을 꺼냈다. 란은 굳이 캐묻지 않았다.

"그럼 이제 채린이 보러 가자."

"채린이?"

"어, 내 조카."

거추장스러운 토끼 인형을 등에 업은 이창의 발걸음은 가벼워 보였다. 날카로운 눈매 때문에 매서워 보이는 그가 웃자 전혀 다른 사람 같았다. 란은 이번에도 질질 끌려갔다. 준서가 있는 병실보다 한 층 위의 장기 입원실이었다. 병실 가까이 가자 안에서 시끄러운 소리가 들려왔다. 같은 층에 입원해 있는 또래 아이들이 모여서 노는 듯했다. 이창이 문을 열고 들어가니 작은 몸집이 튀어나와 다리에 폭 안겼다.

"삼촌!"

"채린이 잘 있었어? 삼촌이 선물 사 왔지."

'눈에서 꿀이 떨어진다는 게 이럴 때 쓰는 말이구나.'

란은 채린을 대하는 이창을 신기한 생물을 보듯 응시했

다. 콧소리까지 내는 모습이 당황스러웠다.

"뭐야? 인형이야? 토끼!"

"맘에 들어?"

"응, 완전. 근데 삼촌"

채린이 토끼의 머리를 쓰다듬으며 고개를 숙였다. 오래 고민한 듯 기어들어 가는 목소리에 두 사람은 귀를 기울였다.

"난 인형보다 삼촌이 자주 오는 게 더 좋아."

란은 자신의 잘못이 아닌데도 괜히 미안한 마음이 들었다. 이창의 표정도 순식간에 어두워졌으나, 전과 다름없이 밝은 목소리로 답했다.

"지금 바쁜 것만 지나면 하루 종일 같이 있어 줄게."

"거짓말."

"이번엔 진짜야."

"분명히 하루 종일이랬다? 마지막으로 믿어주는 거야. 그런데 옆에 이 오빠는 누구야?"

자신의 키만 한 토끼 인형을 안은 채린이 고개를 갸웃거리며 란을 가리켰다. 란은 똘망똘망한 작은 눈이 자신을 향하자 난데없이 식은땀이 났다.

'나를 뭐라고 소개해야지? 네 삼촌이 쫓던 살인 용의자란다……라고 하기엔 아이가 놀랄 거 같은데.'

란이 곤란해하는 것을 알았는지 이창이 먼저 입을 열었

다. 여전히 징그럽도록 어울리지 않는 콧소리를 내면서.

"삼촌이랑 친한 동생이야. 작은삼촌이라고 불러."

"나 작은삼촌이 있었어?"

아이가 감격스럽다는 표정으로 란을 올려다보았다. 언제부터였는지 병실 안쪽에서 떠들던 아이들도 문 쪽으로 나와서는 란을 신기하게 바라보았다. 무리 지어 고개를 쳐든 폼이 꼭 텔레비전에서 본 미어캣 같았다. 태어나서 처음 받아보는 류의 관심이라, 도망치고 싶은 기분이 들었다.

빨갛게 달아오른 얼굴을 돌리니 이창이 싱긋 웃고 있었다. 마음에 드는 장난을 친 아이 같은 표정이었다. 사정이 특별하다고는 해도 살인 사건 용의자인 자신을 조카에게 작은삼촌이라고 소개하다니. 도대체 무슨 생각인지 종잡을 수가 없었다.

란은 그 뒤로 아이들에게 한참을 시달렸다. 오랫동안 병원 생활을 해온 아이들은 선물처럼 등장한 새로운 얼굴을 가만히 놔두지 않았다. 덩치 큰 장난감으로 아는 듯 사방에서 매달리고 잡아당겼다. 놀다 지친 아이들은 어느새 란에게 질문 공세를 퍼부었다.

"진짜 채린이 삼촌이에요? 그럼 왜 그동안은 안 왔어요?"

"진짜 동생은 아니고 그냥 친하게 아는 사이야."

친했나? 병실 아이들과 만난 지 하루도 지나지 않아 졸지

223

에 거짓말쟁이가 되어버렸다. 간지러운 죄책감이 들었다.

"그렇구나. 그러면 친하다는 거예요? 아니라는 거예요?"

"그 중간쯤?"

"그럼 이제 여기 자주 올 거예요?"

"아, 아마도?"

"와! 진짜 자주 와야돼요! 여기 되게 심심하거든요."

란은 얼결에 아이들과 새끼손가락을 걸었다. 그 뒤로도 목말 두 번, 노래 세 번을 시달리고 난 후에야 병실에서 빠져나올 수 있었다. 온몸에 진이 다 빠져버린 것 같았다. 힘들어 죽겠다는 얼굴로 이창을 바라보자 그는 남 일이라는 듯 킬킬거렸다. 곧 웃음을 거둔 이창이 란의 어깨에 손을 올리며 말했다.

"산책이나 하자."

병원 건물을 나서니 얼마 안 가서 뒤뜰이 나왔다. 환자복을 입은 이들이 삼삼오오 모여 햇볕을 쬐고 있었다. 볕이 좋았다. 란은 그 평온한 광경이 꽤 마음에 들었다. 분수를 지나자 수풀 사이로 오솔길이 나타났다. 란은 말없이 이창을 따라갔지만, 왜 하필 그쪽 길인지 짐작할 수 없었다. 그곳은 찬의 봉안당으로 가는 셔틀버스 정류장이 있는 길이었으니까. 이창을 불러 세우려는 찰나, 이창이 먼저 입을 열었다.

"네가 내 조카를 봤으니까 나도 네 형 얼굴 한번 봐야지."

"……"

"왜 말이 없어? 네가 형 이야기할 때마다 그렇게 죄지은 표정인 걸 알면 형이 하늘에서 참도 좋아하겠다."

"차로 가지 왜 셔틀버스를 타요."

"느긋하게 풍경도 보고 얘기도 좀 하게."

오솔길은 고요했다. 아무도 관리를 하지 않아 잎이 무성한 나무가 바람에 흔들리는 소리만이 들려왔다. 한동안 둘은 말없이 걸었다. 오솔길 끝에 작은 정류장이 나타났다. 그곳에서 흙먼지 묻은 셔틀버스에 올라타 뒤에서 두 번째 자리에 나란히 앉았다. 평일인 데다 시간대도 애매해 버스에는 두 사람뿐이었다. 봉안당이 있는 공원까지 가는 길은 구불구불했다. 이리저리 흔들리며 달리는 버스 안에서 이창은 허공을 응시하며 입을 열었다.

"하나 물어볼 게 있어. 우리 누나의 병이 누구한테 옮겨갔는지 알아?"

란은 창틀에 팔을 기대고서 빠르게 스쳐 지나가는 소나무들을 눈에 담았다. 이창은 대답을 재촉하지 않았다. 란은 답답한 듯 옆 창문을 밀어 열었다. 미지근한 오후의 바람과 함께 란이 답했다.

"제 형이요."

단순히 사실만을 전하는 것임에도 입이 잘 떼지지 않았다.

225

"형사님 누나가 형이 병을 옮겨준 마지막 사람이었으니까요. 형은 저를 살리느라 그분의 병을 다른 아이에게 옮기지 못하고 가진 채 죽었어요. 의식이 끝나고 얼마 지나지 않아서 집에 불이 났고요."

이창은 고개를 숙이고 입술을 깨물었다. 란은 느리게, 하지만 분명하게 진실을 전했다.

"경찰의 개입에 한승목 형제는 겁을 먹었어요. 본래 병을 받아낼 예정이었던 아이는 산속에 버렸죠. 지나가던 등산객이 발견했다고 들었어요. 당시 지역 신문 기사를 찾아보면 조난당한 실종 아동에 관한 기사가 작게 나올 거예요. 무사히 살았지만 집에 돌아갈 수는 없었어요. 원래 집이 없는 아이였거든요. 아마 시설에 들어갔을 거예요."

이창은 지하실에서 발견된 노트를 떠올렸다. 그곳에 적힌 이름들, 실종신고가 된 아이들도 있었지만 그렇지 않은 아이가 더 많았다. 그런 이름들은 신원 확인조차 제대로 할 수 없었다. 주인을 잃어버린 이름이 너무 많다는 것, 이미 벌어진 일을 돌이킬 수는 없으며 그 참극에 어떤 식으로든 자신이 연관되어 있다는 사실이 이창을 비참하게 만들었다. 문득 부질없는 상상 하나가 스쳤다.

'아버지는 축복의 진실을 알고서도 누나를 살리려고 했을까?'

226

한적한 공원 입구에 버스가 멈춰 섰다. 드넓은 주차장을 지나 공원을 오르면 찬이 있는 봉안당이 나왔다. 그 안에 발을 들이기 전, 여전히 바람 소리만 가득했다.

5

이창은 봉안당 한 칸을 차지하고 있는 사진 속 찬을 바라봤다. 가냘프고 우울한 인상의 소년이었다. 생각만큼 란과 닮지는 않았다. 물론 지금보다 한참 어렸을 때라 나란히 두고 비교하기에는 무리가 있었다. 갑작스럽게 찍은 것 같은 단체 사진 속에서 찬은 웃는 것도 우는 것도 아닌 애매한 표정이었다. 그 옆에는 빛이 바랜 편지 봉투가 놓여 있었다. 쓰는 사람도, 받는 사람도 적혀 있지 않았으나 얇은 봉투 너머로 빼곡하게 쓴 글씨들이 연하게 비쳤다. 이창은 구태여 란의 표정을 확인하지 않았다.

두 사람이 봉안당을 나섰을 때는 어느새 노을이 내리고 있었다. 말없이 공원을 한참 걸었다. 숨 막히는 종류의 침묵은 아니었으나, 어째서인지 무척 지친 듯한 기분이 들었다. 아직 서로에 할 말이 남아 있었다. 먼저 입을 연 것은 이창이었다.

"채린이 병, 나한테 옮겨줘."

노을을 담은 동공에 순간 이채가 나돌았으나, 그뿐이었다. 란은 그리 놀라는 기색이 아니었다. 말을 고르는 듯 한참이나 입을 달싹이기만 했다. 어쩌면 그 역시 자신과 비슷한 생각을 했을지도 모른다고 이창은 어렴풋이 짐작했다. 가까스로 입을 연 란이 내뱉은 건 더없이 당연한 한마디였다.

"그럼 형사님이 죽어요."

"내가 거기까지 생각도 안 해봤을까? 알아. 그래도 상관없어."

란은 불신을 담아 되물었다.

"정말 상관없어요?"

그럴 리가. 그토록 기적을 찾아 헤맸는데 돌아온 건 차갑고 괴이한 진실뿐이다. 자신의 목숨을 담보로 걸어야만 겨우 이룰 수 있는 것이었다. 대가 없는 기적, 정말 그런 게 존재할 리 있냐고 온 세상이 자신에게 다그치는 것만 같았다. 지금의 이창을 채우고 있는 것은 허탈함과 관성, 산발적인 분노와 무기력, 그리고 체념에서 싹을 틔운 아주 약간의 희망이었다. 기적이 요구하는 건 담백했다. 하나를 원하면 다른 하나를 내놓아야 한다. 기적이 아닌 거래.

이창은 공기 중에 떠다니는 먼지를 무감하게 좇았다. 그러고는 흘리듯이 중얼거렸다.

"내가 찾아다니던 게 바로 이런 거였군. 나풀거리기만 하고 잡으면 보이지 않는 먼지."

그런 이창을 바라보던 란이 이해할 수 없다는 듯이 되물었다.

"이유를 모르겠어요. 왜 그렇게까지 하는지."

란은 머릿속의 말을 뱉어도 되는지 가늠하다 결심한 듯 입을 열었다.

"왜 사람들은 안 되는 것을 되게 하기 위해 자신의 모든 걸 거는 걸까요? 어떻게 스스로를 버리고 타인을 희생시키면서까지 무언가를 바랄 수 있죠? 어렸을 땐 그저 인간이란 이기적인 존재이기 때문이라고 생각했어요. 그런데 어떤 이들을 보면, 가령 형이나 형사님같은…… 그런 사람들은 전혀 다른 의미로 이해가 가지 않아요."

'왜냐고?'

이창은 이를 악물었다. 란은 지금 오해를 하고 있다. 자신은 한없이 이기적이기 때문에 스스로를 버리려는 거다. 란이 앞서 보아온 다른 종자들, 자신의 병을 가져가 주길 바란 신자들과 크게 다르지 않았다. 이창은 자신을 여기까지 이끈 한낱 외로움의 기저에 더 어둡고 질척한 늪이 깔려 있다는 것을 알았다.

기억의 커튼이 젖혀지자 지극히 평범했던 그날의 장면이
재생되었다.

✦✦✦✦

"같이 못 가는 것도 아쉬운데, 네 차 좀 빌려줘. 더 크잖아."
"그러든가."

평소와 똑같은 아침이었다. 어떤 불길한 징조도 없었다.
매형의 차보다 이창의 차가 더 컸다. 그뿐이었다. 누나의 부
탁에 이창은 별생각 없이 선뜻 차를 넘겼고, 그의 가족은 떠
났다. 그리고 다시 돌아오지 못했다. 하나를 무너뜨리면 순
서대로 넘어지는 도미노처럼 그것은 어떤 연쇄 작용의 결과
였다. 갑작스러운 죽음은 생각한 것보다 훨씬 폭력적이었다.

사고 정황이 담긴 영상은 차마 두 눈으로 확인하기 힘들
었다. 그럼에도 보아야만 했다. 영상은 이창의 자동차에 장
착된 블랙박스 녹화본과 뒤에 따라오던 승용차의 조수석 탑
승자가 촬영한 것까지 두 개였다. 조사 과정에서 이상한 점
이 발견되었다. 분명 뒤차가 이상하게 여길 만큼 레미콘 차
량은 상태가 좋지 않았다. 주변의 다른 차들이 피하는 게 보
이는데도 누나가 탄 차는 그 레미콘을 향해 속도를 줄이지
않고 달렸다.

이창은 자신이 차를 사용한 마지막 순간부터 누나가 차를 타고 나가기 직전까지 모든 CCTV를 조사했다. 사고의 진짜 원인은 어이없을 만큼 금방 찾을 수 있었다. 아파트 주차장에 자리가 없어 근처 공터에 주차해 둔 사이 누군가 이창의 차에 손대는 모습이 선명히 찍혀 있었다. 화면 속 남자는 신입 형사 시절 자신에게 쫓기다가 교통사고를 당해 사망한 특수폭행범의 아들이었다.

그게 바로 이창이 채린을 살려야 하는 이유였다. 이창은 자신이 채린에게서 가족을 빼앗은 것이나 마찬가지라고 생각했다. 운 나쁘게 자신을 대신해서 가족들이 죽었으므로 채린에게 그 빚을 갚아야 했다. 란이 어떤 상상을 하든 그건 알 바 아니었다. 이창은 화난 얼굴로 꿈에 나타나 자신의 목을 조르는 누나를 더 이상 보고 싶지 않았다.

✦✦✦✦✦

질문을 끝으로 란은 입을 다물었다. 이창의 모든 사정과 속내를 알 리 없는 란은 겉으로 보이는 그의 태연함을 이해하기 힘들었다. 란은 오래전 그와 형을 스쳐 간 무수한 신자들을 떠올렸다. 그들의 얼굴은 한데 뭉쳐져서 개별적이지 않고 마치 하나의 거대한 덩어리에 솟아난 돌기 같았다. 하지만 눈앞의 이창은 그들과는 다르게 느껴졌다. 란은 거칠한 입술을 움직여 말했다.

"해달라는 대로 해줄 수 있어요. 하지만 그 후에는요? 다른 가족이 없다면서요. 그럼 채린이 혼자 남잖아요. 아이가 그걸 바랄까요? 채린이가 원망해도 괜찮겠어요? 후회할지도 몰라요. 아뇨, 분명히 후회할 거예요."

란은 망설이다 덧붙여 말했다.

"저도 비슷했어요. 원망할 대상조차 기억이 나지 않았다는 것이 어떻게 보면 다행이었죠. 그래도 저한테는 형이 있었어요."

이창은 고개를 떨어뜨렸다. 괜히 땅에 굴러다니는 나뭇가지를 신경질적으로 밟아 뭉개며 반문했다.

"그래서, 살릴 수 있는 아이를 죽게 내버려 두자는 말이야?"

"해달란 대로 해줄 수 있다고 했잖아요. 저는 단지 좀 더 신중하게 고민해 보라고 말하는 거예요."

"네가 무슨 말을 하는지 알겠어. 얄미울 만큼 다 맞는 말이야. 내 이기심으로 결정한 선택이고, 무를 생각은 없어. 더 고민해봤자 선택지는 변하지 않잖아. 난 내가 살아 있는 동안 채린이가 죽는 꼴 못 봐. 그 후는 차차 생각해 봐야지."

어째서인지 하나도 닮지 않은 이창의 얼굴에 찬이 겹쳐

보였다. 란은 문득 그에게 묻고 싶은 게 생겼다.

"처음 그 결심을 했을 때, 기분이 어땠어요?"

"인터뷰하니? 어떻긴, 좆같아."

사실 란은 죽기 직전 형의 기분이 궁금했다. 하지만 이창의 대답은 전혀 도움이 되지 않았다. 잠시 멈췄던 바람이 불기 시작했다. 나무들이 스산한 소리를 내며 흔들렸다. 밤하늘이 회색빛인 걸 보니 곧 비가 올 것 같았다. 란은 좀전의 이창처럼 고개를 푹 숙이고서 후드 주머니 속에 집어넣은 양손을 만지작거리며 말했다.

"저랑 거래해요."

"거래?"

이창은 눈을 가늘게 뜨고 되물었다.

"어쩌면 채린이랑 형사님 둘 다 살 수 있을지도 몰라요. 도와주세요."

6

적막한 어둠이 내린 병실에 두 사람의 인기척이 스몄다. 채린은 깊이 잠든 상태였다. 이창과 란은 아이가 깨지 않도록 작은 목소리로 대화를 주고받았다. 두 사람을 둘러싼 공기는 무거웠고, 속삭이는 목소리에는 어떤 비장함이 담겨 있었다. 그 때문인지 갑자기 채린이 앓는 잠꼬대를 하며 몸을 뒤척였다. 이창이 다시 이불을 덮어주고 자세를 편하게 바꿔주자 아이는 곤히 잠들었다. 이창은 고개를 들고 란을 향해 눈짓했다. 그에게서는 어떤 흔들림도 보이지 않았다.

"정말로 후회하지 않겠어요?"

"이왕 할 거 빨리 해."

란이 누워 있는 채린의 손을 잡았다. 준서와 마찬가지로 따뜻한 손이었다. 그에 비해 자신의 손은 투박하고 차가웠다. 란은 잡생각을 멈추고 능력을 쓰는 데 집중했다. 한쪽 손으로 채린의 손을 잡고, 다른 한 손을 이창에게 내밀었다. 병이 어떻게 옮겨가는지 대충 설명을 들었던 이창은 망설임 없이 선뜻 란의 손을 잡았다. 란은 그의 군더더기 없는 의지가 부러웠다. 이창은 퉁명스럽게 중얼거렸다.

"진짜 손만 잡으면 돼? 무슨 초능력이 이렇게 허접해?"

"그러게 말입니다. 이왕이면 더 쓸모 있으면 좋을 텐데요."

"그래도 아주 별로는 아니야."

이창이 머쓱한 듯 코를 긁으며 대꾸했다. 란은 눈을 감았다. "시작할게요."

란이 크게 심호흡했다. 능력을 쓸 때마다 긴장이 늘 따라왔다. 종종 아무런 일도 벌어지지 않아 당황하는 자신의 모습을 상상하기도 했지만 예외는 없었다. 곧 익숙하지만 불쾌한 느낌이 전신을 휘감았다. 양팔은 신체와 신체를 연결하는 터널이 되었다. 채린의 병은 박용석과 달리 표면적으로는 형태가 없었다. 채린에게서 젤리 같은 모양을 한 기분 나쁜 덩어리가 뭉텅 빠져나왔다.

오래전, 찬이 신도들의 병이 각각 어떤 형상을 띄었는지 말해준 적이 있었다. 눈에 보이는 모양과 색은 다들 제각각이며 그림자 같을 때도, 연기나 진흙 덩어리처럼 보일 때도 있다고 했다. 당시에는 잘 상상이 가지 않았는데 이제야 그 설명이 얼마나 정확했는지 알 것 같았다. 박용석이나 한승목 때와는 확실히 달랐다. 치명상과 자연 발생한 질병은 분명 차이가 있었다.

그것이 그대로 사라져버리면 좋으련만, 칙칙한 회초록색 젤리는 침대를 타고 내려와 바닥을 질척하게 배회하다 다시 란에게 흘러 들어갔다. 병마가 침입하는 순간 둔중한 통증이 느껴졌다. 속이 메스껍고 코피가 흘렀다. 내부가 뒤틀리는 것 같았다. 란의 손을 잡은 이창의 손이 움찔거리는 게 느껴졌다. 갑작스러운 출혈에 당황한 듯했다. 고작 손의 움직임을 통해 감정까지 추측할 수 있다는 사실이 새삼 놀라웠다.

둔통은 오래 지속되었다. 이창은 남은 한 손으로 티슈를 꺼내기 위해 몸을 뒤척거렸다. 란은 가만히 있으라는 뜻으로 그의 손을 잡아당기며 더 세게 붙잡았다. 이창은 어정쩡한 자세로 란과 채린을 번갈아 바라봤다. 병실이 어두운데다 일시적으로 시야가 흐려져 란의 표정은 잘 보이지 않았다. 란은 이번에도 찬의 마지막 얼굴을 상상했다. 형은 죽을 때 어떤 표정을 지었을까. 무표정이었을까? 아니면 울거나 웃었을까? 공포에 질려 있었나? 아마 자신은 죽을 때까지 알지 못할 것이다. 그 사실이 이상하리만큼 억울했다.

길지도 짧지도 않은 시간이 흘렀다. 란은 잡고 있던 채린과 이창의 손을 놓았다. 연결된 온기가 전부 떨어져 나가자 거대한 허전함이 밀려들었다. 갑자기 차가운 바닥에 내팽개쳐진 것 같았다. 몸살이라도 걸린 듯 전신이 무겁고 어깨가 오슬오슬 떨렸다. 이창은 일어나자마자 쥐고 있던 티슈로 피가 흐르는 란의 코를 틀어막았다.

"코피 가지고 되게 호들갑 떠네요."

부산스러운 이창과 달리 란은 꽤 기분이 좋았다.

'누군가의 염려와 관심을 받는다는 게 이런 거구나.'

이창이 새 티슈를 둘둘 말아 란의 코피를 지혈했다. 그의 손길은 거친 척 다가왔으나 정확하고 섬세했다. 피는 잘 멈추지 않았다. 흰 티슈가 금방 검붉은색으로 물들었다. 이창은 아예 티슈를 통으로 건네고는 깊이 잠들어 있는 아이에게로 다가갔다.

"정말 이게 끝이야? 도저히 실감이 안 나. 그냥 짧은 연극을 한 기분이야."

"정말로, 이게 전부예요. 간단해 보여도 전 할 수 있는 걸 다 했어요. 이 밖의 형식은 겉치레에 불과하죠."

"너는 괜찮아? 상태가 안 좋아 보이는데."

"원래 이래요. 몸의 감각들을 다 열어서 질병이 지나가는 통로를 만드는 거니까요. 쉬면 나아져요."

의자에서 일어서던 란의 몸이 휘청거렸다. 넘어질 뻔했으나 이창이 그를 붙잡아 주었다. 란은 좀 더 앉아있으라는 이창의 말을 제치고 벽에 기대섰다.

"안색을 보니 괜히 미안해지네."

"옮기는 대상의 증상이 일시적으로 저에게 나타날 때가 있어요. 요즘 좀 무리해서 더 그런 거니까 신경 쓰지 마세요."

이창은 어지간히 믿지 못하겠는지 계속 같은 질문을 반복했다. 그 심정 또한 이해가 가서 란은 최대한 짜증 없이 답해주었다.

"진짜로 다 끝난 거야? 좀 더 극적이어야 되는 거 아냐? 너무 그대로여서 안 믿겨. 채린이도 그대로 자고 있고……."

"몇 번을 말해요. 내일 바로 채린이 데리고 종합검사 해보세요."

이창은 넋이 나간 표정으로 잠든 채린의 얼굴을 물끄러미 바라보았다. 채린이 잠에서 깰까 싶었던 란은 아이에게서 눈을 떼지 못하는 이창을 병실 밖으로 끌고 나왔다.

새벽의 병원 휴게실은 적막했다. 란이 자판기 커피를 한 잔 뽑아 건네자, 그때까지도 혼이 나가 있던 이창이 비로소 정신을 차렸다. 종이컵을 받아든 그가 귀신에 홀린 듯이 중얼거렸다.

"정말 채린이 병이 나았다고?"

"엄밀히 말하면 나은 것은 아니죠. 형사님한테로 옮겨간 거니까. 같은 도대체 대답을 언제까지 해드려야 해요?"

"그런데 난…… 아직 아무렇지 않아."

이창이 자신의 몸을 더듬으며 바보 같은 표정으로 말했다. 란은 커피를 홀짝거렸다. 입 안에 익숙한 단맛이 맴돌았다.

"원래 사람마다 증상이 나타나는 게 조금씩 달라요. 오래된 병일수록 새로운 몸에 자리 잡는 기간이 필요하고요. 장기를 이식한 후 신체에 따라 부작용이 나타나는 것처럼, 급격하게 안 좋아질 수도 있어요. 언제 갑자기 쓰러질지 모르니까 조심하세요."

이창은 김이 모락모락 나는 커피를 급하게 들이마시고는 종이컵을 구겨 쓰레기통에 던져 넣었다. 란은 주머니에 있는 자신의 핸드폰을 만지작거렸다. 순간적으로 눈앞이 흐려졌다. 양 관자놀이에서 찌르는듯한 통증이 느껴졌다.

7

의사는 눈앞의 결과를 믿을 수 없었다. 30년 경력 동안 이런 경우는 처음이었다. 돋보기안경 너머의 눈에서 당혹스러움이 묻어났다.

"검사상 오류가 있었던 거 같습니다. 이럴 리가 없는데……."

이창은 의사가 바라보고 있는 검사 결과지를 빼앗다시피 해 자신의 눈으로 확인했다. 수년 동안 병원을 쫓아다닌 덕분에 웬만한 검사 결과지는 직접 해석할 수 있었다. 눈앞의 종이는 분명 채린의 모든 수치가 정상 권내로 돌아왔다고 말하고 있었다. 완치라니, 실감이 나지 않았다. 이창은 자신의 눈을 비빈 후 다시 결과지를 확인했다. 결과지는 그대로였다. 입을 틀어막고 그 빳빳한 종이가 꿈처럼 바스러질까 싶어 뾰족한 모서리를 더듬었다. 손끝으로 일부를 구겨보기도 했다. 감각은 분명했다. 손에 힘이 빠져나간 듯 파르르 떨렸다. 의사는 믿을 수 없다며 우왕좌왕했다. 구겨진 검사지가 가만히 바닥에 떨어졌다. 기적은 놀랍도록 고요하게 찾아왔다.

이창은 마음을 진정시키려고 애를 쓰며 말했다.

"채린이 조만간 퇴원시키겠습니다."

"그러시면 안 됩니다. 잘못 나온 결과일 겁니다. 한 번 더 제대로……"

성급한 퇴원을 말리는 의사의 염려를 뒤로하고 이창은 진료실을 나왔다. 그제야 다리에 힘이 쭉 풀렸다. 이상이 없다는 결과지를 두 눈으로 확인하니 모든 것이 실감 났다. 채린은 죽지 않는다. 살 수 있다. 이창은 바닥에 주저앉아 손으로 얼굴을 가린 채 긴 안도의 숨을 내쉬었다. 복도를 지나가는 사람들이 어깨를 들썩이는 이창을 보면서 딱하다는 듯 수군거리는 소리가 들렸다. 마음 같아서는 그들 모두를 붙잡아 껴안고 싶었다.

이창은 벌떡 일어나 채린의 병실을 향해 뛰었다. 엘리베이터를 기다릴 수 없어서 계단을 올랐다. 드라마나 영화에서 왜 항상 급한 상황에 계단으로 갈까 궁금했는데, 이창은 이제 그 이유를 알 것 같았다. 뛰지 않고서는 흥분을 주체할 길이 없었다. 어서 건강해진 채린을 보아야 했다.

병실 문을 열자 밥을 먹고 이를 닦는 채린이 보였다. 란은 옆에서 칭얼거리는 채린의 양치질을 돕는 중이었다. 그 모습이 생각보다 잘 어울려 어이가 없었다. 자신의 선택은 틀리지 않을 것이다. 물로 입 안을 헹구던 채린이 이창을 발견하고는 총총 뛰어왔다. 아이의 표정이 갑자기 침울해졌다.

"삼촌, 왜 울어?"

그제야 이창이 자신의 얼굴을 쓸어내렸다. 얼굴이 온통 축축했다.

"좋은 일이 있어서."

그렇게 답하며 이창은 여전히 걱정스러워하는 채린을 꼭 끌어안았다. 품 안에서 아이가 바르작거렸다.

"채린아. 우리 어디 놀러 갈까?"

"놀이동산! 솜사탕도 먹고 싶어!"

채린이 뒤를 돌아보며 란에게 물었다.

"작은삼촌도 같이 가는 거지?"

"채린이, 작은삼촌이 좋아?"

"응, 좋아. 잘생겼고 친절해."

"그래, 같이 가자. 들었지? 너도 같이 가는 거다."

일방적인 통보였으나 란은 순순히 고개를 끄덕였다. 평소처럼 시비도 걸지 않고 말없이 그 모습을 바라보는 란의 표정이 어딘가 묘했다. 티슈 뭉치를 물들인 검붉은 핏자국이 떠올랐다. 란은 병을 옮겼던 며칠 전 새벽보다 더 창백한 안색이었으나, 기쁨에 취한 이창은 그 모습을 신경 쓸 겨를이 없었다. 채린이 들뜬 목소리로 말했다.

"삼촌, 나 요즘 엄청 잘 자. 오늘 아침에도 일찍 일어났다!

몸이 엄청 가벼워. 하루 종일 뛸 수도 있을 거 같아."

그러더니 채린이 병실 밖으로 달려 나갔다. 이창은 병실을 벗어나 복도를 가로지르는 채린을 따라나섰다. 병실에 혼자 남은 란이 얕은 한숨을 내쉬었다. 갈수록 심해지는 편두통과 근육통을 뒤로하고 주머니에서 핸드폰을 꺼내 들었다. 발신자 표시 제한으로 도착한 메시지가 눈에 들어왔다. 란은 가라앉은 눈으로 메시지함을 열어 문자를 확인했다.

[금요일 9시 나곡항]

모든 것이 계획대로 되어가고 있었다. 그런데 왜 이렇게 심란한 걸까. 지금 돌이킬 수 있는 것은 없다. 이제 결말만 남았다. 이창과 채린이 사라진 자리를 가만히 응시하던 란은 자리에서 일어났다. 그러고는 힘에 부치는 듯 천천히 무거운 발걸음을 떼어놓았다. 해가 지고 있었다. 곧 어둠이 내릴 것이다. 어둠은 늘 밤바다를 떠오르게 한다. 코끝에 물비린내가 걸쳤다. 란은 걸음을 재촉했다.

"저녁 먹으러 가자. 어, 얘가 어디 갔지?"

이창이 채린을 품에 안고 병실로 돌아왔을 때, 그곳에는 아무도 없었다. 불그스름한 노을만이 란이 앉아 있던 자리를 은은히 비추었다. 란은 이창에게 문자 한 통만을 남긴 채 자취를 감추었다.

8

[검사 한번 받아보세요.]

'검사? 내가 왜……'

이창은 란이 남긴 문자를 멍하니 들여다보았다. 곧 까맣게 꺼진 핸드폰 액정 위로 자신의 얼굴이 비쳐 보였다. 이창은 화장실로 가 거울에 비친 얼굴을 살펴보기 시작했다. 여전히 죽 째진 눈, 약간 거칠하긴 해도 딱히 어둡지는 않은 안색, 본래부터 살짝 올라간 입꼬리, 며칠 동안 면도를 하지 않아 까슬까슬한 턱까지. 지극히 평범한 모습이었다. 그러고 보니 채린의 병을 옮긴 지 꽤 지났는데 아직 몸에 별다른 이상이 감지되지 않았다. 안색도 멀쩡하기만 했다.

'오히려 전보다 안색이 밝아진 것 같기도 하고. 원래 이렇게 더디게 진행되나? 아니면 아직 증상을 느끼지 못하는 건가?'

이상한 것은 란의 행방도 마찬가지였다. 살던 집부터 교회, 폐건물 등 란이 있을 만한 곳을 전부 뒤져봤지만 어디에

243

도 없었다. 란의 핸드폰은 문자를 마지막으로 계속 꺼져 있었다. 이창은 마지막으로 란의 집을 찾아갔을 때를 떠올렸다.

채린의 검사 결과가 나오기 전이었다. 괜히 초조해서 자리에 가만히 있을 수가 없었다. 이창은 불안한 마음을 달래기 위해 란에게 수시로 전화를 걸거나 직접 찾아가 수십 번도 더 한 질문을 반복하곤 했다. 그럴 때마다 란은 이창이 그토록 바라는 확신을 주었다. 초조함이 극에 달했던 그 날도 이창은 란을 찾았다. 전화를 걸어도 응답이 없어 늦은 저녁 옥탑방으로 향하는 길이었다. 페인트칠이 흉물스럽게 벗겨진 벽과 녹슨 손잡이가 있는 계단을 올라 겨우 옥탑방 앞에 섰다.

"안에 있어? 전화해도 안 받길래."

"또 같은 말 물어보려고 오셨죠. 문 열려 있어요."

"왜 문을 안 잠그냐."

문을 두드리자 안에서 대답이 들려왔다. 올 때마다 느끼는 것이지만 옥탑방은 사람이 산다고는 믿을 수 없게 황폐했다. 이런 곳에서 산다면 누구라도 사시사철 감기를 달고 살 수밖에 없을 것 같았다.

그런데 집 안에는 아무도 없었다. 이창이 두리번거리는 사이 안쪽 화장실에서 란이 모습을 드러냈다. 양치를 한 듯 입 주변을 수건으로 닦고 있었다. 아니, 닦는 게 아니라 가리는 것 같기도 했다.

"그래도 이 시간은 좀 심하지 않아요? 아무리 사건을 넘겼어도 그렇지 시간이 남아도나 봐요."

이창이 사건에서 손을 뗀 걸 두고 하는 말이었다. 조사는 아직 진행 중이었으나 상부에서 근무 태도를 여러 번 문제삼기도 했고, 남은 시간을 업무에 얽매이지 않고 채린과 보내고 싶어 계장님 앞에서 일부러 난동을 부렸다. 휴직계나 사직서를 내려면 수리 과정이 길어지니 그편이 가장 빠르고 편리할 것 같았기 때문이다. 고개를 든 란의 안색이 파리했다. 눈은 퀭했고 살은 더 빠져서 핼쑥했다.

"너 얼굴이 왜 그래."

"부작용이에요. 원래 이렇다니까요."

"부작용이 그렇게 오래가?"

"시간이 약이에요."

란은 더 이상 대꾸하지 않았다. 대신 이창이 먼저 묻지 않았음에도 그가 듣고 싶어 하는 질문의 답을 들려주었다. 너무 여러 번 말해서 머릿속에 대사가 줄줄 떠오를 지경이었다.

"병은 제대로 옮겼어요. 채린이는 분명 나았으니까 걱정하지 마세요. 내일 검사지 결과 받아보면 아시겠지만요. 그리고 뭐…… 혹시 알아요? 진짜로 기적이 일어나서 형사님에게 옮겨간 병도 깨끗이 없어졌을지."

그 말에 이창이 한숨을 쉬며 대답했다.

"기적 같은 소리 하고 있네. 나한테는 지금도 충분해."

란은 옅게 미소 지었다.

"그러니까 이제 그만 좀 물어봐요."

"내일 같이 축하 파티나 할까?"

"우리끼리 파티해서 뭐 하게요."

"채린이 있잖아."

분위기를 전환하려 별생각 없이 내뱉은 말인데 상상해 보니 퍽 괜찮을 거 같았다. 란도 나쁘지 않았는지 퉁명스러운 표정으로 승낙했다. 그제야 안심이 되었다. 그래, 걱정할 것 없다. 내일 결과만 나오면 모든 것이 끝난다. 이창은 초조한 마음을 진정시키기 위해 일부러 밝은 표정을 지었다.

그때 란이 새된 기침을 토했다. 기침은 쉽게 멈추지 않았고, 란은 속이 쓰린지 가슴팍을 쥐었다. 들고 있던 수건으로 입가를 틀어막은 란은 끝내 화장실로 뛰어 들어갔다.

"괜찮아?"

이창은 젖은 수건에 검붉은 피가 묻어나는 것을 분명히 보았다. 당황해 화장실로 따라가 문을 두드리며 손잡이를 돌렸지만 굳게 잠겨 있었다. 안쪽에서 힘겨운 숨소리가 들렸다. 얼마 후 물소리가 났다. 지친 표정의 란이 노인 같은 목소리로 말했다.

"오늘은 이만 가주실래요?"

"그, 그래⋯⋯."

"내일 병원에서 봐요."

거의 쫓겨나듯이 빌라를 빠져나온 후에도 이창은 걱정스러운 마음을 떨칠 수 없었다. 란과는 진실을 공유했을 뿐 딱히 각별한 사이는 아니었다. 하지만 무언가를 놓친 기분이었다.

'능력을 쓸 때마다 저 지경인 건 아니겠지.'

이창은 문득 10년 전에 누나의 병을 옮겼던 찬을 떠올렸다. 자신과 가족 역시 그의 고통을 종용했다는 사실에 때늦은 죄책감이 차올랐다. 어쩌면 란이 신경 쓰이는 이유가 그때문일지도 모른다는 생각이 들었다. 죄책감, 그 질척이고 불편한 감정은 오랜 시간 이창의 동력이자 직감으로 작용했다. 하지만 과거와 마찬가지로 당장에 자신이 할 수 있는 일은 없었으므로 그는 발걸음을 옮겼다.

검사 결과가 나오는 날 아침, 채린의 병실에 먼저 와 있던 란은 이창의 걱정이 무색하게 멀쩡해 보였다.

"제가 뭐랬어요. 시간이 약이랬잖아요."

란은 태연히 웃어 보였다. 그 웃음이 왠지 모르게 마음에 걸렸다. 별일 아닐지도 모른다. 갑자기 심란해져서 어딘가에 처박혀 있을 것이다. 애써 그렇게 스스로를 가라앉혔다. 마침 준혁과 점심 약속이 있었다. 채린의 짐 정리를 도와주러 온 그를 향해 이창이 다짜고짜 물었다.

"나 좀 아파 보이지 않아?"

준혁은 이창의 얼굴을 이리저리 살피고는 답했다.

"안색 좋기만 한데요."

"잠깐만 기다리고 있어."

이창은 자신에게 검사를 받아보라고 했던 란의 메시지가 못내 거슬렸다. 결국 보폭이 큰 걸음으로 병원 접수처로 향했다.

9

늙은 의사는 도수가 높아 보이는 안경을 고쳐 썼다. 이창은 다시 한번 힘주어 말했다.

"그럴 리가 없습니다. 진단 결과가 잘못되었을 겁니다."

의사는 깊은 한숨을 내쉬며 분명한 목소리로 설명했다.

"결과지는 정확합니다. 정기 검진을 받은 지 얼마 되지도 않았는데 검진을 왜 또 받으셨어요? 아주 건강합니다. 추적 검사나 조직검사가 필요한 부분도 없고, 모든 수치가 정상권 내입니다. 또래 분들에 비해 매우 건강하신 편이네요. 이 정도면 건강은 타고나셨어요. 복입니다, 복."

"결과지가 다른 사람과 바뀌었을 가능성은요?

의사는 헛웃음을 흘리며 옛날도 아니고 요즘이 어떤 시댄데 그럴 리가 있겠냐고 대꾸했다.

"꿈에 조상님이라도 나왔습니까? 그렇게 못 믿겠으면 여기 직접 보세요."

이창은 의사가 건넨 결과지를 잡아채듯이 받아들었다. 눈앞의 숫자와 글자들을 꼼꼼히 눈에 담았다. 그리고 의사의 말에 수긍할 수밖에 없었다. 자신은 아프지 않았다. 조금의 이상한 조짐도 없었다. 납득이 가지 않았다. 채린은 완치되었고, 자신도 이전과 마찬가지로 건강하다.

'그럼, 채린이가 가지고 있던 병은 어디로 간 거지?'

"혹시 알아요? 진짜로 기적이 일어나서 형사님에게 옮겨 간 병도 깨끗이 없어졌을지."

며칠 전 들었던 란의 흐릿한 목소리가 귓가에 울려 퍼졌다. 자연스레 떠오르는 가정에 이창은 벌떡 일어섰다. 창백한 안색, 수건에 묻은 피와 발작과 같은 기침. 답은 하나였다. 그 증상은 분명 채린의 초기 병세와 닮아 있었다.

'그걸 왜 이제야 알았을까.'

이창과 채린을 제외하고 그 자리에 있던 이는 한 사람뿐이다. 그러니 병이 자리 잡을 새로운 숙주도 하나다.

란은 애초에 이창에게 병을 옮기지 않았다. 그 자신의 몸에 병을 집어넣은 채로 사라진 것이다.

분명 이유가 있을 것이다. 왜 그런 무모한 선택을 한 것인지 직접 물어야 했다. 조급함과 분노가 동시에 밀려들었다.

'이런 식으로 아무 설명 없이 막무가내 호의를 베풀면 좋아할 줄 알았나 보지?'

이창은 굳은 얼굴로 진료실을 빠져나왔다. 어째서인지 이번에는 사라진 란을 쉽게 찾지 못할 것 같은 기분이 들었다.

그날 항구 근처 여인숙 창고에서 목을 매단 한승태의 시신이 발견되었다. 형인 한승목과 아동을 납치했으며 다툼 끝에 형을 살해한 죗값을 자살로 치른다는 자필 유서와 함께.

✦✦✦✦

이창의 핸드폰이 귀찮을 정도로 연신 울려댔다. 란일까 싶어서 꼬박꼬박 발신인을 확인했지만 스팸 광고 아니면 준혁에게서 오는 전화가 전부였다.

"이상한 게 한두 가지가 아니에요. 알리바이도 없는데 무슨 자백이냐고요. 선배 정말 이대로 끝내게 둘 겁니까? 아무리 다른 팀에 사건 넘기고 손 뗐다고는 해도 좀⋯⋯."

전화로 한승태의 자살에 대해 한참 말을 쏟아낸 준혁이 화제를 돌렸다.

250

"그런데 정말 면직하실 거예요? 그럼 돈은 어떻게 벌게요. 채린이랑 먹고살아야 할 것 아니에요. 자영업 그거 아무나 못 해요. 선배님, 아니 형이 이 일 말고 할 수 있는 일이 뭐가 있어요?"

"잔소리가 돌아가신 우리 아빠보다 심하다."

"또 제대로 답 안 하고 끊으려는 거 다 알……"

준혁의 기대대로 이창은 일방적으로 통화를 끝냈다. 준혁과는 어렸을 때 한동네에서 컸고, 그가 학창 시절 동급생들에게 괴롭힘당할 때 몇 번 도와준 일을 계기로 더욱 가까워졌다. 준혁이 자신을 진심으로 걱정한다는 걸 알고 있지만 어쩔 수 없었다. 이창은 복잡한 머리를 식히고 앞으로의 일을 강구하는 것만으로도 벅찼다.

경찰은 한승목 살인 사건을 신속히 마무리 중이었다. 마치 한승태가 자살하길 기다린 것처럼. 사건이 일어나고 시간이 꽤 흐른 데다 서울에서 다른 테러 사건이 터져 관심을 모두 빼앗겼다. 한승태가 자백문을 남기고 자살했으니 경찰 입장에서는 환영이라면 환영이었다. 비록 정황상 어긋나는 부분이 많지만, 이의를 제기할 사람이 없다면 어영부영 넘어갈 것이다.

죽어 마땅한 이들이 죽었다. 악인 두 사람이 욕심을 부리다 자멸하는 것. 어쩌면 이쪽이 사람들이 원하는 결론일 거라는 생각이 들었다. 사건은 곧 종료될 것이고 이 도시는 다시 조용해질 것이다. 이창은 란과 찬의 봉안당을 찾아갔던 날을 떠올렸다.

"저와 거래해요."

"거래?"

"형사님이 죽을 필요 없어요. 그 병을 가져가야 할 사람은 따로 있어요."

"그게 무슨 소리야?"

"제 복수가 성공하면 채린이와 형사님 둘 다 평범하게 살 수 있어요. 다만 그러려면 형사님의 도움이 필요해요."

란은 자신의 모든 이야기를 했다. 한승목 형제와 박용석의 은밀한 거래부터 그날의 전말까지. 각자의 이해가 맞아떨어지는 제안을 마다할 사람이 누가 있을까. 잠시 고민하던 이창은 제안을 선뜻 받아들였다.

이창의 역할은 간단했다. 박용석과 만날 구실을 남겨둔 란이 그들을 마주했을 때, 박용석의 병을 대신할 '그릇'을 연기하는 것이었다. 란이 선수를 쳐서 사람을 데려가지 않으면 박용석은 분명 또 다른 희생자를 데려올 테니까.

그렇게 하기로 하고 이창은 채린의 병을 옮겨 받았다. 최종적으로 채린의 병을 떠넘길 대상은 박용석이었다. 이창이 그릇이 되어 박용석에게 병을 옮기기 전까지 살아있는 저장소가 되기로 한 것이다. 그런데 지금 이창의 몸에는 아무런 병도 없고, 란은 사라진 데다 뜬금없이 한승태의 시신이 발견되었다.

'란이 박용석이 아니라 한승태에게 병마를 옮겼나?'

그렇다면 알아서 병사할 텐데 굳이 위험 부담을 무릅쓰고 자살로 위장할 필요가 없었다.

란이 이창에게 제안한 거래 조건은 어긋났다. 이렇게 갑자기 사라지는 것 또한 자연스럽지 않았다. 이창의 마음에 계속해서 불안이 쌓였다. 이창은 한승태의 부검 기록을 확인해보기 위해 서둘러 움직였다.

10

란은 이 어두운 풍경이 눈에 익다고 생각했다. 언제 와봤을까. 곰곰이 생각하던 란은 마침내 답을 알아냈다. 자신의 최초 기억이 시작된 곳. 어둠과 비린내와 울음 속에서 찬의 얼굴만이 하얗게 빛나던 장소였다. 컨테이너 내부란 모두 비슷비슷했으나 란은 확신했다. 형제를 둘러싼 모든 일이 시작된 곳에 그는 서 있었다. 결말에 어울리는 장소였다.

마치 그날처럼, 열리지 않을 것 같던 컨테이너의 문이 열렸다. 어스름한 달빛과 함께 누군가가 들어섰다. 문이 닫히자 내부는 다시 비린내 풍기는 어둠으로 가득 찼다. 달칵거리는 소리와 함께 천장에 아슬아슬하게 달린 전구에 빛이 들어왔다.

세 번째 마주하는 얼굴이었다. 창백한 불빛으로 인한 음영 때문인지 박용석의 초조한 얼굴이 한결 우중충해 보였다. 흡사 다른 세상에서 넘어온 이질적인 존재처럼 느껴졌다.

"난 자네의 부탁을 들어줬어. 이제 자네 차례야."

많이 조급했는지 박용석이 먼저 입을 열었다. 란은 박용석이 지팡이로 가리키는 방향을 응시했다. 사실 이 공간에 들어올 때부터 한 사람이 더 있다는 걸 알고 있었다. 란은 걸음을 옮겨 조명이 닿지 않는 구석으로 다가갔다. 간헐적인 신음이 닿았다. 란은 허리를 숙여 어둠 속에서 움찔거리는 인영을 내려다보았다. 추레한 몰골로 목에 거친 밧줄이 걸린 채 결박되어 있는 한승태였다. 란과 눈을 마주치자 한승태가 발작을 일으키듯이 몸부림쳤다. 그 모습에 란이 만족스럽다는 듯 미소 지었다. 그리고 박용석을 향해 손을 내밀며 선심 쓰듯 말했다.

"네, 이리 오세요. 남은 병을 옮겨드리죠."

박용석은 혼자 와야 한다는 약속을 지켰다. 아무래도 지금 상황에서는 아쉬운 입장이기 때문일 테다. 밖에 나가면 박용석이 어떤 식으로 돌변할지 란 또한 모르는 것은 아니다. 그래도 아직까지는 열쇠가 자신의 손에 있었다. 란과 박용석은 한승태를 컨테이너 한가운데로 끌어 옮겼다. 전문가의 손길인지 결박은 매우 견고해 보였다. 조명 아래에는 둥근 사무용 테이블 하나를 사이에 두고 의자 두 개가 마주 놓여 있었다. 빛이 닿자 한승태는 눈이 부신 듯 눈살을 찌푸렸다.

"한승목 때문에 천령교가 주목받으면서 아이들을 이용하는 방식은 위험해졌어요. 요즘은 그때처럼 실종에 느슨하지도 않고요. 어차피 죽을 몸, 옮길 수만 있으면 되니 이편이 가장 깔끔합니다."

박용석은 고개를 끄덕였다. 곧이어 란과 박용석도 서로를 마주 보고 앉았다. 한승태와 란, 박용석이 삼각형을 이루었다.

란은 미리 챙겨온 접이식 군용칼을 꺼내 한승태의 왼쪽 손목을 묶고 있던 끈을 잘랐다. 오른쪽 손목은 여전히 의자 등받이에 단단히 고정되어 있었다. 이미 한번 칼날에 꿰뚫린 손등에서는 처치를 제대로 하지 않았는지 역한 냄새가 올라왔다. 란은 그 지저분한 손을 테이블 위에 단단히 고정했다. 도박판에서의 최후가 떠오르는 모습에 한승태는 손을 떨었다. 박용석은 실리콘 장갑을 낀 손으로 한승태의 목에 걸린 굵은 밧줄을 더욱 단단히 쥐었다. 란이 표정 없는 얼굴로 한승태에게 속삭였다.

"손목 움직이지 마요."

그런 다음 한승태의 손등을 자신의 손으로 덮으며 나지막이 물었다.

"무서워요?"

한승태가 숨을 크게 내뱉었다. 훅 끼치는 더운 숨에 박용석이 인상을 찌푸렸다. 불쾌한 기색을 감추지 않으며 란을 재촉했다.

"쯧, 찝찝하니 빨리 하자고. 좀 더 서둘러 봐."

한승태의 손은 동물의 거죽처럼 두꺼웠다. 란은 혐오스러운 두 사람의 손을 이으며 생각했다.

'이번이 인생에서 마지막으로 쓰는 능력이 되기를.'

주위를 맴돌던 검붉은 진흙들이 차츰 자신의 발아래로 모여들었다. 빠르게 크기를 키운 그것들은 하나의 뭉텅이가 되어 란의 손끝과 발끝을 지나 박용석의 내부로 침입했다.

얼마간의 시간이 지나고 란은 한승태와 박용석을 쥐었던 손을 내치듯이 떨쳐냈다. 마치 한참을 물속에 있던 사람처럼 거친 숨을 쏟았다. 건너편의 박용석은 손금과 주름마다 땀이 찬 자신의 손과 급격히 안 좋아진 안색의 란을 미심쩍은 표정으로 바라보았다. 란은 입가를 타고 흐른 피 섞인 침을 닦으며 말했다.

"이제 완전히 끝난 겁니다."

"지난번보다 고통스러워 보이긴 하군. 시간도 오래 걸렸고 말이야. 그런데 자네가 저번처럼 허튼짓을 하지 않았다는 걸 어떻게 믿지?"

"그건 당신의 믿음에 달려있죠. 의원님이 저를 믿지 않는 다면 어쩔 수 없지만요. 하지만 이번엔 확실합니다. 무엇보다 제게 한 약속을 지키셨으니까요. 제가 또 그런 짓을 할 이유 가 없잖아요. 원하신다면 병원에서 검사받는 동안 함께 있겠 습니다. 컨디션은 어떠신가요?"

"뭐, 나쁘지 않아."

박용석은 그 자리에서 옷을 벗어 남아 있는 흑색종이 없 는지 먼저 확인했다. 전신이 새로 태어난 듯 말끔했다. 그러 고는 곧장 비서에게 연락해 검진 예약을 잡았다.

"성공적이네요."

란이 환하게 웃으며 덧붙였다."

"만수무강하세요."

와중에 핏발 선 한승태의 눈이 란을 향했다. 그 안에 담겨 있는 것은 증오와 억울함이 뒤섞인 애원이었다. 한승목이 죽 을 때도 그랬지만 이 순간 느끼는 감정은 후련함이나 통쾌함 이 아니었다. 정체를 알 수 없는 모호함, 진즉 했어야 할 일을 너무 늦게 마쳤다는 부채감과 메스꺼움에 가까웠다.

257

"뒤처리는 우리가 알아서 하지."

박용석은 손수건을 꺼내 손가락 마디마디를 닦으며 일어섰다. 며칠 후 아침 뉴스에서 한승태의 사인은 자살로 보도되었다.

11

박용석이 주치의의 멱살을 잡고 흔들었다. 얼굴이 붉어진 의사가 숨을 컥컥거렸다. 화를 참지 못하고 내지른 외침이 원장실의 회벽에 부딪혔다.

"다시 말해 봐! 내 몸에 뭐가 있다고?"

"저는 있는 그대로 검사 결과를 말씀드렸습니다."

박용석은 주치의의 답변이 끝나기도 전에 그를 바닥에 내동댕이쳤다. 그럼에도 분이 풀리지 않아 넥타이를 풀어 바닥에 집어 던졌다. 입에서는 새된 욕설이 튀어나왔다. 박용석은 원장실 밖에서 대기하고 있는 비서를 찾았다. 그때 널브러져 있던 주치의가 불현듯 무엇인가 떠오른 듯한 얼굴로 박용석을 불렀다.

"의원님, 잠시만요!"

"또 뭔가? 이번에는 또 어떤 시답잖은 얘길 하려고."

박용석이 불쾌함을 내비치며 뒤돌아섰다.

"그게⋯⋯ 갑작스럽게 발병한 병 말입니다. 얼마 전에 그 병과 관련해 신기한 사례가 발생했습니다."

"신기한 사례?"

박용석이 완전히 몸을 틀어 주치의 앞으로 다가갔다. 바닥에서 일어난 주치의가 흰 가운을 털며 말을 이었다.

"지방 대학병원 소아과에 가 있는 후배에게 들은 이야기입니다. 그곳에 불치병으로 수년 동안 입원해 있던 아이가 하나 있었는데, 얼마 전 기적처럼 씻은 듯이 다 나았다고 합니다. 불가능에 가까운 일이라 믿기지 않아 후배 말을 듣는 둥 마는 둥 했었습니다. 그런데 가만히 생각해 보니 그 아이가 앓았다는 병이 의원님께 갑작스레 발병한 병과 같은⋯⋯"

박용석의 주름진 눈이 빛났다. 흑색종과 그로 인한 척수 전이가 완치 판정을 받은 지 얼마 되지도 않아, 몸 상태가 급격히 안 좋아져 주치의를 찾았다. 돌아온 것은 생전 처음 들어보는 낯선 질병의 발병 소식이었다. 란의 뻔뻔한 낯짝이 떠올랐다. 그와 연관이 있는 게 분명했다.

자세한 내용을 캐물으려는 찰나였다. 숨이 턱 막히며 눈앞이 깜깜해졌다. 갑자기 뭉개지는 시야에 박용석은 바닥으로 고꾸라졌다. 새된 기침이 위태롭게 새어 나왔다. 주치의는 박용석에게 다가가 눈꺼풀을 뒤집어 상태를 확인했다. 기침이 멈추지 않는 박용석의 입에서 검은색에 가까운 걸쭉한 피가 쏟아져 나왔다.

12

"삼촌 나 진짜 이대로 집에 가? 병원 다시 안 와?"

"응, 이제 집에서 삼촌이랑 사는 거야."

채린은 시원섭섭한 얼굴이었다. 그간 집보다 병원에서 지낸 시간이 더 길었으니 당연한 반응이었다. 이창은 안쓰러운 마음이 들었다.

"삼촌이 짐 옮길 테니까 잠깐만 기다리고 있어."

가만히 고개를 끄덕이던 채린이 갑자기 이창에게 달려와 말했다.

"그럼 나 옆방 애들한테 인사하고 올게!"

"그래, 잘 있으라고 하고 와."

복도를 뛰어가는 채린의 뒷모습에 벅찬 감정이 피어올랐다. 집회장에서 누나가 일어섰을 때와는 다른 충만감이었다. 미소 짓던 이창은 문득 란의 행방을 생각했다. 한승태의 시신에서 채린의 병은 발견되지 않았다. 직접적인 사인은 기도 폐쇄에 의한 질식이었으나, 주변 정황상 타살로 의심할 만한 요소들이 충분한데도 수사는 누가 쫓아오기라도 하듯 빠르게 종결되었다.

'란은 본래의 계획대로 병을 옮겼을까? 복수는 끝낸 걸까? 그래도 연락은 한번 해주지.'

속으로 한참을 구시렁거린 이창은 고개를 내저었다.

"저번에 준혁이 왔을 때 다 해치웠어야 하는데."

채린은 이미 퇴원 수속을 밟고 집에 돌아갔으나, 미처 챙기지 못 한 짐들이 남아 있었다. 준혁이 도와주러 왔을 때 갑작스레 당일 예약으로 검진을 받느라 제대로 정리하지 못했다. 겸사겸사 채린이 함께 오고 싶다고 해서 함께 다시 병원을 찾았다. 이창은 미리 빼둔 상자들을 인도받아 차로 옮겼다. 채린이 머물던 병상에는 어느새 다른 아이가 누워 있었다.

높은 층에서 주차장까지 몇 번을 왔다 갔다 하는 사이 시간은 훌쩍 갔다. 이창은 뻐근한 허리를 두드리며 채린을 찾았다.

"채린아, 친구들한테 인사 다 했지? 이제 집에 가자! 채린아?"

소아과 병동의 층을 모두 훑었지만 아이는 보이지 않았다. 채린의 친구들이 머문 병실마다 들러 채린이가 언제 왔었느냐고 물었지만 아무도 보지 못했다고 답했다. 이창은 마지막으로 보았던 채린의 뒷모습을 떠올렸다. 복도를 뛰어 병실의 왼쪽 코너를 돌아 사라지는 아이.

이창은 안 좋은 쪽으로 뻗어나가는 사고를 멈추고자 고개를 흔들었다. 분명 어딘가에 혼자 잠들어 있을 것이다. 먼저 병원에 미아 방송을 해달라고 부탁한 다음 화장실, 창고, 성인 병실과 로비까지 샅샅이 뒤졌다. 하지만 채린은 어디에도 없었다. 목덜미에 질척한 냉기가 닿았다. 사람들은 지나가는 이마다 붙잡고 아이를 찾는 이창의 모습을 안쓰러운 눈으로 바라봤다. 병원은 늘 그랬듯 적당히 소란스러웠다. 이창은 익숙한 그곳이 전에 없이 낯설고 두렵게 느껴졌다.

무엇을 해야 할지 몰라 망연하게 로비에 선 순간 핸드폰이 울렸다. 액정에 뜨는 번호는 낯선 것이었다. 이창은 떨리는 손으로 핸드폰을 받았다. 처음 들어보는 불길한 목소리가 이창의 귀에 채린의 이름을 속삭였다

✦✦✦✦

란은 식당에서 틀어놓은 뉴스를 멍하니 바라보았다. 앵커는 온갖 크고 작은 정보들을 열심히 날랐지만 그중 자신이 기다리던 소식은 어디에도 없었다. 숟가락을 내려놓은 란은

초조함에 입술을 깨물었다.

박용석의 몸에 심어놓은 불치병은 자신이 아니면 아무도 없앨 수 없다. 의학 전문가가 아니라 확신할 수는 없지만, 도서관과 인터넷에서 관련 자료들을 뒤져보니 5년 내 치사율이 92퍼센트에 달하는 질병이었다. 그는 박용석의 나이에 대입해 이창에게서 전해 들은 채린의 발병시기와 증상들을 곱씹어 계산했다. 자신에게 일말의 행운이 남아 있다면 박용석은 1년을 채 넘기지 못할 것이다. 한승태가 죽을 때 병을 옮겼으니 아마도 진즉 증상이 나타났을 터였다. 하지만 어떤 매체에서도 박용석의 병환을 보도하지 않았다. 흑색종이 척수까지 전이되도록 발병을 숨겼던 그가 공식 보도를 내지 않을 거라고 예상은 했으나, 외부 활동 중 쓰러지거나 발작을 일으키면 박용석에 관한 기사가 날 것으로 생각했다. 하지만 아직 아무 소식도 없었다.

그래도 안심이 되는 것은 속도의 문제일 뿐 박용석은 끝내 죽을 거란 사실이었다. 그토록 그가 벗어나고 싶어 했던 질병이 결국 그를 죽일 것이다. 오래 걸리지는 않을 것이다. 일단은 그때까지 숨어서 버텨야 한다. 란은 도심과 멀리 떨어진 섬으로 들어갈 생각이었다. 몇 개월이 몇 년이 될 수도 있다. 허나 채린에게 닿지 않은 기적이 박용석에게 닿을 리 없다. 한승목도, 한승태도 죽었다. 박용석이 절대 고칠 수 없는 불치병에 굴복하고 죽음을 맞이할 때까지만 기다리면 모든 것이 끝난다.

고지가 코앞이었으나 이유 모를 불안이 엄습했다. 갑자기 입맛이 떨어진 란은 반밖에 먹지 않은 국밥을 고스란히 남겼다. 머리를 부여잡고 한참을 식당 테이블에 고개를 처박고 있자, 란을 취객이라 생각했는지 식당 아주머니가 어깨를 흔들어 깨웠다.

"학생, 잘 거면 집에 가서 자."

란은 그대로 겉옷을 챙겨 밖으로 나왔다. 찬바람 덕분에 정신이 조금 맑아지는 것 같았다. 잠잠하던 핸드폰에 진동이 울렸다. 문자 한 통이 와 있었고 전화가 걸려오는 중이었다. 액정의 발신인은 이창이었다. 한참을 받을지 말지 고민하던 란은 결국 수신을 거부했다. 란이 사라진 날부터 이창에게서 수도 없이 전화가 걸려왔다. 아무 말도 없이 갑자기 떠나온 것이 마음에 걸렸지만 란은 일부러 그의 연락을 외면했다.

더는 연관 없는 사람을 자신의 복수에 끌어들이고 싶지 않았다. 자신과 접촉이 잦을수록 훗날 이창이 위험해질 가능성도 커졌다. 아마도 박용석은 끝까지 자신을 다시 찾으려 할 것이다. 최악의 경우 이미 이창과 채린이의 정체가 노출되었을지도 모른다. 란이 박용석에게 한승태를 죽여달라고 했던 요구를 죽이지 않고 자신의 앞에 데려다 놓는 것으로 바

꾼 것도 이 때문이었다. '의원님의 병을 옮길 새로운 그릇이 필요하다'라는 그럴싸한 이유까지 붙여서 한승태와 박용석의 죽음으로 모든 것을 끝내려 했다. 죽음을 앞둔 한승태의 마지막 눈빛은 란의 뇌리에 남아 오랫동안 그를 괴롭혔다.

진동이 멈추고서야 메시지를 확인한 란은 전송된 사진을 확인하고 그 자리에 얼어붙었다. 이창과 집에서 놀고 있어야 할 채린이 정신을 잃은 채 누구의 것인지 모를 자동차 트렁크에 쓰러져 있었다.

[한 시간 뒤 나곡항]

사진과 함께 도착한 메시지였다. 이창에게서 다시 전화가 걸려왔다. 란은 차게 식은 손끝으로 통화 버튼을 눌렀다.

"채린이가 납치됐어."

이창의 경직된 목소리가 들려왔다. 그는 어찌할 바를 모른 채 떨고 있었다. 거대한 죄책감이 란을 잠식했다. 전부 자신 때문이다. 한승목 형제의 집 안에서 찬을 떠올릴 때와 같은 감정이 휘몰아쳤다. 이번에도 모든 걸 망칠 수는 없었다. 하늘을 바라보니 해가 지고 있었다.

'한 시간 뒤면 어둠이 내리겠지.'

검은 물이 잡아먹을 것처럼 넘실거리는 그곳으로 가야 한다.

'밤바다는 불길해.'

란은 입술을 깨물었다. 동시에 가장 확실한 복수가 떠올랐다.

13

"채린이가 납치됐어."

"방금 저도 사진 받았어요."

오랜만에 듣는 란의 목소리였다. 애써 태연한 척하지만 어쩔 수 없는 떨림이 스피커 너머로 전해졌다. 이창은 그 순간만큼은 거래를 제안한 란을 원망하고 싶었다. 하지만 지금 원망이나 사사로운 책임 전가는 아무런 도움이 되지 않았다. 가장 큰 책임은 자신에게 있었다. 채린을 살리고 싶으면서 대신 죽기는 싫었던 자신의 욕심에.

란과 길지 않은 대화를 나눴다. 이런 일이 벌어진 전후 사정을 아는 게 중요했다. 채린을 납치한 건 박용석이 분명해 보였다. 이창은 애꿎은 자동차 앞문을 발로 찼다.

'생각을 해야 해. 그들이 어떻게 나올 것인가.'

박용석이 원하는 것은 뻔했다.

'란이 애먼 병을 자신에게 옮긴 걸 알았을 테니, 그것을 다시 채린에게 옮기라 요구하겠지. 그렇다면 채린을 최대한 안전하게 데려올 방법은?'

이창은 이를 악물었다. 지난날의 잔상이 머리를 스치고 지나갔다. 이번에도 자신의 잘못된 선택 때문에 아이를 죽게 할 수는 없었다. 이제 남은 시간은 한 시간 남짓. 회색의 병원 너머로 노을이 지기 시작했고, 이내 바다 내음이 나는 도시에 어둠이 내렸다. 습한 밤공기는 물비린내를 품고 있었다. 문득 이창은 아직 면직하지 않아서 다행이라고 생각했다. 그러고는 재킷 깊숙한 곳에 넣어둔 총을 확인했다.

14

공사 중인 항구는 갈매기 한 마리 없이 고요했다. 드문드문 켜진 가로등만이 황폐하게 쌓인 컨테이너와 무너진 건물을 누르스름하게 비추었다. 이창은 항구 초입 공터에 차를 세웠다. 아무렇게나 매여 있는 망가진 고깃배들이 기이한 소리를 내며 흔들렸다. 바람이 불어올 때마다 병원에서와는 비교도 되지 않게 진한 비린내가 코에 스며들었다. 항구에 서서 주위를 둘러보니 어디가 시작이고 어디가 끝인지 가늠되지 않는 검은 바다가 자리를 지키고 있었다.

이창은 약속 장소로 발걸음을 옮겼다. 건물의 특이한 모양새는 멀리서도 한눈에 들어왔다. 운영하지 않은 지 10년이 훌쩍 넘은 3층짜리 횟집 건물이었다. 바다 쪽으로 길쭉하게 튀어나와 있는 길쭉한 발코니는 횟집이 성업했을 때 전망 좋은 명당이었을 것이다. 그러나 지속적인 재정난을 겪던 나곡항이 항만시설 보수를 핑계로 폐쇄된 지금, 눈앞의 건물은 폐허에 불과했다. 시에서 위험 건축물로 분류해 철거를 앞둔 상태라고 알고 있다. 뻥 뚫린 창은 바람이라도 불어 떨어진다면 영락없이 바다에 먹힐 것이다. 이창은 여기저기 둘러싸인 '출입금지' 폴리스 라인과 래커로 지껄인 낙서 가득한 벽을 지나 안으로 들어갔다.

건물 입구에서 인기척이 느껴졌다. 이창은 잠시 멈춰 주위를 둘러보았다. 철거 자재들 뒤로 수상한 차량 한 대가 주차되어 있었다. 자동차는 짙은 선팅이 되어 있었지만 분명 안에서 움직임이 느껴졌다.

'보나 마나 박용석이 고용한 깡패놈들이겠지.'

이창은 혀를 차며 횟집 주방과 이어진 뒷문을 살폈다. 위치상 뒷문은 대형 수산시장의 미로처럼 생긴 창고와 이어져 있는 것 같았다.

로비의 엘리베이터는 작동이 되지 않았다. 이창은 아직 촌스러운 바닥 타일이 그대로 남아 있는 계단을 걸어 올라갔다. 손잡이나 난간 따위가 떨어져 나간 탓에 잡을 것이 없어 아슬아슬했다. 철골만 남아 있는 창틀 너머로 거센 바닷바람이 휘몰아쳤다. 식당이었던 2층을 지나 연회장으로 쓰였던 3층에 도착해서야 마침내 그 얼굴을 마주할 수 있었다.

"늦은 시간에 불러내서 미안하게 됐어."

박용석은 휠체어에 앉아 있었다. 실제로 보는 건 처음이건만 그는 제 나이보다 10년은 족히 늙어 보였다. 그 뒤에는 키가 큰 남자가 버티고 서 있었다. 이창은 대기하고 있을 인력이 몇 명일지 가늠해보았다.

'다섯 명? 아니, 열 명쯤 되려나?'

이창이 대꾸도 하지 않고 채린을 찾아 고개를 두리번거리자 박용석이 말했다.

"아이는 안전하게 있으니 걱정 말아."

본래 전망 좋은 VIP룸이었던 3층은 한쪽 벽면이 전부 유리로 되어 있었다. 그중 지금 성하게 남아 있는 것은 한 장도 없었다. 분주하던 이창의 시선이 어느 한곳에서 멈췄다. 안전하게 있다는 말이 무색하게 채린은 널브러진 파편과 넘실대는 파도를 등지고 녹슨 철골에 위태롭게 묶여 있었다. 다행히 다친 곳은 없어 보였고, 잠이 든 것 같았다.

다짜고짜 채린에게 뛰어가려는 이창을 큰 키의 남자가 막아섰다. 몸싸움이 이어지는 사이 박용석이 휠체어 바퀴를 굴려 아이 앞으로 다가갔다. 잠에 빠진 아이를 집요하게 응시할 뿐이었으나 그 시선에는 짙은 악의가 담겨 있었다. 이창은 욕지거리를 내뱉었다.

"미친 새끼들아, 떨어져!"

채린을 바라보던 박용석의 시선이 이창에게로 향했다. 초췌한 흙빛의 얼굴은 괴기스러운 분위기를 풍겼다. 박용석이 퀭한 눈두덩이로 이창을 올려다보며 물었다.

"사람을 가지고 놀면 안 되지. 그렇지 않나?"

이창이 반박했다.

"당신이 한 짓은? 그게 사람이 할 짓인가?"

이렇게 답하면 안 된다는 것쯤은 알고 있다. 지금 상황에서 박용석의 심기를 건드리는 건 채린의 안위에 아무런 도움이 되지 않는다. 이창은 채린과 박용석의 거리가 너무도 가까워 섣불리 움직이지 못했다. 그 틈을 타 키 큰 남자가 이창을 제압했다. 바닥에 엎어져 손목을 결박당한 채 버둥거리던 이창을 바라보며 박용석이 궤변을 늘어놓기 시작했다.

"죽음 앞에서 태연할 수 있는 사람이 어디 있나? 난 그저 살고자 하는 보편적인 욕망을 최대한 효율적으로 해결하려 했을 뿐이야. 그나저나 가장 중요한 사람이 늦는군. 아이가 깨면 많이 놀랄 텐데.”

“어차피 란이 오지 않으면 다 부질없는 짓이야.”

“그놈은 와. 오게 돼 있어.”

고개를 돌리는 것도 힘겨워 보이는 박용석이 지그시 이창의 등 너머를 바라봤다. 어렴풋한 인기척에 이어 차분한 발소리가 들렸다. 고개를 돌리지 않아도 누구인지 알 수 있었다. 박용석의 시선은 이창이 들어왔던 3층 VIP룸 입구에 고정돼 있었다. 이윽고 등 뒤에서 낮고 작은 웅얼거림이 들려왔다.

“형사님을 놔주세요.”

박용석이 고개를 까딱이자 남자가 이창을 포박한 줄을 풀었다. 이렇게 쉽게 풀어준다는 건 믿는 구석이 있다는 뜻이다. 이창이 가벼운 탄식을 내뱉으며 피가 통하지 않던 팔을 흔들었다. 빠르게 다가온 란이 이창에게 읊조렸다.

“죄송해요.”

이창은 겨우 제 감각이 돌아온 손으로 땀에 젖은 머리를 쓸어넘겼다. 란의 탓이 아니란 것을 알고 있었지만 지금 상황에서는 원망의 말밖에 나오지 않을 것 같았다. 결국 이창은 짧은 눈 맞춤을 끝으로 아무 말도 내뱉지 않았다. 란은 이창의 눈을 똑바로 바라보지 못했다.

주인공의 등장에 박용석도 직접 휠체어 바퀴를 굴려 두 사람에게 다가갔다. 그 사이 이창은 채린의 상태부터 확인

271

했다. 아이는 아직 곤히 잠들어 있었다. 웅크려 누운 그 모습이 너무도 작아서 금방이라도 호흡을 멈출 것만 같았다. 옆에는 조금 전까지 이창과 치고받은 박용석의 심복이 날카로운 나이프를 만지작거리며 버티고 있었다. 이창은 저도 모르게 입술 안쪽 살을 깨물었다. 무표정이던 란도 채린을 발견한 순간 창백하게 질렸다. 그 모든 광경의 중심에 있던 박용석이 제삼자인 양 무심한 얼굴로 말했다. 안색은 흙빛일망정 그의 눈동자만은 뱀처럼 빛났다.

"내가 뭐 대단한 것을 원하겠는가. 그냥 불청객처럼 내 몸에 침입한 삿된 걸 원래 있던 자리로 되돌려놓자는 거야."

역시 예상이 맞았다. 이창은 오는 길에 수백 번 넘게 읊조렸던 말들을 기다렸다는 듯 쏟아내었다. 적막할 만큼 고요한 공간을 이창의 외침이 가로질렀다. 그 안에서 불안하게 빛나던 눈빛들이 모조리 이창을 향했다.

"나! 나한테 옮겨. 그 애 말고 내 몸으로 다 옮기라고!"

박용석은 죽은 눈으로 참을 수 없이 지루하다는 듯 답했다.

"어느 쪽이든 상관없어. 난 이걸 내 몸에서 내보내기만 하면 돼."

새된 목소리가 작아지더니 곧 과격한 기침이 이어졌다. 손수건으로 입을 막고 어깨를 들썩이는 박용석은 마땅히 고통스러워 보였다.

란은 입술을 씹었다. 상황이 이렇게 된 것은 모두 자신 때문이다. 지금은 무엇보다 채린의 안전을 확보해야 했다. 란은 이창과 시선을 주고받았다. 이창의 동공이 흔들렸다. 불신, 불안, 불의의 감정들이 그 안에서 소용돌이쳤다. 란도 떨리기는 마찬가지였지만 차분히 고개를 끄덕였다. 란은 손을 내밀며 박용석에게 다가갔다.

"이창 형사님에게 병을 옮길 테니 아이를 먼저 풀어주세요."

박용석이 코웃음을 쳤다.

"내가 뭘 믿고? 이번에도 네가 옮기는 척만 하며 나를 엿먹일지도 모르는데? 그래도 옆에 인질 하나는 끼고 있어야 안심이 되지 않겠나?"

"그런 게 어디……"

"아이는 네가 무사히 병을 옮겼다는 게 확인되면 돌려주지. 나도 그 정도 보험은 가져가야 해."

이창이 박용석의 말에 끼어들었다.

"나한테 병을 옮기고 나를 인질로 삼으면 되잖아!"

"다 커버린 것들은 속이 시커멓지. 게다가 부피도 커서 관리도 번거로워."

'채린을 붙잡아두겠다고?'

란의 내부에서 갈팡질팡하던 어떤 결심이 확고해지는 순간이었다. 란이 이창을 향해 눈짓했다. 박용석은 지저분해진 손수건을 거두고 그들을 주시했다.

"할 일만 제대로 해내면 걱정할 게 없어. 괜한 짓 말고 안전하게 가자고."

란이 이창을 부축해 테이블 앞 의자에 앉혔다. 그러고는 란은 박용석이 그토록 원하던 말을 들려주었다.

"그럼, 시간 끌지 말고 바로 옮기죠."

"진즉에 그랬어야지."

채린의 옆을 지키고 있던 남자가 박용석의 휠체어를 밀어 테이블 앞까지 옮겨주었다. 그러는 사이에도 이창은 채린에게서 눈을 떼지 못했다. 얼이 빠진 이창의 귀에 란이 속삭였다.

"총 가져오셨죠?"

15

채린이 납치됐다는 사실을 안 이창은 자신이 모든 것을 떠안을 결심을 굳혔다. 나곡항에 도착했을 때 란에게서 전화가 걸려왔다. 침착하려 애쓰는 것 같았지만 란의 음성은 미세하게 떨리고 있었다. 한참을 횡설수설하던 란의 말에서 이창이 알아들을 수 있는 것은 미안하다는 말뿐이었다. 사실 란이 미안해할 일은 없었다.

"형사님, 죄송해요. 그래도 방법이 있어요."

"아니, 안 들어. 난 이제 모험은 안 할 거야. 애가 인질로 잡혔는데 도박을 할 생각은 없어."

"박용석이 채린이를 온전히 돌려준다고 확신할 수 있어요? 제가 아는 그 사람은 절대 그러지 않을 거예요. 형사님은 채린이가 가지고 있던 병을 형사님에게 옮기면 될 거라고 생각하죠?"

이창의 입에서 탄식이 흘러나왔다. 란이 차분히 말을 이었다.

"채린이의 병은 전이 직후에는 외적으로 티가 나지 않아요. 박용석은 자신의 몸이 나았다는 확신이 들 때까지 채린이를 인질로 잡고 있을 거예요. 제가…… 이미 그 사람한테 신뢰를 잃었으니까요."

"그럼 어떻게 하자는 건데."

"마지막으로 한 번만 더 저를 믿어주세요. 저는 채린이도, 복수도 포기할 수 없어요."

'믿어달라고? 대체 어떻게?'

핸드폰을 쥔 이창의 손에 힘이 들어갔다. 그는 침묵했고, 란 역시 아무 말 없이 대답을 기다렸다. 들리는 것은 오로지 파도 소리뿐이었다. 갯강구 한 마리가 이창의 발치를 맴돌았다.

란은 횟집에서 쓰였을 고리타분한 무늬의 테이블을 사이에 두고 이창과 박용석을 마주 보며 섰다. 한꺼번에 그들의 손을 쥐자, 각기 다른 감촉의 피부가 만져졌다. 이창은 눈을 감지 않고 눈앞의 장면을 똑바로 눈에 담았다. 란은 양손을 힘주어 쥐며 물었다. 깨진 창밖으로 성난 파도 소리가 울려 퍼졌다.

"의원님, 혹시 그런 경우는 생각 안 해보셨나요?"

"쓸데없는 소리 말고 빨리 할 일이나 해."

박용석이 눈썹을 치켜올리며 일갈했다. 란은 아랑곳하지 않고 한 문장을 더 뱉었다.

"제가 죽음을 감수해서라도 당신을 죽이고 싶다면요?"

란은 고개를 들어 이창과 박용석을 응시했다. 전혀 다른 생김새의 두 얼굴을 오래 눈에 담았다. 그러고는 자신을 거쳐 간 얼굴들을 하나씩 떠올렸다. 각기 다른 의도와 행동, 욕망과 동력을 가진 그들이 그저 한 명의 인간에 불과하다는 사실을 끝내 인정할 수가 없었다. 다시 눈앞의 두 사람을 바라본 란이 흘리듯 웃으며 말했다.

"갑자기 생각이 바뀌었어요. 옮기기 싫어요."

그 순간 이창은 란의 눈이 창밖에 넘실거리는 밤바다 같다고 생각했다.

란이 쥐고 있던 두 사람의 손을 내팽개치듯 떨궜다. 그러고는 세 사람 사이에 놓인 테이블을 박용석을 향해 힘껏 밀었다. 휠체어에서 튕겨 나간 박용석이 신음하며 테이블과 함께 굴렀다. 동시에 이창은 이쪽으로 달려오는 남자에게 맞섰다. 처음과 달리 모든 신경이 하나의 목표를 외쳐댔다. 정신은 명료하고 다리는 가벼웠다. 몸의 무게를 이용해 놈을 들이받아 벽으로 밀쳤다. 손에 든 나이프를 쳐내 떨어뜨리고 거친 시멘트벽에 놈의 머리를 두어 번 찍었다. 몸부림치던 남자가 다리를 들어 이창을 걷어찼다. 남자는 배를 부여잡은 이창을 때려눕히고는 사정없이 주먹을 내리꽂았다. 두 손을 들어 방어했지만 이창의 얼굴은 순식간에 피와 멍으로 부어올랐다. 남자가 상체를 일으키는 순간 그의 관자놀이에 차가운 것이 닿았다.

"안전장치를 풀었는지 확인해볼까?"

이창이 남자와 육탄전을 벌이는 사이 란은 남자가 떨어뜨린 나이프를 주워들고 바닥에 널브러진 박용석에게로 갔다. 박용석은 자신의 목덜미에 칼날이 들어왔는데도 욕설을 지껄이며 연신 새된 기침을 토해냈다. 란을 향해 저주의 말들을 쏟아냈으나 불규칙한 호흡에 묻혀 단어 하나 제대로 닿지 못했다. 얼마 후 박용석은 가슴팍을 붙잡은 채 사지를 비틀었다. 발작 증상이었다. 란은 무덤덤한 눈으로 입을 열었다.

"지금 상황이 이해가 안 돼요?"

란이 나이프를 쥔 손에 힘을 주자 박용석의 목덜미에서 붉은 핏물이 후드득 흘러내리며 셔츠를 적셨다. 오래전 한승태가 자신의 목에 가져다 댄 칼날의 감촉이 떠올랐다. 겁에 질렸던 형의 표정도 함께. 찬이 지금의 자신을 본다면 어떤 반응을 보일까.

"저는 당신을 지금 당장 죽일 수 있어요.. 그리고……"

박용석에게 겨눴던 칼날을 거둔 란은 사뭇 부드럽게 그의 손을 쥐었다. 그러고는 날의 방향을 틀어 자신의 팔을 그었다. 피가 흐르고 살갗이 벌어져 붉은 진피가 드러났다. 그러나 잠시일 뿐 란의 상처는 나이프가 팔뚝을 그어 내리는 속도에 맞춰 아물어갔다. 그와 동시에 박용석의 팔뚝은 검붉은색으로 젖어 들어갔다. 박용석의 입에서 비명이 터져 나왔다. 란은 말을 이었다.

"저에게 입히는 상처는 곧 당신의 상처이기도 해요."

칼날은 계속해서 박용석의 벌어진 상처를 헤집었다. 검은 피와 늘어진 피부를 쑤시는 감촉은 무척이나 불쾌했다.

"지금 당장 채린이와 형사님을 돌려보내세요. 그리고 우리 문제는 둘이서만 해결하죠."

란은 박용석의 목을 휘감아 일으켜 세웠다. 몸을 제대로 가누지 못하는 박용석의 경추 부근에 자신의 피가 묻은 나이프를 가져간 다음 이창이 총구를 겨눈 남자에게 외쳤다.

"멀리 떨어져! 이 인간이 죽으면 약속한 돈은 한 푼도 못 받을 걸. 곧 죽어도 이상하지 않은 사람이 당신들 챙겨줄 정신이 있을 거 같아?"

란에게 얽매인 박용석의 이마에서 식은땀이 흘렀다. 돈으로 움직이는 이들은 효율을 따라가기 마련이다. 란은 일부러 보다 여유로운 표정을 지으며 제안했다.

"여기서 나가. 어차피 이 인간은 여기서 죽을 테니까. 받기로 한 돈은 내가 지불할게. 내 인적사항 알잖아. 죽은 사람에게서는 아무것도 못 받아내."

남자가 몸을 움찔거리자 박용석이 안간힘을 다해 소리쳤다.

"이놈 말에 휘둘리지 마! 선금을 받았으면 움직이라고!"

지금 중요한 건 장애물인 남자에게 새로운 선택지를 심어서 망설이게 만드는 것이었다. 남자가 제안을 받아들일지는 다음에 생각할 일이었다. 그 사이 이창은 남자를 밀치고 채린에게 달려갔다. 재빨리 아이를 품에 안고 온기를 확인했다. 창가에서 거친 바람을 맞아서인지 채린의 입술이 파랬다. 이창은 재킷을 벗어 아이를 둘둘 말아 안았다. 등 뒤에서 란의 초조한 외침이 들려왔다.

"형사님, 빨리 가세요!"

이창은 란과 계단 아래를 번갈아 쳐다봤다.

'이대로 가도 괜찮을까?'

란을 혼자 두고 가도 될지 망설여졌다. 그때 의식이 없던 채린이 몸을 뒤척였다. 아이가 깨기 전에 안전한 곳으로 옮기는 게 우선이었다. 이창은 결국 계단을 향해 발걸음을 내디뎠다. 마지막으로 돌아보았을 때, 밤하늘을 등지고 선 란의 모습이 위태로워 보였다. 하지만 이창은 앞으로 나아가기를 택했다. 채린을 품에 안은 채 난간이 없는 계단을 힘껏 뛰어내려갔다.

1층에 다다르자 자동차 문이 열렸다 닫히는 소리가 들렸다. 그 뒤로 적지 않은 수의 발소리가 따라붙었다. 이창은 들어올 때 봐두었던 주방 쪽 뒷문으로 몸을 틀었다. 뒤를 돌아볼 새도 없이 채린을 안고 무작정 달렸다.

채린을 안고 뛰는 이창의 정수리가 사라지자 란은 그제야 안도의 한숨을 내쉬었다. 우왕좌왕하는 발소리 중 일부는 점점 멀어졌고, 일부는 순식간에 가까워졌다. 곧 이들에게 포위될 게 분명했다. 하지만 채린을 무사히 내보냈으니 이제는 더 기다릴 필요가 없었다.

란은 박용석을 휘감은 팔을 풀었다. 갑작스레 자유를 되찾아 당황하던 박용석은 바닥을 기다시피 해 란에게서 떨어졌다. 엉덩이 걸음으로 힘겹게 이동하는 그는 형 앞에서 무심하게 종이컵을 구기던 자와 같은 사람이라고 볼 수 없는 모습이었다. 하지만 란은 그 둘이 다르지 않다는 사실을 느긋이 곱씹었다. 그러면서 어떤 행동도 하지 않고 무덤덤하게 눈앞의 상황을 지켜보기만 했다. 계단을 오른 사람들이 문을 막아섰을 때, 란은 두 팔을 들어 승복의 자세를 취하고 뒷걸음질 쳤다. 이윽고 손에 들고 있던 나이프까지 바닥에 던져버린 후 말했다.

"당신은 절 죽일 수 없어요. 제가 사라지면 당신의 병을 옮겨줄 수 있는 이는 아무도 없으니까."

뚫린 창문으로 불어 드는 바람이 점점 거세졌다. 란은 고개를 돌려 바다를 바라봤다. 아찔한 높이 아래 석유처럼 검은 바다가 일렁였다. 그 위에 뜬 달은 이질적일 만큼 밝았다. 란은 달빛을 맞으며 난간에 섰다. 찬과 컨테이너 문틈 사이로 처음 봤던 바다. 바로 그 바다가 자신의 발아래 펼쳐져 있었다.

"이제 기적은 없어. 아니, 원래부터 없었지. 당신은 결국 그 병으로 죽게 될 거야."

드디어 란의 발꿈치에 날 선 유리 조각이 남은 창틀이 걸렸다. 거센 바람에 몸이 휘청거렸다. 란은 눈앞의 수많은 얼굴 중 가장 겁에 질린 단 한 사람을 바라보며 미소 지었다. 그런 다음 뒤로 한 걸음 더 물러섰다.

발아래 아무것도 없는 느낌은 의외로 나쁘지 않았다. 란은 바다가 아닌 우주를 떠올렸다. 추락이 아닌 유영.

박용석이 악을 질렀을 때 란은 이미 칠흑같이 까만 바닷속으로 형체를 감춘 뒤였다. 빈 창틀을 바닷바람이 채웠다.

17

이창은 채린을 안고 한참을 달려 공터에 세워놓은 차에 올랐다. 시동을 켜고 운전대를 잡는 순간 적막한 항구를 가르고 바다의 검은 표면을 꿰뚫는 소리를 감지했다. 어떤 무거운 것이 높은 곳에서 떨어지는 소리였다. 불길한 생각이 엄습했다. 그 생각을 억누르기 위해서 속도를 최대로 올려 달렸다. 채린이 앓는 소리를 냈다. 머리를 만져보니 열이 끓고 있었다.

어떤 정신으로 달렸는지 기억도 나지 않았다. 병원 응급실로 뛰어 들어가 몇 가지 검사와 응급처치를 해낸 뒤에야 이창은 숨을 고를 수 있었다. 다행히 채린의 열은 수액을 맞고 얼마 지나지 않아 내렸다. 호흡도 안정적이고, 감기 기운에 열이 올랐을 뿐 별다른 이상은 없다고 의사는 말했다. 다만 이전에 큰 병을 앓았으니 아이가 일어나면 몇 가지 검사를 더 해보자고 해 이창은 고개를 끄덕였다. 안도감인지 자괴감인지 모를 감정이 들끓었다. 이창은 아무렇게나 울고 싶어졌다. 하지만 가슴에 돌이 얹힌 듯한 답답함이 계속될 뿐 눈물조차 마음껏 흐르지 않았다.

텅 빈 병원 로비를 바라보던 이창의 귓가에 나곡항에서 들었던 출렁이는 물소리가 스쳐 지나갔다. 잠시 망설이던 그가 핸드폰을 꺼냈다. 익숙한 번호를 누르자 몇 번의 신호음 끝에 잠에 취한 준혁의 목소리가 들려왔다.

"선배, 이 시간에 왜……."

"지금 당장 병원으로 와서 채린이 좀 봐줘. 부탁해. 나중에 얘기해 줄게."

수액이 바닥을 보이기까지는 아직 시간이 남아 있었다. 통화를 마친 이창은 병원을 나섰다.

다시 차를 몰아 나곡항으로 돌아갔다. 항구 공터에 차를 버리듯이 세우고 내리자 살이 아릴 정도로 차가운 바닷바람이 얼굴을 때렸다. 구체적으로 정의할 수 없는 어떤 간절함이 이창을 흔들었다. 곧장 횟집 건물로 향해 난간 없는 층계

를 다시 올라갔다. 이창의 발걸음에 맞춰 천천히 동이 트기
시작했다.

수많은 발자국이 그곳에 찍혀 있었지만 남아 있는 이는
아무도 없었다. 밝은 빛이 비치는 적막한 건물 안으로 파도
소리만이 들려왔다.

– 이후 –

박용석은 자취를 감췄다. 운영하던 사업체와 주기적으로 활동하던 단체에서 손을 뗀 채 별장에만 은둔했다. 그렇게 시간이 지나고 박용석이라는 이름 석 자가 동명이인 인플루언서의 이름으로 더 많이 오르내릴 때쯤, 그의 지인들 사이에 묘한 소문이 돌기 시작했다. 박용석이 사이비 종교에 미쳐서 재산을 탕진했다는 내용이었다. 소문은 그해 겨울 박용석의 갑작스러운 죽음으로 인해 사실로 드러났다. 그가 피를 토하고 죽은 곳이 사이비 종교 비밀 집회장이었기 때문이다.

차후 경찰 조사에 따르면 박용석의 사인은 그가 앓던 불치병에 의한 단순 병사였다. 은퇴 후 그가 몸담았던 사이비 교는 전과 11범의 노인이 자신을 교주로 내세운 사기 집단으로, 지방의 해안 마을에서 시작해 몸집을 불려가는 중이었다. 교주만이 출입할 수 있는 비밀스러운 장소의 샘물을 마시면 앓고 있는 모든 병이 낫는다는 허무맹랑한 이야기가 신자를 꼬드기는 주된 시나리오였다. 조사 과정에서 헌금 대부분이 다름 아닌 박용석의 주머니에서 나왔다는 사실이 밝혀졌다. 사건은 박용석을 주요 피해자로 정리하며 종결되었다.

✦✦✦✦

란은 눈을 감았다 떴다. 그래도 믿기지 않아 여러 번 눈을 깜빡였다. 시야에 찬과 함께 살던 방의 모습이 펼쳐져 있었다. 창살 사이로 볕 좋은 해가 들었다. 햇살이 따사로웠다. 눈이 부셔 미간을 찌푸리자 흩어지는 볕 사이로 그리운 얼굴이 들어섰다.

눈앞에 찬이 있었다.

"눈 뜨면 형이 있을 줄 알았어."

찬이 입을 벙긋거렸다. 란은 찬의 목소리를 듣기 위해 귀를 기울였다. 그때 어디선가 파도 소리가 들려왔고 덩달아 몸이 둥실 떠오르는 기분이 들었다. 란은 점점 커지는 파도 소리를 떨치기 위해 애쓰며 찬에게로 손을 뻗었다. 기억과는 달랐지만 동시에 무척 익숙한 음성을 향해.

손끝에 무엇인가 닿자, 숨이 크게 터져 나왔다.

시프트

초판 1쇄 발행 2017년 8월 25일
초판 10쇄 발행 2024년 9월 25일
개정판 1쇄 발행 2025년 3월 5일

지은이 조예은
펴낸이 안병현 김상훈
본부장 이승은 **총괄** 박동옥 **편집장** 임세미
책임편집 정혜림 **디자인** 김지연
마케팅 신대섭 배태욱 김수연 김하은 이영조 **제작** 조화연

펴낸곳 주식회사 교보문고
등록 제406-2008-000090호(2008년 12월 5일)
주소 경기도 파주시 문발로 249
전화 대표전화 1544-1900 **주문** 02)3156-3665 **팩스** 0502)987-5725

ISBN 979-11-7061-232-2 (03810)